Nicolas Born

Die Fälschung

Roman

Rowohlt

1. Auflage Oktober 1979

Schutzumschlag und Einbandentwurf
von Manfred Waller
Gesamtherstellung Clausen & Bosse, Leck
Printed in Germany
ISBN 3 498 00455 7

für Irmgard Born

I

Am Morgen war alle Nässe erneut überfroren. Alles gerade noch Schmelzende, hinfällig Einfarbige war wieder fest, erstarrt in einem einzigen Kälteschock. Der Boden trug wieder. Frühaufsteher behaupteten sich an der Luft, gefrorener Schneematsch brach ein, und auf der Kreuzung hielt ein Streufahrzeug mit laut heulendem Motor. Es sah so aus, als sei eine alte Kühnheit zurückgekehrt nach neuem Gesetz. Die Farben waren wieder da, und die Zimmerwärme war um so angenehmer, wenn man bald hinaus mußte.
Laschen hatte sich einen starken Kaffee gemacht und saß, den Kopf aufgestützt, am Tisch. Musik dudelte hinter der halboffenen Tür zum Schlafraum. Trotz der Kälte war sofort nach dem Aufwachen ein Geruch nach feuchter Tapete und alten Kleidern dagewesen, und er wollte eigentlich in der kurzen Zeit, die er hier verbrachte, nichts mehr berühren. Vorsichtig war er ins Bad gegangen, wo auf der Ablage eine feine, schon fettige Staubschicht war und zwischen den Tuben und Fläschchen Haarklammern lagen und ein Paßfoto von Greta aus einem Automaten. In beiden Zimmern und im Korridor hatte sie flüchtig durchgeblätterte Zeitungen liegenlassen. Es störte ihn, und er wollte ihr das sagen nach seiner Rückkehr. Aber gleichzeitig dachte er an sie und die Kinder so behutsam, als schliche er gerade durch das dunkle Haus zu seinem Bett. Schwindelerregend leicht waren die Gedanken.

Diese Wohnung hatten sie gemietet, nachdem sie vor drei Jahren aufs Land gezogen waren, kurz nach Elses Geburt. Es war eine Art Seitengelaß im Hochparterre, die Eingangstür neben dem Treppenaufgang ein wenig versteckt. Früher hatte hier der Hauswart gewohnt. Wie die Fassade war auch der Hausflur von abweisender Gediegenheit, der Fahrstuhlschacht verziert mit bronzenen Ornamenten. Beide übernachteten sie nicht gern bei Bekannten, also sparten sie die Hotelübernachtungen bei ihren, vor allem seinen, häufigen Aufenthalten in Hamburg.
Kurz vor acht hatte er Greta angerufen. Sie sagte, Verena sei mit Karl und Else unterwegs zum Kindergarten. Er hatte ihr gesagt, daß er sich schon jetzt wieder freue auf zu Hause. Ganz im Ernst, Greta, bitte vergiß rasch das ganze Theater von gestern. Seine Schwierigkeiten mit ihr seien in Wirklichkeit seine Schwierigkeiten mit sich selbst. Na also. Sie hatte aufmerksam zugehört und ihn langsam gefragt, was denn mit *ihren* Schwierigkeiten sei, die gebe es nämlich auch. Ja ja, sagte er erschrocken, entschuldige. Auf dem Tisch lag ein Brief der Werft vom Oktober letzten Jahres, in dem ihr mitgeteilt wurde, daß arbeitslose Werftarbeiter nicht mehr Betriebsangehörige seien und daß es deshalb nicht möglich sei, ihr eine Fotografiererlaubnis auf dem Werftgelände zu erteilen.
In den 8 Uhr-Nachrichten hatte es keine neuen Meldungen aus dem Nahen Osten gegeben. Hoffmann mußte sich jetzt auf den Weg zu ihm machen. Greta hatte viele Aufnahmen von arbeitslosen Werftarbeitern gemacht. Sie waren in ihren Wohnungen zu sehen mit verbittert herabgezogenen Mundwinkeln, auf dem Ar-

beitsamt, in Gaststätten und Gewerkschaftsversammlungen.
Die Nacht hatte er mit Anna verbracht, der Frau, die mit Hoffmann zusammen lebte. Sie waren in einer Eckkneipe gewesen, und sie hatte sich über Hoffmann beklagt, er vergleiche sie zu ihrem Nachteil mit seiner geschiedenen Frau, die aktiv in der Frauenbewegung arbeite und zusammen mit einer Redakteurin Drehbücher über Frauenprobleme schreibe. Laschen mißbilligte Hoffmanns Verhalten, bemerkte aber, wie auch sein Interesse an ihr etwas Abschätziges bekam. Sie sagte, sie sähe sich schon nach einer eigenen Wohnung um.
Im Bett hatten sie lange wach gelegen, aneinandergeschmiegt, und allmählich vergaß er Hoffmann. Sein eigenes zartes Verhalten überraschte ihn, nur einmal riß er ihren Kopf an den Haaren zu sich herunter, wobei sie einen dunklen gurgelnden Seufzer ausstieß. Einmal schreckte er auf, als er ein Klirren und Splittern hörte. Er dachte, sie sei noch mal aufgestanden, aber es schimmerte schon bläuliches Licht durch den Vorhang, sie hatten geschlafen, und ihr war im Bad etwas zerbrochen, eines von Gretas Kosmetikfläschchen. Sie schaute durch den Türspalt zu ihm herüber, sah, daß er wach war, und entschuldigte sich. Er schloß die Augen, als er hörte, wie sie die Scherben zusammenfegte. Er empfand für sie eine vage Dankbarkeit, als sie sich, bereits im Mantel, auf den Bettrand setzte, und als hätte ein Traum ihr Zusammenschlafen wieder gelöscht. Nicht daß er es hätte vergessen wollen. Er hatte sie noch gefragt, ob sie es Hoffmann sagen wolle, sie sagte nein.

Pünktlich, um 8 Uhr 45 klingelte Hoffmann. Laschen machte das Licht aus und legte noch rasch die Tasse ins Spülbecken. Draußen stand mit eingeschalteten Scheinwerfern und laufendem Motor das Taxi. Die hintere Tür war offen, der Fahrer wischte die Scheiben. Hoffmann ging wie ein nachdenklich gewordener Sieger auf und ab und hauchte in die Hände.
Hoffmann sprach nicht während der Fahrt. Obwohl sie schon viele Reisen zusammen gemacht hatten (genau erinnerte er sich an seine erste Reportage, ebenfalls mit Hoffmann als Fotograf, über die *Ereignisse* in der Tschechoslowakei und den Einmarsch fremder Truppen), hatte Hoffmanns überlegene und zweifellose Physis für ihn ihre Bedrohlichkeit nicht verloren. Nur war eine gewisse Unbequemlichkeit, wie ein Zwicken, in seiner Gegenwart zur Gewohnheit geworden. Unterwegs sahen sie beide zu, möglichst wenig zusammen zu sein. Laschen hatte oft das Gefühl, für Hoffmann seien seine Texte nichts weiter als eine unvermeidliche Beeinträchtigung seiner Bilder. Darüber sprachen sie nicht. Hoffmanns Körper stellte er sich manchmal als den eines Wildschweins vor, muskulös und borstig, seine Hände waren aber unpassend fein, das Gesicht dumpf brütend und hochmütig, sehr schwer, an die zwei Zentner, aber er bewegte sich flink, ohne zu schwitzen, über die hellen heißen Plätze.
Als sie aus der Innenstadt heraus waren, überall vorsichtig eingefädelt auf glatten Fahrbahnen, ging in einem hellen kalten Dunstfeld die Sonne auf. Sie hatten sich dafür entschieden, über Damaskus zu fliegen, also konnten sie wieder nicht Zypern sehen, weil Beirut

von Zypern aus nicht mehr angeflogen wurde. Sie hätten zwar mit einem kleinen Schiff von Limassol aus über Nacht Jounieh erreichen können, aber das war ihnen zu umständlich und zeitraubend erschienen. Außerdem war gemeldet worden, syrische Kriegsschiffe kreuzten vor der libanesischen Küste, um Waffentransporte abzufangen.
Im Flugzeug glaubte Laschen sich zu erholen. Die Stadt fiel auf sich selbst zurück, auch seine Beschwernisse, eigentlich seine Geschichte, gaben Ruhe. So konnte er beobachten, wie alles schwadenhaft zerfloß, wie verabschiedet oder hinterlassen, und es entstand langsam, als die Maschine ihre Flughöhe erreicht hatte und sanft auf der Luft ruhend weiterkam, eine seltsam einfache Wirklichkeit. Die feinen Gasfeuerzeuge schnappten, der Rauch wurde, kaum daß er Zeit hatte sich auszubreiten, abgesaugt. Auf den Tragflächen funkelten Reifkristalle, hell, purpurfarben. Die Stewardessen waren von makelloser Ununterscheidbarkeit, während doch die Passagiere als einzelne auf einmal erkennbar wurden, nachdem sie vorhin im Warteraum als Ansammlung nüchterner Körperlichkeit erschienen waren. Hoffmann sagte nichts, obwohl sein Gesicht den Ausdruck unterdrückten Fluchens hatte.
Erst Anfang Dezember, vor knapp sechs Wochen, waren sie im Libanon gewesen und hatten noch im Phoenicia Hotel gewohnt, das, wie sie gelesen hatten, inzwischen geschlossen hatte, nachdem der Direktor, ein Österreicher, in der Halle erschossen worden war. Sie hatten ihn kennengelernt, und in LeMonde hatte gestanden, er sei offenbar einer Verwechslung zum Opfer gefallen. Am 10. Dezember waren sie zurückge-

kehrt, früher als erwartet. Ein Waffenstillstand war tatsächlich eingehalten worden, und sie hatten viel Material beisammen. Greta war nicht zu Hause gewesen, sondern für drei Tage in Hamburg. In der Wohnung jedoch hatte er keine Spur von ihr entdeckt. Er ärgerte sich über den aufgerissenen, mit Glaswolle und Bohlen überdeckten Graben neben dem Haus, in dem also die defekten Heizungsrohre noch immer nicht repariert waren. Er rief sofort Wolf an, den Installateur, der versprach, am nächsten Morgen um acht zu kommen. Er wartete dann auf Wolf, trank Kaffee und blätterte Hoffmanns Fotos durch, für die er noch Bildunterschriften machen mußte. Wolf war um neun noch nicht da. Als er schließlich vom Tisch aufstand, um draußen nachzusehen und einen Zustand der Mattigkeit und der Wut zugleich zu beenden, da geschah das nicht aus Entschlossenheit, sondern aus Überdruß. Im Hof draußen befiel ihn eine Allerweltstraurigkeit, von Greta fühlte er sich geprellt um den Lohn für seine Sorge. Schließlich stand Wolfs Kombiwagen im Hof, auf der Ladefläche zwei Waschbecken, graue Kunststoffrohre, Werkzeug, Schneidbrenner. Wolf war dabei, die Glaswollematten von dem Graben herunterzuziehen. Verena stand in der Tür mit beiden Kindern, die sich die Gesichter bemalt hatten. Als Laschen Wolf Vorhaltungen machte und damit drohte, einen Beschwerdebrief an die Handwerkerinnung zu schreiben, schob sie die Kinder zurück in die Küche und machte die Tür zu. Voller Grimm sagte Laschen, er freue sich, daß er überhaupt gekommen sei. Ja, machen könne man da nichts, sagte Wolf, der Boden ist hart gefroren. Sein Babygesicht war gerötet, das flachsblonde Haar glatt nach hinten gekämmt. Er schaute irritiert, leckte sich die aufgesprungenen Lippen und sagte mit Entschlossenheit, das sei Verschleiß. Laschen lachte nur auf. Dieses Gesicht ärgerte ihn maßlos, diese unverschämten Ohren, dieser immer beleidigt aussehende Mädchenmund. Er öffnete die Stalltür und ging, von Wolf gefolgt, die Stufen zum Heizungsraum hinunter. Hier, sagte er, Herr Wolf, haben sie die ganzen Verteiler einbetoniert. Wolf bückte sich, und er nahm Wolfs Kopf in die Hände und stieß ihn gegen den Kessel. Wolf stand langsam auf und tupfte sich mit dem Handrücken das Blut von der Nase. Laschen sah ihm genau zu. Wolf ging mit gesenktem Kopf hinaus, und er schloß die Eisentür und ging ihm nach. Wolf setzte sich ans Steuer und tupfte weiter mit dem Handrücken die Nase ab. Er blieb einfach da sitzen und blickte durch die Windschutzscheibe geradeaus. Laschens Gesicht erschien am Seitenfenster. Verena kam mit dem Abfalleimer aus der Küche, obenauf einen verwelkten Blumenstrauß. Wolf startete, fuhr rückwärts, um zu wenden. Laschen schaute ihm zu. Verena kam mit dem leeren Eimer an ihm vorbei und lächelte ihn an. Der Kombi blieb mit laufendem Motor stehen. Wolf stieg aus und ging langsam darum herum, trat dabei prüfend ein paarmal gegen jeden Reifen. Als er Laschen, ohne ihn anzusehen, auf sich zukommen sah, fragte er, was schlagen Sie vor. Auf Wiedersehn, Herr Wolf, sagte Laschen überdeutlich und ging zurück ins Haus, wo Verena Geschirr abwusch und die Kinder auf den Treppenstufen mit Klötzen spielten.

Nachdem er mit Verena und den Kindern gegessen hatte, ging er in sein Zimmer, wirklich zum Schreiben entschlossen, und schrieb auch. Die ersten Sätze rutschten so widerstandslos heraus wie ein Geplapper. Er schrieb sie noch mal, formulierte rauher und knapper, dachte zwischendurch an Verena, die er zu den Kindern sprechen hörte, leise wie immer, so daß es sich gekünstelt leise anhörte. Ihre Haut irritierte ihn, die, wie er meinte, viel zu straff über das Fleisch gespannt war, über das befremdlich feste Fleisch, und vollkommen glatt erschien, faltenlos und porenlos. Trotzdem war beim Essen zwischen ihnen eine gespannte Aufmerksamkeit gewesen. Sie erwiderte lange seine Blicke. Er hatte dabei ein Flirren im Körper gehabt, ein lustiges erleichterndes Gefühl. Sein Lächeln, das wie ein Abschluß wirken sollte, hatte sie aber nicht erwidert.

Er schrieb mit spitzem Filzstift auf lose Blätter. Manchmal, das kannte er, wechselte die Handschrift, auf dem einen Blatt verlief sie scharf und schräg mit zugespitzten Kurven, auf dem anderen offen und großzügig bauchig. Manchmal wechselte das Schriftbild auch mitten auf dem Blatt. Er schrieb über die Ursachen, die zu dem aktuellen Palästinenserproblem geführt hatten, die Palästinakriege, über das traditionell gute Verhältnis von Muslims und Christen im Libanon. Damit *fütterte* er die aktuellen Ereignisse. Woran lag es aber, daß es so nie gewesen war? Entweder griffen die Sätze nicht, erhielten kein bestimmtes Gewicht, oder alles klang nach unverschämt launig vorgetragenen Anekdoten. Es erschien alles erfunden. Er hörte Else vor sich hinweinen, schaute zum Fenster hinaus auf das Rosenbeet, über dessen Stauden Plastiksäcke gestülpt waren. Es folgten schwache, unentschiedene Sätze über die Aussichtslosigkeit, den eigentlichen Kriesgrund wiederzufinden, den Nutzen für die einen oder anderen. Zweimal benutzte er das Wort *absurd*. Es war so, als ob er in dem bisher Geschriebenen herumkletterte. Wenn er wieder unten war, hängte er rasch noch einen Satz an. Manchmal hörte er sich beim Durchlesen nicht zu und fand alles ganz normal geschrieben und lesbar.

Als es dunkel wurde und er Gretas Volkswagen tukkern hörte – das Licht der Scheinwerfer schwankte durch den kahlen Garten –, hatte er zehn Bogen vollgeschrieben. Er ging in die Küche, wo Verena bügelte und Greta zuschaute, die auf dem Boden kniete und die Kinder umarmt hielt. Hallo, sagte er und stieß mit dem Kopf gegen die Lampe. Seine Lippen wischten über ihre Wange, sie streichelte ihm das Haar. Ihr Gesicht war warm, die Hände kalt. Eine verlegene, nur vorläufige Begrüßung, auf die allerdings die richtige nicht folgen sollte. Er ging hinaus, um ihren Koffer und die Fototasche aus dem Auto zu holen. Er setzte Teewasser auf. Sie zog aus den Manteltaschen zwei kleine Stofftiere für die Kinder. Er war gespannt darauf, welche Nebensächlichkeiten sie ihm berichten werde. Sie erschien ihm übervoll nach drei Tagen, die sie in Hamburg oder anderswo verbracht hatte. Daß er nicht wußte, wo und mit wem, erregte ihn. Das war es, was ihn interessierte an ihr, jedesmal eine unbegreifliche Gier in ihm anstachelte.

Ein Temperatursturz war angesagt. Die Kinder rutschten Greta vom Schoß und rannten in die Diele. Du warst nicht in der Wohnung, sagte Laschen. Nein, sagte sie mit kaum angedeutetem Lächeln. Er lächelte auch und spürte dabei, wie das Gesicht spannte, mühsam, hart, wie gefroren. Das früher vor Frost schmerzende Gesicht beim Radfahren auf dem Schulweg. Als Kind fror man unvergeßlicher, zog mit den Zähnen die klammen Handschuhe aus und schrie vor Schmerz in der Zimmerwärme. Das gab es von da an nicht mehr.

Später zog er Greta vom Stuhl hoch, komm bitte, ich muß mit dir reden. Sie zögerte, folgte ihm dann aber doch auf sein Zimmer. Verena hatte sie über die Schulter zugeblinzelt.

II

Auf dem Parkplatz am Beiruter Flughafen standen zerschossene Taxis, Panzerfahrzeuge, Jeeps und Lastwagen. Die Sonne stand tief im Westen in einem unbewegt aussehenden Rauchschleier. Es wurde ihnen nach der Kontrolle ein Taxi ohne Windschutzscheibe zugewiesen, das in einem vorsichtigen Slalom um die hinter Wällen aus Sandsäcken aufgepflanzten MGs herumfuhr. Der von entgegenkommenden Konvois aufgewirbelte Staub fegte ihnen stechend in die Gesichter. Der Fahrer klappte die Sonnenblenden herunter, und sie fuhren an den Mauern und Zäunen eines Barackenlagers der Palästinenser vorüber. Von den dicken Palmenstämmen auf dem Grünstreifen, der die Fahrbahnen teilte, waren die Kronen heruntergeschossen. Kurz vor dem Einbiegen in einen Kreisverkehr hielt das Auto an einer Straßensperre, wo sie von halbuni-

formierten Palästinensern kontrolliert wurden. Den löchrigen MG-Lauf sahen sie auf sich gerichtet und holten in einer Ruhe, die Laschen erzwingen mußte, die Pässe abermals hervor. Hoffmann dagegen war wirklich ruhig, blieb ganz entspannt in seinem Sitz hängen. Die braunen Gesichter hatten den Ausdruck kindlicher, vorgetäuschter Strenge. Hinterher fand Laschen sie doch umgänglich. Auf dem Meer lag ein dunstig roter Widerschein. Das Taxi jagte nun über den Corniche Chourane, eine breite Küstenavenue, und durch das Rückfenster sahen sie aufgewirbelten Staub und Papierfetzen niederschweben.
In einer Seitenstraße der Hamra auf dem Kap von Beirut steht das Hotel Commodore, ein neuerer Bau, umgeben von anderen Geschäfts- und Wohngebäuden, dazwischen aber immer noch kleinere Häuser. Von den Balkonen der oberen Etagen aus ist der Blick sogar frei in einige enge Gärten. Westwärts, zur Kapspitze hinüber, ist der Leuchtturm zu sehen, davor eine kleine Moschee, an deren Minarett Lautsprecher in alle Richtungen weisen. Fünfmal am Tage ist die konservierte Stimme des Muezzin bis in den Lift des Commodore hinein zu hören. Von hier aus ist das Meer in drei Richtungen auch zu Fuß rasch zu erreichen.
Das Hamra-Viertel sah so unversehrt aus wie im Dezember, nur die Müllberge auf den Gehsteigen, die aus Papier- und Plastiksäcken herausgezerrten und herumgestreuten Abfälle, waren noch größer geworden. Die Leute gingen schnell auf kürzesten Wegen, erledigten Einkäufe in Eile, knappe Blicke aus dem wehenden Tücherzeug, ein Balancieren durch die hupenden, hüpfenden Autokolonnen. Die Luft war trotz der ein-

setzenden Abendkälte fühlbar klebrig und stinkend. Ein Boy mit öligem, wie mit Gewalt geglättetem Haar brachte sie auf ihre Zimmer. Hoffmann gab ihm ein Fünf-Lira-Stück, und er ging zögernd weg. Die Zimmer lagen nebeneinander im fünften Stock. Im Aufzug war Laschen eingefallen, das könne riskant sein, wenn Granaten einschlügen. Sie verabredeten sich für später zum Essen.

Vorsichtig, um das Geräusch zu vermeiden, drehte er den Schlüssel herum, hängte die Jacke an die Garderobe und legte sich auf das Bett. Die Klimaanlage summte, ein dünner, warmer Atem wehte gerade noch fühlbar über ihn hinweg. Die arabische Welt. Nie hatte er eine Welt kennengelernt; er besuchte sie nur, haftete jeweils ein paar Tage an ihrer Außenschale, das war alles. Er stand auf und versuchte das Fenster zu öffnen, was auch gelang, so daß er das von Autohupen und Stimmen angefüllte Sirren hörte. Nichts außerdem, schon gar keine Schüsse.

Er setzte sich an den Tisch und schrieb auf Hotelpapier: Liebe Greta . . ., wurde von einem Anruf Hoffmanns unterbrochen, der sagte, es gäbe keine Verbindung nach außen, er brauche es gar nicht zu versuchen. Laschen überlegte. Ja gut, sagte er, bis später. Er schrieb weiter, drei Seiten lang, als spräche er zu sich selbst unter dem Vorwand, zu ihr zu sprechen. Es ging immer weiter, immer leichter, und in seinem Schreibeifer war er sicher, daß jeder Satz offener, genauer, wahrer geriet als der vorangegangene, und der Brief weise die sonst immer gegenwärtige Vorsicht, den Vorbehalt, nicht auf. Er konnte sprechen zu ihr, er umarmte sie, diesem fremden Zimmer konnte er sich furchtbar schmerzlos preisgeben. Ich weiß es, schrieb er, auch wenn Du Dich vor mir verkriechst, stumm in Deiner Höhle hockst oder Dir – wie notwendig das ist, kannst nur Du entscheiden – in einer Kneipe oder Wohngemeinschaft einen Liebhaber greifst . . . Hier ist es ruhig nach unserer Ankunft, aber ich fühle, daß alles Ruhige und Beruhigte jederzeit – das hat auch mit Dir zu tun – explodieren kann. Obwohl ich noch keinen Schuß gehört habe, kein fernes Grollen. Aber sie erscheine ihm als eine andere Ruhe, sie und die Kinder im Haus, die Wiesen, auf denen am Morgen der Nebel lange lagere, der Friede dort, den sie allein deshalb, weil er ein Friede sei, nicht vertrügen, was einer entsetzlichen Erkenntnis gleichkomme, vielmehr noch einem Gedanken, den sie beide nicht zu Ende denken könnten. Dabei hätten sie sich von allen die besten Bedingungen hergestellt, durch die es doch möglich sein müsse, andererseits, alles einander sagen zu können. Aber weil es offensichtlich keinen Grund gebe, sich hart, mit hartem Mund voneinander abzuwenden, wendeten sie sich hart, mit hartem Mund voneinander ab. Ich selber, wenn ich so bin, bin das Gegenteil von mir, nicht ich, und das verstehe ich nicht, kann es auch an Dir nicht verstehen. Warum konnten sie auf ihre Hinterhalte nicht verzichten? Weil es dann dieselben nicht mehr gäbe? Ist so der Grund? Ob sie eigentlich Angst hätten voreinander, Angst auch davor, sich nicht mehr verlieren zu können gegenseitig, sich falsch auszusprechen und sich zu verraten, Angst vor der Sicherheit beziehungsweise der fehlenden Unsicherheit? . . . Wie kann man leben wie Vladimir Nabokov und seine Frau in dem Film, den wir neulich gesehen haben, wo sie sich in ihrer Hotelsuite gegenübersaßen und sich ansahen? Auch das kann ich nicht verstehen. Wenn Du «Ada» ausgelesen hast, möchte ich es auch lesen, damit ich Dir folge über dieselben Wege und verstehe, was Du verstanden hast . . .

Er faltete die drei Blätter und steckte sie in einen Umschlag, den er offen gegen den Sockel der Tischlampe lehnte. Vielleicht konnte der Brief mit der diplomatischen Post über Kairo oder Damaskus geschickt werden. Er wollte Ariane Nassar danach fragen, die als Dolmetscherin und Korrespondentin an der deutschen Botschaft arbeitete und mit der er im Dezember häufig zusammen gewesen war.

Der Brief, in dem das alles stand, in den er das alles hineingeschrieben hatte und der im Luftstrom der Klimaanlage zitterte, auch aufgerichtet wurde und wieder gegen die Lampe kippte – er bedauerte ihn seltsam, betrachtete ihn noch etwas länger, ohne ihn noch mal anzufassen. Dann ließ er Wasser in die Wanne laufen und packte währenddessen den Koffer aus. Es wurde draußen dunkel, und da fühlte er sich im hellen Licht nicht mehr sicher, hielt es aber, hin und hergehend mit den Kleidungsstücken auf dem Arm, die er im Schrank unterbrachte, eine Weile aus mit dem Gefühl, beobachtet, deutlich gesehen zu werden, bis er endlich, bevor er in die Wanne stieg, das Schiebefenster mit Kraftaufwand schloß und den Vorhang zuzog.

Er badete und las ein paar Seiten in dem Arabien-Buch von Hottinger, folgte aber den Sätzen nicht weiter, konnte sie nicht richtig aufnehmen, weil sie fade waren wie die Sätze in Reiseprospekten und weil viel anderes dazwischengeriet, daß er beim Auspacken im Seitenfach des Koffers das Messer gesehen, es aber nicht herausgenommen hatte, daß er für das Messer ein besseres Versteck brauchte, wo nur, oder er würde es ständig tragen müssen, an die Wade geschnallt, auch eine lästige Vorstellung. Vielleicht war es nur dumm, es mitgebracht zu haben, von Nachteil oder sogar gefährlich. Die Wanne war so kurz, daß er sich nicht ausstrecken konnte. Das Buch legte er beiseite und genoß es für ein paar Minuten, ruhig in dem heißen Wasser zu liegen und auf der Stirn den Schweiß ausbrechen zu fühlen.

Er lag dann nackt auf dem Bett, hatte den Reisewecker aufgezogen, dessen Ticken anschwoll und wieder abflaute zusammen mit dem Säuseln der Klimaanlage. Das Messer hatte er sich ans rechte Bein geschnallt, es sah albern aus, kleinlich. Aber es fiel ihm nicht schwer, sich Situationen vorzustellen, in denen es gut war, es bei sich zu haben, wo es sich bewährte. Es war dann dunkel um ihn. Seine Schulter roch nach dem Bademittel.

Den Brief wollte er nicht noch einmal lesen. Als er aufstand, um sich anzuziehen, klebte er ihn rasch zu und stellte ihn wieder hin. Wenn er sich auch nicht noch heute darum bemühen wollte, ihn auf den Weg zu bringen, so gab es dafür Gründe genug. Er wollte noch warten damit.

III

Hoffmann in seiner Stärke und unmißverständlichen Anwesenheit war eigentlich nicht rätselhaft. Wahrscheinlich hatte er es nötig, jede Gefühlsäußerung, auch jeden Gedanken, der über das knapp Notwendige hinausging, zu verachten. Diese Bärenruhe erschien Laschen als selbstsüchtig und als eine eigensinnige Norm, der die anderen in ihrer Kläglichkeit nicht genügen konnten. Eine alte Männerfigur war er, die böse schweigen konnte und damit den Sprechenden schon herabsetzte. Er machte keine Fehler. Sein trapperartiger Aufzug, Felljacke, Westernstiefel, das langgewachsene drahtige Haar, weckte nirgends eine Aufmerksamkeit, war seinem Verhalten angegossen und bedeutete weder etwas Besonderes noch Konventionelles. Sie waren auch zusammen damals in Chile gewesen für einige Wochen bis nach der Ermordung Allendes. Den Herren, die Laschen interviewte, gab er fest die Hand, nicht weiter interessiert dann, so als hätte er all das Langweilige, das über sie verbreitet war, gelesen. Als Fotograf war er mehr am Fotografieren interessiert, wechselte Filme und Objektive aus. So gab es selten etwas Gedachtes oder Ausgedachtes von ihm zu hören, wenn, dann hörte es sich endgültig an, wie eine Aufforderung an alle, zu schweigen. Sonst war die Stumpfheit unanfechtbar. Ein guter Fotograf, darüber bestand im Verlag lange schon Einigkeit, nicht unvorsichtig, nicht ängstlich, jederzeit sein eigener

Mittelpunkt von einem starren, persönlichen Horizont umgeben, über den für ihn nichts ging. Er hat keine Vorstellung von einer Situation, meinte Laschen, nur Einschätzung, er sieht, was er sieht, und richtet sich sehr rasch darauf ein. Er ahnt nichts, sieht nichts kommen, reagiert aber schnell, ist bei aller Ahnungslosigkeit immer auf alles vorbereitet. Manchmal hatte Laschen den Eindruck, daß hinter Hoffmanns Schweigen, das auch, wie er meinte, durchaus nicht soviel Unausgesprochenes enthielt, und auch hinter seinen kränkend mitleidigen Blicken etwas stecken mußte, eine gedankliche Festigkeit, ein von geheimer Erkenntnis gehärteter Standpunkt. Aber häufiger verriet er sich doch durch den Ausdruck einer vierschrötig-schlauen Lebensfähigkeit. Mit dem Zweifel hatte er nichts zu schaffen. Alle Zweifel waren Laschens Zweifel. Und der zweifellose Hoffmann wirkte nur, nämlich einfach und männlich. Laschen war aufgefallen, daß Hoffmann nur selten Fragen stellte und offenbar es gut aushalten konnte, nicht zu wissen, was er nicht schon wußte, und das eigentlich Wörtliche anderer, ihre Weise zu sprechen und damit etwas sagen zu wollen, interessierten ihn nicht, oder nur als etwas, auf das er unerschütterlich nicht reagierte. Laschen fragte sich, welche Art des Schweigens er für Anna parat haben mochte, wie er sie sich mit Griffen gefügig machte, sie verstieß und hineinstieß in die Abhängigkeit von seinem Sprechen, die nur ein Nichtsprechen war, mithin eine andauernde Unkenntnis der Person Hoffmanns, die ja nicht den Fehler machte, zugänglich zu sein. Was ihm Anna erzählte hatte, daß Hoffmann sie abfällig verglich mit seiner geschiedenen Frau, war schon eine intime Blöße, die er sich an Hoffmann nicht vorstellen konnte, für die Hoffmann eigentlich keine Worte haben durfte. Laschen hatte Anna kennengelernt und nun auch mit ihr geschlafen, eine von Hoffmann ausgeraubte, sogar ausgelöschte Frau, derart, daß auch er sich ihrer nur kaum erinnerte. Schlug Hoffmann sie? Es paßte schlecht zu ihm, sie nicht zu schlagen. So vertrieb Hoffmann sich die Zeit und eine Angst, die niemand sehen durfte.

Das Restaurant war ziemlich voll von Hotelgästen, so daß ihnen ein kleiner Tisch zugewiesen wurde neben dem Gang, über den die Kellner eilten. Sie bestellten Arrak, einen klaren dickflüssigen Anisschnaps, den sie mit Wasser verdünnten, und eine Fisch-Mezze, die aus gegrilltem und gekochtem Fisch und einer Menge in kleinen Schalen servierter salat- und gemüseartiger Beilagen besteht. Dazu ein paar Streifen Fladenbrot. Auf der Karte war ein handgeschriebener Hinweis zu lesen, daß Brot knapp sei und Mehl unter großen Schwierigkeiten beschafft werden müsse. Dagegen waren Salat, Homos, ein Brei aus Kichererbsen, Tomaten, grüne Zwiebeln und Petersilie ausreichend vorhanden.

Fast alle Hotelgäste waren Libanesen, Kaufleute meist, die es in ihren Häusern und Wohnungen nicht ausgehalten hatten. Der Raum schien in einem schweren samtenen Schatten zu liegen. Hoffmann erkannte einen der Kellner aus dem Hotel Phoenicia und machte Laschen darauf aufmerksam. Hoffmann sagte, während sie aßen, in Karantina seien die Christenhunde dabei, Muslimhunde zu massakrieren.

Woher hast du das?

Vorhin war es im Fernsehen. Da liefen maskierte SS-Killer herum, Katajeb-Leute, und da lagen ein paar Leichen, keine Katajeb-Leichen.
Laschen hatte das Gefühl, das Messer hätte sich am Bein gelockert, aber durch den Hosenstoff tastete er es ab, es war nicht verrutscht. Der ehemalige Phoenicia-Kellner nickte ihnen im Vorbeigehen zu, und sie grüßten zurück.
Der Kaffee wurde serviert, dazu ein Cognac, den das Haus spendierte. Sie hatten noch nicht darüber gesprochen, aber es war klar, daß sie noch nach draußen gehen und versuchen wollten, in einer Bar etwas zu trinken. Die Rechnung war hoch, fast doppelt so hoch, wie sie es im Dezember je gewesen war. Hoffmann unterschrieb sie und legte ein Trinkgeld hin.
In der Halle trafen sie auf drei junge Amerikaner, unter ihnen Mark Padnos, den sie kannten, weil er im Dezember auch im Phoenicia Hotel gewohnt hatte. Sie begrüßten und unterhielten sich nur kurz. Die beiden anderen, einer von ihnen Fotograf mit schwerer Bereitschaftstasche, die er an einem Riemen über der Schulter trug, sahen abenteuerlich aus. Padnos sagte, sie gingen am Abend gewöhnlich in die Berge, um von dort aus den Krieg zu beobachten, das sei aber kein sicherer Platz, vielmehr fänden dort oben die härtesten Gefechte statt. Hoffmann sagte verächtlich, als sie sich verabschiedet und die Halle verlassen hatten: diese *Beat*-Reporter. Laschen mußte darüber lachen.
Nur wenige Autos jagten durch die Hamra, einige mit grüngelben Tarnfarben gestrichene Privatautos. Die Blechjalousien der Läden, Garagen und Toreinfahrten waren heruntergezogen, die Stühle vor den Cafés auf-

gestapelt und festgekettet. In einem erleuchteten Kinoeingang tollten Jugendliche mit Maschinenpistolen herum, die sofort zu lachen und zu schreien aufhörten und ihnen neugierig nachschauten. Eine Ratte überquerte die Straße, gerade und unbeirrt wie ein Spielzeugtier, das an einer Schnur entlangläuft. Sie begegneten einer Patrouille mit Kalaschnikows; es waren sechs Mann, die Andeutungen von Uniformen am Leib hatten, auch Blue jeans und dick gefütterte Parkas. Sie gingen langsam und verteilt auf den Gehsteigen und der Fahrbahn und sahen Hoffmann und Laschen kaum an. Aber Laschen fühlte sich von einem raschen Blick erkannt und für einen abartigen Touristen gehalten.

Ein paarmal erhellte flackernder Feuerschein den Himmel, und eine Serie verschieden starker Detonationen folgte. Hoffmann schien etwas sagen zu wollen, schaute ihn aber nur von der Seite an. Sie waren in eine Seitenstraße eingebogen und die Treppe zum Eingang der *Bar des Lilacs* hinabgestiegen, über den ein Kabel mit farbigen Glühbirnen gespannt war. Im Vorraum wurden sie von einer älteren blonden Frau wie alte Bekannte begrüßt, nicht nur Hoffmann, der hier schon einmal gewesen war. Sie schaute vielmehr Laschen an wie ihren geliebten großen Jungen, behielt seine Hand lange in der ihren und streichelte sie. Die Geschäfte, sagte sie, gingen schlecht, um so herzlicher und sowieso seien sie willkommen. Hoffmann war schon weitergegangen, nachdem er den Mantel über das Garderobenpult gelegt hatte, vorbei an der Bar und den fellbespannten Hockern, und sah sich hinten um. Laschen blieb an der Bar stehen, an der noch zwei Männer saßen und miteinander sprachen. Es bedienten an der Bar ein blondes und ein schwarzhaariges Mädchen, deren tiefausgeschnittene glänzende Rücken im Spiegelregal zu sehen waren. Die blonde Frau in ihrem weit um sie herumschwingenden Gobelinkittel war ihm gefolgt und pries die mit rotem Samt bezogenen Nischen, meinte aber die Mädchen, die hinten in einer Reihe auf Stühlen saßen und Hoffmann zulächelten, der sie unverhohlen betrachtete. Sie hatten einen blassen bläulichen Teint. Als Hoffmann zurückkam an die Bar, lächelte die Empfangsdame ergeben und nickte den beiden Mädchen ermunternd zu. Sie sagte auf englisch, sie könnten sich wohl und sicher fühlen, hier sei noch nie ein Gast gestört worden, sie habe ein paar Freunde, die Obacht gäben, «certain very important friends». Hoffmann drehte sich auf dem Hocker herum und schaute wieder zu den Mädchen auf den Stühlen hinüber, die sich nun einen betrübten und schmollenden Anschein gaben, jede von ihnen eine besondere verpaßte Gelegenheit. Auch die Damen hinter der Bar betrachtete er geringschätzig, als hätten sie für ihn erst noch zu beweisen, daß sie *jemand* waren. Auch ihm, Laschen, wollte er damit etwas sagen von ganz anderen Lokalen, ganz anderen Frauen, einer ganz anderen Welt, von der Laschen keine Ahnung hätte und in der sicherlich nicht gesprochen wurde, sondern unverzüglich gehandelt.

Im Dezember hatte Hoffmann oft eine Frau mit auf sein Zimmer genommen, über die – sie sei offensichtlich in ihn verliebt – er sich bei Laschen beschwerte. Wenn er sie in ihrer Bar besuche, animiere sie ihn immer weiter zum Geldausgeben. Einmal, als Laschen dabeigewesen war, hatte er sie ins Gesicht geschlagen.

In der Hotelbar hatte er sich um zwei Französinnen bemüht, die abwechselnd in Jeans und Abendkleidern auftauchten. Er sprach dann, wie angefeuert, mit rotem Kopf und knapp unterstreichenden Gesten. Wenn er mit einer Frau beim Frühstück saß und Laschen hinzukam, sprach er aber nicht mehr mit ihr, schien sie vergessen zu haben und plante auf dem Stadtplan seine Raubzüge mit den Kameras, indem er rote Kreuze einzeichnete. Er hatte immer die Nachrichten verfolgt, hörte auch viel Radio Monte Carlo und las die Fernschreiberfahnen. Persönliche Kontakte aber, durch die Laschen meist zu seinen Verabredungen kam, hatte er nie.
Zwei der Mädchen machten einen weiteren Versuch mit ihnen, indem sie sich langsam an sie herandrängten. Hoffmann bestellte ihnen die Cocktails, die sie wünschten, wies sie aber ab, als sie sich zwischen ihn und Laschen drängen wollten, worauf sie mit den Gläsern zu ihren Plätzen zurückgingen.
Zwei neue Gäste wurden hereingeführt, Männer, knapp unter sechzig etwa, einer von ihnen an Krükken, das linke Hosenbein hochgeklappt. Sie redeten Deutsch miteinander; der Amputierte, mit starkem Akzent, gebrauchte häufig den Ausdruck «meine Frau». Sie setzten sich an einen Tisch und bestellten eine Flasche Whisky. Die Mädchen ließen etwas Zeit vergehen, bevor sie sich um eine Einladung bemühten. Sie bekamen Champagner in Gläsern serviert, waren ganz erleichtert nach dem langen Warten. Nach wenigen Augenblicken war an dem Tisch eine einheitliche Laune geradezu eingeführt. Die Mädchen hörten den Männern zu, eine Fülle von Verständnis für alles Erdenkliche war ihnen anzusehen. Das Mädchen neben

dem Araber betastete die angelehnten Krücken, als seien es wirkliche Körperteile, und betrachtete neugierig das hochgeklappte leere Hosenbein, das sanft auflag auf dem Rand des Sitzes. Der Mann lehnte sich geschmeichelt zurück und erzählte. Der andere Mann hatte einen Arm um schöne Schultern gelegt und rief Laschen und Hoffmann einen Gruß zu. Laschen beugte sich tief vom Hokker herab und sagte, ja sicher, aus Hamburg. Der Mann war aus Frankfurt. Mein Name ist Rudnik. Na, vielleicht sieht man sich mal im Hotel. Dies ist mein Freund Georges. Mit seiner Frau zusammen – sie ist Deutsche – betreibt er ein deutsches Restaurant. Waren Sie schon da? Das Rhenania. Es liegt in Minet el Hosn, wo es ein bißchen laut ist im Moment.

Es interessierte Laschen. Rudnik sagte noch etwas von Deutscher Lufthansa, Laschen verstand aber nicht genau, weil eine alte knisternde Rolling Stones-Platte lief.

Er spürte, daß Hoffmann noch hierbleiben wollte, sicherlich, um schließlich mit einem der Mädchen ins Bett zu gehen. Hoffmann wippte und ruckte herum auf seinem Hocker, vor Nervosität ganz eckig in seinen Bewegungen. Laschen kannte das. Wenn er betrunken war, zurücksank in die Polster einer Bar, konnte er eine Art Leutseligkeit ausstrahlen, einen gewalttätigen Frohsinn, der ansteckend wirkte. Die Unternehmungslust blitzte dann listig wie aus verborgenen Winkeln seines Gesichts hervor.

Sie besprachen leise, die Köpfe dicht beieinander, was sie morgen unternehmen wollten. Noch nichts Bestimmtes, meinte Laschen, erst einmal die schon einmal hergestellten Kontakte wieder herstellen und sich umsehen nach Veränderungen und Hervorstechendem. Noch in Hamburg hatte er im Radio Ungefähres über Massaker gehört. In Dbye, einem nördlichen Vorort von Beirut, waren angeblich christliche Palästinenser von der Falange ermordet, Hütten in Karantina niedergebrannt und in der Nähe des Platzes der Märtyrer Muslims planmäßig und reihenweise erschossen worden. Er dachte an Greta, dann an Ariane Nassar, die er morgen dringend sehen wollte. Es war ein starker Wunsch mit einem Male, und er wunderte sich, daß er zu Hause kaum an sie gedacht hatte.

IV

Das Fenster war über Nacht einen Spaltbreit geöffnet gewesen, so daß er vom Lärmen der Vögel erwachte, und eine Etage höher wummerte Wasser in eine Wanne. Als er die Augen endgültig offen behielt, unterschied er auch Stimmen auf dem Gang. Er hatte das Gefühl, ein völlig grundloses Gefühl, etwas versäumt oder verpatzt zu haben, was? Noch war kein erster, entscheidender Schritt verunglückt, wenn er einmal von dem überflüssigen Barbesuch absah. Anna konnte nur zerschellen an diesem Betonmenschen Hoffmann. Da war er gegangen. Es wunderte ihn, wie der amputierte Araber bei Nacht hatte in die Hamra gelangen können. Mit dem Deutschen, Rudnik, wollte er sich einmal unterhalten. Er mußte einen zwielichtigen Grund haben, hier zu sein, eine Gestalt, die auf ihn trotz ihrer äußeren Akkuratesse haltlos gewirkt hatte.

Heuten morgen wollte er ihm keinesfalls begegnen, Hoffmann wenn möglich auch nicht. Es war schon fast zehn Uhr. Zu Hause war es jetzt zwei Stunden früher. Greta hatte sich, nachdem die Kinder abgeholt worden waren, noch einmal hingelegt und war wieder eingeschlafen. Der Himmel war blau, erst weiter weg hingen dicke aufgebauschte Wolken dicht über dem Horizont. Die Elbwiesen zerflossen da, immer blasser, und wo nichts Genaues mehr war, sah man auch keine Zäune mehr. Die treibenden Eisschollen fingen an zu rotieren, wenn sie in die Strudel zwischen den Molen gerieten. Das ehemalige Bauernhaus, dessen Eichenfachwerk ausgemauert war mit blaßroten, an der Luft getrockneten Ziegelsteinen, die im Licht der frühen oder späten Sonne diesig purpurn aufleuchteten, lag da an den Boden geschmiegt oder wie hingekauert. Er hatte Greta auf dieses Leuchten, das ihm rätselhaft vorkam, wie eine nur ihm sichtbare Strahlung, aufmerksam gemacht. Ein paar Versuche von Greta, es zu fotografieren, waren enttäuschend verlaufen; die Vergrößerungen brachten nie das, was er meinte. Vielleicht hatte sie auch den Farbton nicht richtig gesehen und die Bilder wurden deshalb nichts. Die ganze nach Osten gerichtete Giebelwand war mit Wein bewachsen. Durch die oberen Fenster konnte er über den Fluß und den Zaun der Staatsgrenze hinweg in den anderen Staat schauen, wo sich, wenn sie klares Wetter hatten, das Diesseits wiederholte, also Ansammlungen geduckter Gehöfte, von Bäumen umstanden und überragt. Die Stallungen an den Außenseiten der Diele waren von ihnen zu Wohn- und Arbeitsräumen nachträglich ausgebaut worden, Greta hatte dort auch ihr Labor. In der Diele hing eine Schaukel, an einen Nagel beiseite gehängt. An der gegenüberliegenden Wand stand ein Tisch mit gekreuzten Beinen aus altem geblichenem Holz.

Er sah sich selber da sitzen, die Hände ringend vor Untätigkeit. Das Hemd war zu eng, und zwischen den geschlossenen Knöpfen war der rötlich behaarte Bauch zu sehen. Er konnte es nicht akzeptieren, jetzt dies oder jenes zu tun, es schien grundsätzlich vergeblich, von allgemeinem Desinteresse zu sein. Er blätterte einen Packen Libanon-Fotos durch, an deren Rückseiten kleine, mit der Maschine eng beschriebene Papierfähnchen klebten, die Ort, Zeit und manchmal auch die Akteure bezeichneten. Meist waren Jugendliche in allerlei Posen und Gebärden abgebildet, bewaffnet. Die Waffen an den Schulterriemen waren den meisten zu groß und den Bewegungen im Weg. Die Läufe waren leicht nach unten geneigt gemäß einer rasch erlernten Hauptregel. Die Kinder kamen, von Verena abgeholt, und erzählten, was sie im Kindergarten erlebt hatten, nichts Besonderes, aber es war wichtig. Verena kochte. Wann kam Greta zurück? Wieso hatte er sich vorgenommen, heute in der Redaktion anzurufen? Er wußte es nicht mehr. In den Zeitungen standen täglich Neuigkeiten über die Entwicklung im Libanon. Wollten sie ihn wieder hinschicken? Andererseits hatte er bemerkt, wie denen in Hamburg der andauernde Krieg auch schon langweilig wurde, ein untrügliches Zeichen für die Langeweile der Leser. Andauernde Kampfhandlungen hatten etwas so Einschläferndes wie keine Kampfhandlungen. Also doch Chile? Amnesty International hatte Chile-Fotos geschickt, Berichte von Ge-

folterten. Bot das nicht Gelegenheit, dem Leser die Werkzeuge zu zeigen? War das nicht Grund genug für ein erneutes Vordringen der Journalisten nach Chile hinein? Ein paarmal hatte er mit Greta geschlafen, seitdem er ein paar Tage vor Weihnachten zurückgekommen war. Je beiläufiger sie es geschehen ließ, um so erbärmlicher, eigentlich erbarmungsunwürdiger, empfand er die eigene Erregung, als krank und würdelos. Am liebsten hätte er sie angefleht um etwas Beteiligung, Anteilnahme an ihm, die sie ihm aber daraufhin erst recht hätte noch stärker entziehen müssen. Daß es ihn dennoch erregte, erregte ihn noch mehr, auch, daß sie in Hamburg mit einem Mann zusammen gewesen war, mit dem sie gesprochen hatte, wie sie mit ihm niemals mehr sprach. Jene unaussprechliche Fremde, die dann an ihr haftete, machte sie ihm unerreichbar, unansprechbar, unberührbar, wenn er sie auch erreichte, ansprach, berührte. Die Gier war noch da und sogar stärker, die Gewalt war noch da, mit der er sie niederzwingen, wenn er wollte, auch erwürgen könnte, mit der er sie auch nur, wenn er wollte, bedrohen, erpressen könnte, wenn er eines davon wirklich nur noch gewollt und damit gekonnt hätte. All die Möglichkeiten, die lange und selbstverständlich in ihrem ehelichen Verhältnis, das nie ein eheliches hatte werden dürfen und auch nicht wirklich geworden war, geruht hatten, waren still, nach und nach abhanden gekommen.
Laschen war aufgestanden und hatte den Vorhang aufgezogen. Er wählte die Servicenummer und bestellte das Frühstück aufs Zimmer. Sofort anschließend rief er die Botschaft an, um Ariane Nassar zu sprechen, die gar nicht erstaunt war, seine Stimme zu hören. Er sag-

te ihr, sie seien diesmal im Commodore. Sie sagte, deine feigen Kollegen sind alle verschwunden, nach Hause, oder sie sitzen in Kairo an den Swimming-pools. Nur einer ist außer dir noch da, aber der ist Österreicher und ein alter Mann, der sowieso seit fast vierzig Jahren im Orient lebt.
Würdest du mir helfen, einen neuen Überblick zu bekommen?
Ich glaube, du bist nur wiedergekommen, um mich auszunutzen.
Sie verabredeten sich zum Mittagessen, wollten sich in der Hotelhalle treffen. Sie sagte, sie habe auch nicht viel zu tun. Das Botschaftspersonal bestehe nur noch aus fünf Leuten, von denen noch drei demnächst abreisen wollten aus Sicherheitsgründen, die aber von diesen Männern als familiäre Gründe bezeichnet würden. Über ihre linke Gesichtshälfte verlief eine Narbe vom Augenwinkel um die Wange herum bis zum Nasenflügel. Dadurch wurde die Wange hervorgehoben und der Mundwinkel etwas hochgezogen, ein Eindruck, der sich verlor, wenn sie redete, der sich überhaupt allmählich verlor. Als er den Hörer auflegte und eine Weile zum Fenster hinausschaute, fühlte er sich für die Stunden, die ihm bis zu ihrem Treffen blieben, gestärkt. Das Messer schob er unter die Wolldecken, die gefaltet auf dem Kleiderschrank lagen. Esser, der ständige Korrespondent, war, wie er vermutet hatte, in Kairo. Noch vor ein paar Tagen hatte er sich in einem Telex aus Beirut gemeldet.
In der Halle kaufte er am Kiosk eine Stange Zigaretten, einen Stadtplan und die internationale Ausgabe der Herald Tribune von gestern. Er gab ein Telegramm an Esser auf, der in Kairo immer im Hotel Alexandria

wohnte, in dem er ihn um Material bat. Er nahm die auf Leseformat geschnittenen Telexfahnen mit zu einem Sessel und bestellte einen Martini. Am Nebentisch saßen zwei Araber in weißen Gewändern mit scharf ausrasierten Bartkonturen, Bernsteinketten lokker um die Hand gewickelt. Er las die Agenturmeldungen. Karantina, ein Slumviertel in der Nähe des Hafens, hauptsächlich von Palästinensern und armen Muslims bewohnt, lag nachts im Dauerfeuer, ebenso das angrenzende Maslakh. Durch Bab Edriss und das Hotelviertel an der St. Georges-Bucht verlief noch immer die ungenaue Grenze, fiktiv, die jede Nacht neu von den Einschlägen markiert wurde und sich fortsetzte in der Rue Damas. Wiederholt umkämpfte Punkte waren der Platz der Märtyrer und der Museumsplatz. Die Hochhäuser entlang dieser Linie wurden seit Wochen erobert und zurückerobert. Seit Wochen blühte tagsüber das Tauschgeschäft mit den nachts ergriffenen Geiseln. Sonst war es tagsüber meist ruhig, und viel totgeglaubtes Leben kam hervor in die Sonne und zeigte sich in seinem Eigensinn. Er dachte noch immer oft an den alten Muslim, der im Dezember vor einer zerschossenen Garage ein Tuch ausgebreitet hatte, um Kämme, Spangen und andere Dinge zum Kauf anzubieten. Er war von ein paar Kindern, die in einigem Abstand ihn beobachteten, umgeben, da wurde er von einem Schuß umgeworfen, so schnell, daß eine seiner Sandalen weit vom Fuß geschleudert wurde. Er richtete sich halb wieder auf, seine Hand zupfte und glättete das Gewand, als ein zweiter Schuß ihn traf und er bewegungslos liegenblieb. Die Kinder waren verschwunden. Eine Minute später – Laschen hatte langsam ent-

langgeschaut an Dächern und Fenstern – waren Waren und Tuch verschwunden. Auch die andere Sandale war von seinem Fuß weg. Er hatte diesen Vorfall in seinem Artikel erwähnt.
Laschen schrieb ein paar Einzelheiten, Zahlen vor allem, in sein Notizbuch, brachte die Telexfahnen zurück in die Kabine, ließ vom Portier die Zigaretten in sein Postfach stecken und trat auf die Straße hinaus. Einer der Geldwechsler in der Rue Hamra hatte den Schalter geöffnet, und er verlangte den Kurs, den er gestern im Flughafen angezeigt gesehen hatte. Er bekam vierhundertzehn Lira für zweihundert Mark, ein geringer Verlust. Handwagen mit Paprika, Auberginen, Tomaten, Bananen, vor allem riesige Petersiliefuder rumpelten über das Pflaster. Die Autos schlängelten sich vorwitzig hupend durch das Gedränge. Die meisten Jalousien der Läden und Cafés waren halb hochgezogen, so daß man nur gebückt eintreten konnte. Eine Cafeteria war großzügig geöffnet, und die Leute standen dicht gedrängt und aßen Khebab und Hamburgers. Marlboro- und Whiskypyramiden auf den Gehsteigen, rasche Verkäufe. Viele weiße Mützen mit Plastikschirmen und aufgedruckter Marlboro-Reklame.
In der Rue Rebeiz nahm er ein Taxi. Den Fahrer mußte er nicht überreden, ihn nach Achrafieh, dann nach Maazra und zurück in die Hamra zu fahren – der Preis war ohnehin hoch, 100 Lira. Das Holiday Inn rauchte öd aus ein paar Fensteröffnungen und war von einem gleichmäßigen Muster der Einschußlöcher überzogen. Es sah porös aus, die Größe nur noch fadenscheinig. Weiter in Richtung der Souks war alles ge-

borsten, lag, hing in Fransen, Fetzen, dazwischen der sich immer am schnellsten erholende Markt, auf dem kein Artikel zu fehlen schien, die Farben leuchteten wie eh und je, die Stimmen der Verkäufer gellten, die krassen toten Chemiefarben der Blusen, Hemden, Kittel, der ganze Haushalts- und Lampenplunder. Überall an Kreuzungen und Straßenecken Barrieren aus Sandsäcken, leere MG-Nester. Hängender, gestürzter Stahlbeton, zerrissene Gewölbe, Mörtelhaufen, Schuttberge, in der Hitze zu Klumpen geschmolzenes Plastik und Metall, gerüttelte und geschüttelte Baumasse zurück aufs Grundgeflecht, auf kahle ausgehöhlte Konstruktion, auf freiragende Faser. Von Feuer und Rauch gestrählte Fliesenwände, gestürzte Treppen. Die Banken hatten aber nie gewankt, sie standen, nur leicht und zufällig demoliert in der Rue Riad el Solh, eine ganze Straße mitten in der Trümmerwelt. Es hieß, für ihren Erhalt sei gezahlt worden, große Summen an beide Seiten. Das ganze Viertel war so durchsichtig geworden, von einer grobkörnigen schneeigen Leere, so niedergerieben, und es wunderte ihn sehr, daß hier und da immer noch ein Gebäude erhalten war, hervorgehoben, ausgezeichnet, eine höhnische Herausforderung, darin zu wohnen.

Die Oberarme des Fahrers waren tätowiert, Laschen konnte die Motive nicht erkennen, obwohl die Ärmel in den Kurven hochrutschten. An einer Straßensperre der Falangisten mußten sie anhalten. Jugendliche mit schwarzen Baretts auf den Köpfen beugten sich in den Wagen hinein und verlangten seinen Ausweis. Dem Fahrer, der so aufmerksam geradeaus schaute, als führe er, nickten sie nur zu. Gegen die Hauswand gelehnt

stand ein Katajeb-Mann in schwarzen polierten Schaftstiefeln und mit einer schwarzen Kapuze vermummtem Gesicht. Im Mundloch steckte eine Zigarette, und der Rauch quoll aus den Augenlöchern und am Hals hervor. Auf der Brust trug er drei Kruzifixe an grobgliedrigen Chromketten. Er stieß sich von der Wand ab und kam herangeschlendert, blieb aber hinter den Jugendlichen stehen. Sie fragten Laschen auf französisch, ob er in der Hamra wohne, was er bejahte, und warum er in der Hamra wohne. Er erklärte, kein gutes Hotel in Achrafieh zu kennen. Er war ganz ruhig. Er betrachtete ruhig den Mann im Hintergrund, der keine Waffe in den Händen hatte. Es war in seinen Bewegungen etwas Untröstliches, Tragisches wie bei einem waidwunden, sich endlich ergebenden Tier. Seine Augen konnte Laschen nicht sehen, sah es hinter den Löchern nur wäßrig blinken. Eine traurige, langsam gewordene Kreatur, um die herum alles schon tot war, alles zertreten. Die Jugendlichen gaben Laschen den Paß zurück und wechselten ein paar arabische Worte mit dem Fahrer. Da erschien der vermummte Kopf am Hinterfenster. Er sei doch Deutscher. Ob er je einen Führer der Christen kennengelernt habe. Laschen lächelte verwirrt. Ja, sagte er, ich war zu Besuch im Haus Gemayel. Da drückte der Mann ihm die Hand und gab dem Fahrer ein Zeichen, weiterzufahren.
Achrafieh wirkte diesmal so hügelig. Es war hügelig. Die Augen brannten ihm vom Rauch, er riß sie weit auf. Alles wirkte friedlich, still, früh, wie vom Tau noch benetzt, obwohl die Sonne schon hoch stand. In den schattigen Villengärten gingen Leute mit Kindern,

Pudel ihnen voraus. Eine Terrasse ragte schräg über das Gefälle des Hügels hinaus und war herumgebaut worden um die schon dünkelhaft aussehenden Palmen und Zypressen. Alles gestutzt, geschoren und berieselt, eine herrische Ordnung, scheinheiliger, in der Scheinheiligkeit erstarrter Wohlstand, so daß Laschen mit einer Lust die wenigen Granatlöcher zählte, die wenigen eingedrückten und ausgebrannten Zimmer.
Der Fahrer erzählte ihm begeistert von Jounieh, einem Fischerort fünfzehn Kilometer nördlich von Beirut, der nun zur neuen christlichen Hauptstadt ausgebaut werden solle, mit Überseehafen, Flugplatz. Er schwärmte von den Hotels und Stränden, wollte ihn überreden, dort zu wohnen und es sofort zu besichtigen. Laschen lehnte ab und wiederholte, er wolle nichts anderes als über Maazra zurückgefahren werden in die Hamra. Vor einer Einfahrt durch eine lange, weiß getünchte Mauer, auf der in primitiver Manier Soldaten in Kampfposen gemalt waren, mußten sie warten, weil ein Konvoi aus Militärfahrzeugen sich zäh herausquetschte, am Schluß ein Panzer mit arabischer Schrift bemalt und einem aufgeschweißten Kruzifix, unter dem die Erde dröhnte, in der Turmluke ein scharfer gebräunter Kopf mit Schallschützern auf den Ohren. Laschen fragte, um welche Truppe es sich handle, ob es Leute von Chamoun sein. Der Fahrer sagte yes. Der Panzer blieb für einen Moment stehen, ohne vorher die Fahrt verlangsamt zu haben, und schwenkte das Geschützrohr herum, übergangslose abrupte Tempowechsel, es erschien Laschen als Drohgebärde der Materie selbst. Der Fahrer sagte, Chamouns Truppen hätten sich vorübergehend mit denen

von Abu Arz verbündet. Davon hatte Laschen schon im Dezember Greuelnachrichten gehört. Sie nannten sich «Wächter der Zeder» und waren eine kleine, gut ausgerüstete und besonders brutale christliche Privatarmee, die in den Bergen kleine muslimische Orte besetzt und geplündert hatte. Mark Padnos hatte ihm von einem Besuch in Abu Arz' Hauptquartier erzählt. Er habe den Eindruck gehabt, sie kopierten die SS.

Es war schon bald eins. Sie näherten sich der Rue Damas, viele zerschossene und ausgebrannte Häuser, links und rechts in ehemaligen Gärten Panzer, die sich tief in den Boden eingebuddelt und die Rohre auf den Museumsplatz gerichtet hatten. Auf dem Sandsäckewall eines MG-Nestes saß mit baumelnden Beinen ein kleiner lockiger Junge und unterhielt sich mit einem älteren. Ein paar Uniformierte schlenderten rauchend herum. Schüsse waren nicht zu hören. Aus einer rauchenden Ruine wurden Möbel getragen und mit Seilen auf einen Lastwagen gezogen.

Wo die Rue Hotel Dieu auf den Museumsplatz mündet, war eine Straßensperre, die von den MG-Schützen beobachtet wurde. In regelmäßigen Abständen standen alte löchrige Teerfässer auf der Fahrbahn, in denen abends Feuer brannten. Laschen mußte aussteigen, nachdem er den Paß hinausgereicht hatte. Der Fahrer auch, der fluchend den Kofferraum öffnete, in dem nichts war außer einem Reservekanister, einem Abschleppseil und einem Hammer. Zwei Knaben mit wichtigtuerischen Gesichtern, die ihr Gespräch nicht unterbrachen, tasteten Laschen ab, auch die Beine, dabei sah er die Mündungen ihrer Waffen, schwarze, etwas körnige Löcher, unter seinem Kinn hin und her schwanken. Es dauerte lange. Er spürte nur eine Ungeduld, die auf Entscheidung drängte. Was sollte passieren mit ihm? Sollte eine Kugel der Gegenseite ihn treffen, oder sollte er einen Moment später unversehrt Ariane in der Hotelhalle entgegeneilen? Die Leibesvisitation war beendet, und deshalb verstand er nicht, daß einer der Uniformierten sich mit seinem Paß Luft zufächelte. Man ließ den Fahrer wieder einsteigen, ihn aber warten, bis einer von den Knaben sich erneut an ihn wandte, die Hand aufhielt und fünfundzwanzig Lira verlangte, als Spende für den Krieg, als einen Munitionsbeitrag oder als Gebühr für den Grenzübertritt. Er verstand es nicht, er fragte, warum. Da drehte der Soldat sich um und wollte weggehen, mit seinem Paß.

Schon gut, rief Laschen ihm nach, er zahlte und bekam augenblicklich den Paß zurück.

Auf der anderen Seite des Platzes ein ähnliches Bild und eine ähnliche Prozedur. Die Muslims wollten wissen, was er hatte zahlen müssen. Er sagte es ihnen, und sie schüttelten bedauernd, als wollten sie sich für das schlechte Benehmen von Verwandten entschuldigen, die Köpfe. Sie kontrollierten ebenfalls den Kofferraum – diesmal fluchte der Fahrer nicht –, betrachteten verlegen seinen Paß und ließen sie dann weiterfahren. Sie fuhren durch das viel stärker zerstörte Maazra. Stellenweise gab es in der Mitte nur eine schmale geräumte Fahrrinne zwischen den Schutthügeln. An einer weiteren palästinensischen Straßensperre wurden sie vorbeigewinkt. Die Posten trugen nasse Tücher auf den Gesichtern, dicker schwarzer Rauch wälzte sich niedrig durch die Straße, auch eine Todes- und Rachedrohung; Kinder warfen immer mehr alte Autoreifen in das Feuer. Sie hatten die Fenster rasch hochgekurbelt, aber doch war der Innenraum schon erfüllt von dem beizenden Geruch. Der Fahrer rieb sich die Augen und gab mehr Gas. Einmal hielt er an, um von einer alten verschleierten Frau einen Busch Petersilie zu kaufen.

Auf dem Corniche Chourane wurde der Wagen sehr schnell, und wieder sah Laschen durch das Rückfenster die aufgewirbelten Papierfetzen niederschweben. In Höhe der Badegrotten, wo landeinwärts neue Hochhäuser stehen, zum Teil noch Rohbauten und von Gerüsten umklammerte Liftschächte aus Stahlbeton, hielt der Fahrer an. Es war Brachland zwischen den Bauten, gelbrote Erdaufschüttungen, stellenweise dünnes trockenes Gras, über das ein paar Schafe getrieben wurden. Der Fahrer ging voran auf einem Trampelpfad, der schräg den Abhang entlangführte zum Strand, und bedeutete ihm, zu folgen. Laschen stieg zögernd aus und stützte sich mit den Armen auf die Motorhaube. Sein Angstgefühl, so eine hohle Ernüchterung, die in ihm aufstieg, wollte er nicht wahrhaben, doch schüttelte er den Kopf.

I'll show something to you!

Da war es ihm peinlich, sich noch einmal auffordern zu lassen. Er ging dem Mann nach den Pfad hinunter durch hohes schilfartiges Gras, dann durch eine wüste, weit ausgebreitete und hin und her gezerrte Müllhalde weiter, um vorspringende Felsstücke herum, bis sie unten auf Sand gingen, der Mann ihm geduckt voran, als wolle er ihn warnen. Die Felsklippen stießen hier von oben herab bis in den Sand, in dicken vorsprin-

genden Wülsten. Oben über ihren Köpfen sah Laschen einen krustigen, mit Büschen bewachsenen Überhang. Der Müll war zwar noch nicht in voller Breite bis auf den Strand hinabgerutscht, aber doch lagen überall Papier-, Stoffetzen, Konservenbüchsen, Flaschen und rostige Eisenteile herum. Sie kletterten über eine flache Klippe, die einige Meter weit ins Meer hineinragte, und gelangten in eine grottenartige Vertiefung, die aber zum Meer hin in voller Höhe offen war. Im Sand lagen schwarze Knochen, Schädel, Schenkel, Kiefer, Beckenknochen. Der Sand war ebenfalls schwarz, wie mit altem Öl getränkt, in einem Winkel ein Stapel durchweichter Zeitungen und Kartons, wie sie offenbar zum Anmachen des Feuers benutzt worden waren.
Laschen glaubte, nichts zu fühlen, nur das Rauschen der Brandung schien in seinem Inneren sich fortzusetzen, zu verstärken und taube Nerven zu treffen. Keine sprachlose Empörung. Das Arrangement aus Menschenknochen – er dachte das Wort *Arrangement* – sah ruhig aus, einfach ein Bild im Sand, ein Verständigungszeichen, Knochen, die Knochen waren, zugleich Symbole, und wieder nur Knochen, kleine nieselnde Böen wehten darüber hin. Keine Gefahr. Der Taxifahrer – er hatte etwas wiedergefunden – triumphierte nicht übermäßig, wollte aber Laschens Staunen erleben. Niemand war zu sehen, auf dem Meer nichts, die Sonne schön umdunstet. Und ein wenig frisch war es hier unten ohne Mantel.
Would like to see more? Laschen schüttelte den Kopf.
I show you. I know many places. Little money.
Laschen sagte nein. Es hörte sich stumpf an, ver-

schluckt. Von der Seite sah er in der Hosentasche des Mannes ein Geldbündel.
Could even happen to you, sagte der Mann lächelnd, nicht verschlagen, sondern höflich, ein wenig stolz.
They would kill you for ten pounds, for less then ten pounds, for one pound they would kill you, they would kill you even without any reason.
Er sprach sehr eindringlich, als wolle er nur verhindern, daß ein stumpfer Tourist eine Besonderheit einfach übersieht. Laschen meinte sich kalt und aufmerksam jede Einzelheit eingeprägt zu haben. Langsam gingen sie den Pfad hinauf, Laschen diesmal als erster, und fast gleichgültig bedachte er, daß er diesem Mann, der ihm nicht gefiel, während des ganzen Aufstiegs den Rücken zudrehte.
Vor dem Hotel zahlte er den vereinbarten Preis. Der Fahrer nahm das Geld rasch in die andere Hand und streckte die freie noch einmal aus. Er schien fassungslos zu sein. Laschen fragte ihn unfreundlich, was er noch wolle, wollte zuerst nicht verstehen, bis der Mann beharrlich wiederholte: the bones, the bones. Er gab ihm, ohne ihn noch einmal anzusehen, das restliche Kleingeld aus der Jackentasche. Es mußten ungefähr acht oder zehn Pfund sein.

V

Ariane stand auf, als sie ihn die Halle betreten sah. Er umarmte sie und spürte, wie trocken seine Lippen waren. Seine Hände wollte er noch waschen, bevor sie gingen, seine Hände hatten Geld angefaßt, die Polster im Taxi, den Paß, den auch Kämpfer beider Seiten angefaßt hatten. Er war schnell wieder zurück, hinterließ beim Portier auch noch rasch eine Notiz für Hoffmann, er möge sich bitte für heute abend bereithalten.

Sie fuhren in ihrem Auto in Richtung des Manara-Leuchtturms. Er erzählte ihr schnell sein Erlebnis mit dem Taxifahrer. Sie schüttelte den Kopf und sagte, sie habe davon gehört. Die Banden wüßten nicht, wohin mit den Gefangenen, die einfach in den Straßen aufgegriffene, zusammengetriebene und abtransportierte Passanten seien. Also würden sie, wenn sie im Moment als austauschbare Geiseln nicht zu gebrauchen seien, erschossen und verbrannt. Viele Leichen würden auch einfach ins Meer geworfen. Sie sei auch schon ganz gleichgültig geworden, meide bestimmte Orte, Wege, höre auch kaum auf die neuen Meldungen, neuen Zahlen, Zahlen der Toten. Jeder, sagte sie, hat schon einen Friedhof im Gedächtnis, den meidet er. Da liegt von jedem irgendein Bekannter, Verwandter, man weiß Bescheid, wenn jemand verschwunden ist, und der kommt nicht wieder, nein, der kommt nicht wieder. Manchmal kommt es mir komisch vor, dieses gewöhnliche Weiterleben von uns anderen, und ich muß lachen, gleichgültig, wo ich gerade bin. Eigentlich müßte doch das Leben der anderen auch von soviel Tod angesteckt sein, stattdessen bekommt es irgendwie neuen Auftrieb. Man wird nicht einmal mehr krank, es passiert einem nichts. Nie habe ich weniger ans Sterben gedacht als jetzt, die Gefahr ist nur lächerlich. Man selber kann gar nicht sterben, wenn auch die

anderen jeden Tag, vor allem jede Nacht eines Besseren belehrt werden. Eigentlich, sagte sie, müßte ich dich jetzt fragen, was die Deutschen so machen, aber ich will es gar nicht wissen. Du brauchst auch nicht zu sagen, wie es dir ergangen ist, du bist ja hier. Seit mindestens einer Woche habe ich keine deutsche Zeitung mehr gelesen, obwohl noch dreimal die Woche Zeitungen kommen. Ich vergesse auch immer mehr die Bundesrepublik Deutschland, kannst du mir erklären, warum? Wenn ich nicht an der Botschaft arbeitete und nicht täglich Deutsch spräche, wäre es schon aus, glaube ich. Abends bleibt das Deutsche in dem Gebäude zurück, und ich frag mich oft, ob es mich verlassen hat, das Deutsche, weil ich es vielleicht verraten habe, es verschwindet nämlich. Ich bin wirklich froh, daß du wieder hier bist, laß uns viel sprechen, was, ist nicht so wichtig. Ich glaube, ich könnte nicht mehr zurück, nein, bestimmt nicht.
Und was ist mit dem Kind?
Sie hatte ihm im Dezember erzählt, daß sie mit ihrem Mann, einem christlichen Libanesen, der beim Flughafenzoll angestellt gewesen und im vorletzten Jahr an einem Gehirntumor gestorben war, ein Kind adoptieren wollte. Ihre Mischehe war das Hindernis gewesen. Sie hatten oft maronitische und armenische Waisenhäuser besucht, es war vergeblich gewesen. Sie hatte sogar konvertieren wollen. Im Dezember, als er sie kennenlernte, hatte sie gerade ein paar neue Versuche unternommen, die aber um so vergeblicher waren, als ihr Mann nicht mehr lebte. Immerhin war sie mit einigen Nonnen gut bekannt geworden, und sie meinte, ihre Hartnäckigkeit müsse eines Tages jemanden dort überzeugen.

Sie nannte ein Restaurant, in dem sie damals ein paarmal zusammen gewesen waren. Er vermied es, sie beim Fahren von der Seite anzusehen, gerade weil ihm ihre makellose Gesichtshälfte zugewandt war. Die Narbe hatte er vorhin kaum wahrgenommen. Sie war so unauffällig geworden seit ihrem Kennenlernen, als hätte sie selbst sie vergessen. Sie sagte, was das Kind betreffe, so habe sie erst wieder einmal resigniert. So sei es aber immer. Sie müsse erst einmal wieder die Ablehnungen verkraften, bevor sie wieder an einen Erfolg glauben könne.
Ich würde dir gern helfen.
Ja, ich weiß.
Er wünschte ihr das Kind. Er glaubte, sie habe es ihrem Mann am Sterbebett versprochen. Er glaubte das nicht. Vielleicht hatte sie einfach entdeckt, daß sie ein Kind wollte, unabhängig von ihren früheren gemeinsamen Plänen. Er stellte sich ihr Leben mit dem Kind vor, in der Wohnung, ihre sorgfältige Zärtlichkeit. Er wußte nicht recht, wie sie, wenn das Kind da wäre, weiter an der Botschaft arbeiten wollte, fragte sie aber nicht danach. Drei- oder viermal war er mit in ihrer Wohnung gewesen. Sie hatte nicht mit ihm schlafen wollen, was er sofort akzeptierte. Später meinte er, es zu rasch akzeptiert zu haben.
Vor einem Café sahen sie Hoffmann in der Sonne sitzen und Zeitung lesen, an einem einzelnen kleinen Tisch. Er schaute nicht auf, als sie dicht an ihm vorbeifuhren. Es war ein Café, in dem er auch schon mit Ariane gewesen war. Sie hatten auch draußen gesessen im Dezember, und er erinnerte sich an die Käfige mit exotischen Vögeln, denen sie lange zugeschaut hatten,

und an einen Mann, der, Hammelhälften auf der Schulter tragend, rennend die Straße überquert hatte. Ariane fragte, ob sie anhalten solle, er sagte nein. Sie legte ihm eine Hand aufs Knie. Auf dem Gehsteig trug ein großer Junge einen kleinen, der den Passanten eine Sammelbüchse hinhielt. Der kleine hatte keine Beine, die Stümpfe waren fest und hart bandagiert und der Junge lachte. Ariane hielt an und warf eine Zehnliranote in die Büchse. Faß es bitte nicht falsch auf, sagte sie, ich weiß, wie falsch es aussieht, aber es beruhigt mich nicht im geringsten, wenn ich so einem Jungen etwas gebe. Wieso, wieso, sagte Laschen, es kann nicht falsch sein, ich denke nur gerade, wie viele verkrüppelte Kinder es hier gibt.
Sie antwortete darauf nicht.

VI

Den Nachmittag verbrachte er in seinem Zimmer. Die Notiz für Hoffmann hatte noch in dessen Fach gesteckt, als er vom Essen zurückkam. Mit Ariane war ausgemacht, daß er sie am Abend anrief, wenn es nicht schon zu spät wäre, sonst eben morgen.
Während er schrieb, die Informationen aus dem Fernschreiber, der Zeitung und aus dem Gespräch mit Ariane beim Essen in die Kladde übertrug, dachte er an Greta und die Kinder. Mühevoll kamen die Vorstellungen zustande, und er mußte nachrechnen, so unglaubhaft kam es ihm vor, daß er sie erst vorgestern verlassen hatte, erst nach dem Mittagessen den Koffer

gepackt, wobei sie ihm half, auch ein paar Kleidungsstücke wieder herausnahm, um sie erst einmal richtig zu falten. Sie hatte eine lange Strickjacke angehabt, darunter eine rote Bluse, die oben aufgeknöpft war, so daß er, wenn sie sich bückte, ihre Brüste sah. In der Diele putzte er die Schuhe, die er mitnehmen wollte, und die Kinder beobachteten ihn wie bei etwas Verbotenem. Sie stand wieder mit verschränkten Armen über ihm. Ihr sei kalt. Sie ging mit den Kindern in die Küche, wo er sie oft gegen die Heizkörper gelehnt stehen sah.

Schon im Mantel, hatte er auf dem Küchenboden gehockt, mit ausgebreiteten Armen, in die hinein sich die Kinder mit einem Jubelgeschrei stürzten. Greta rauchte nervös, und sie sah sehr gespannt aus und abwesend.

Genau kam er nicht hinter seine Gefühle für die Kinder. Deren ahnungslose Gesichter machten ihn nur manchmal betroffen, daß sie schutzlos Dinge erleiden würden, Ungerechtigkeiten spüren sollten. Wieso? Wenn er sie schlafen sah, war ihm ganz heroisch zumut, es kamen ihm auch dumme Vorstellungen, wie er sie retten, was alles er für sie tun würde. Aber das waren nur solche Gelegenheiten, Anfälligkeiten, die er ergriff, Zuneigung rundum zu verteilen, so ein bißchen war das nur, aus sicherer Entfernung, keine richtige Liebe, keine wahre Verantwortlichkeit, eben nur Zuneigung, wie sie ihm kam und mit der er sie leicht ganz verfehlen konnte. Vielleicht waren sie ihm hineingeraten in die Liebesmühe, die er sich, genußvoll und schmerzlich, mit Greta machte. Und Greta konnte nicht wissen, daß ihn, wenn er weit weg war, Anfälle von Treue geradezu schüttelten, nein, Treue war nicht ganz richtig, es waren Anfälle von Hilflosigkeit ohne sie, richtig, und deshalb auch von Sehnsucht, wenn die Entfernung von ihr ihn sich selbst ganz unverständlich machte, mehr noch als sowieso immer seit Jahren, verheerender. Er rettete sich dann, versuchte es wenigstens, mit dem Gesicht irgendeiner Frau, von der er nichts wußte, mit ihrem Haar, die Haut, das Lächeln, meist in irgendeiner Bar, auch wenn Hoffmann dabei war. Da waren ein paar Frauen, die man wenigstens sehen konnte, die wenigstens nicht woanders waren. Er sah sich schwer, mit einem Ausdruck erstarrter Offenheit in dunklen, plüschbezogenen Räumen sitzen. Er nahm Greta in die Arme und drückte sie so lange fest an sich, bis die Kraft in den Armen erschöpft war. Sie übertrieb das Luftholen danach.

Das Körperliche, Körperhafte war dennoch nicht das, was ihm dieses stille, langanhaltende, weiche, flaue Entsetzen in den Bauch und in den Kopf zugleich hineintrieb, obwohl er da nicht ganz sicher war. Wahrscheinlicher waren das die Verbindungen von außen, Berührungen, Wörter, die sie mit hereinschleppten, an sich trugen, die sie sich gegenseitig vorsetzten und vorenthielten. Die Kinder wiederum hatten den Geruch von Kindern, etwas Süßes und Mehliges an sich, etwas Kaltes und Warmes, den Geruch von anderen Kindern, von frierenden Gesichtern, wenn sie langsam warm werden. Er zog sie an sich, alle drei, drängte sich an sie und wollte etwas Bedeutendes verschwenderisch über sie ausgießen.

Er schrieb «Haufen Menschenknochen am Strand . . . Es waren Menschen, die von anderen Menschen er-

mordet, mit Benzin übergossen und verbrannt worden sind.» Dutzende Menschen verschwänden täglich. Ein Menschenleben sei nur noch etwas wert als Tauschobjekt, und es sei auch etwas wert als Mordopfer der Revanche für andere Mordopfer. «Kein Zweifel, daß die Tiger-Miliz von Chamoun, die Falange und die ‹Wächter der Zeder› diese Methoden am perfektesten ausüben. Geschulte Mordbrenner. Dagegen nehmen sich die Gegenaktionen der Muslims wie verzweifelte, kurzatmige und desorganisierte Rachezüge aus. Anders die Palästinenser, deren Lager, jedenfalls die im östlichen Beirut, umzingelt sind und allnächtlich beschossen und bombardiert werden. Sie gehen gegen ihren Feind kaum weniger gnadenlos vor als die Christen, um so gnadenloser, je auswegloser ihre Lage wird, und ihre Lage wird zusehends aussichtsloser.»
Er wollte das alles ganz anders formulieren, er beruhigte sich für vorläufig, dies hier sei ja nur erst Rohmaterial, Fakten, Ansätze von Kommentar. Er schrieb «Karantina und Maslakh, die Muslim- und Palästinenserslums sind belagert und liegen unter teilweise, zeitweise heftigem Beschuß. Im Gegenzug sind Muslims, Palästinenser und Drusen dabei, die Christenstadt Damur (20 km südl.) abzuriegeln . . .»
Es konnte so nicht überzeugen, ihn nicht und niemand anderen. Er mußte in die Berge hinauf, um das brennende Karantina zu sehen, um schreiben zu können: «das brennende Karantina». Er wählte Hoffmanns Nummer. Hoffmann war noch nicht da. Er rief die Botschaft an und verlangte Ariane. Ob man abends mit dem Taxi nach Baabda oder Djaide fahren könne.

Ariane sagte, sie glaube das nicht, kein Fahrer fahre am Abend durch die Altstadt, und auch die Rue Damas zu überqueren, sei Selbstmord. Es gebe nur eine Möglichkeit, bei Tage in die Berge zu fahren und am nächsten Tag erst zurückzukehren.
Er rief die PLO-Zentrale an und ließ sich mit Mahmud Khaleb verbinden. Seit wann er wieder in Beirut sei, seit gestern? Gut, schreiben Sie, schreiben Sie alles, was die Faschisten in Karantina machen, in Maslakh, in Dbyie. Wollen Sie neue Informationen? Ich schicke sie Ihnen. Wo wohnen Sie? Unsere Leute werden getötet, unsere Frauen und Kinder. Wir haben in den Lagern keine Medikamente mehr, kein Blutplasma, nicht einmal einfachen Verbandsstoff.
Ja, schicken Sie mir Material, sagte Laschen. Er war von der Stimme ergriffen, die ruhig und erregt war, gedämpft und heiser. Er hatte Khaleb ein paarmal gesehen und konnte sich gut vorstellen, wie diesen Mann in der Zentrale die Meldungen langsam töteten. Laschen sagte, er könne ja nicht einseitig schreiben, müsse objektiv schreiben, ja ja, natürlich, was ist schon objektiv, und selbstverständlich sei er persönlich nicht neutral, seine Meinung vielmehr parteilich, aber die Meinung sei eine Sache, des Kommentars und der Bewertung nämlich, eine andere Sache sei der Bericht, Sie wissen das doch, Herr Khaleb. Er fragte, wie die Aussicht sei, ein neues Interview mit Arafat zu bekommen, aber Khaleb wich aus. Er wollte weder sagen, Arafat sei da, noch er sei nicht da, weder es sei möglich, noch nicht möglich. Ich schicke Ihnen erst einmal das Material. Sie sind im Commodore. Gut. Ein Interview vielleicht, wenn Sie länger bleiben.

Ist es möglich, am Abend nach Karantina zu kommen?
Da müssen Sie die Faschisten fragen.
Laschen ersetzte immer, auch in der wörtlichen Rede, die Bezeichnung *Faschist* durch *Falangist*. Khaleb hatte aufgelegt. Laschen wollte erst einmal abwarten, was Hoffmann meinte, wohin sie sich heute abend wagen sollten. Er betrachtete den Brief an Greta, wählte entschlossen die Nummer der Vermittlung und fragte, wie lange man auf eine Verbindung nach Deutschland warten müsse. Der Mann sagte ihm, es sei aussichtslos, man müsse froh sein, wenn einmal das Ortsnetz funktioniere. Greta betrachtete sicher wieder ihre Fotos von arbeitslosen Werftarbeitern, oder war das Thema längst abgeschlossen? Was war an den Fotos von arbeitslosen Werftarbeitern nicht in Ordnung? Das Problem Arbeitslosigkeit? Schön, Arbeitslosigkeit war nicht in Ordnung. Vielleicht waren alle Fotos von der Wirklichkeit nicht in Ordnung, falsch, alle Sätze über die Wirklichkeit falsch. Es passierte dabei etwas mit der Wirklichkeit, mit den Gesichtern der Arbeitslosen, mit dem falschen Auge, dem verdrehten, das die Bilder aufnahm, mit den bösen verdrehenden Beschreibungswörtern, die etwas herstellten, wie sie damit etwas verschlimmerten und auch verbesserten, nebenbei andeuteten, ob und wie noch Geschäfte zu machen seien in jener (jener!) Wirklichkeit. Oder, wenn Leute keine Geschäfte in jener Wirklichkeit zu machen hätten, ihre Nerven zu beschäftigen mit rasanten Einübungen in einen Tod, mit dem sie persönlich nichts zu schaffen haben. Er haßte die eigenen Berichte, ohne bisher mit dem Haß in sich zu dringen, er haßte sie besonders,

wenn sie fertig waren und gedruckt, dann sah er sich selbst in den Sätzen sitzen und feixen, obszöne zweideutige Winke geben, sich hindurchwagen und -lügen durch ein Lügengewebe, sich hindurchschlagen und hindurchbehaupten, schwören, etwas gesehen zu haben, jenen Tod, jene Wunde, er, ein einzelner, mitgestorben zu sein, hineingestarrt zu haben in die Gefahr, in den unverständlichen Abgrund. Wieder lauter erklärende und klarmachende Sätze, Mischungen, da stand es. Wie er turnte. Wo war das Wichtige? Und wie er das Wichtige haßte, wie er es haßte, den Tod, der so etwas wie eine Vergeßlichkeit war, hinüberzuretten in ein Weiterleben, das ein Weiterlesen war, ein Kannibalismus, ein Dabeisein ohne Dasein. Abgeschmackt.

Er schrieb ein paar weitere Notizen in die Kladde, wie um etwas abzustreiten, zitierte dabei auch aus dem Gedächtnis, was Khaleb gesagt hatte. Er ging ins Bad und rasierte sich. Noch einmal wollte er versuchen, Hoffmann zu erreichen, ging aber dann direkt im lose wehenden Hemd auf den Gang hinaus und klopfte an Hoffmanns Tür. Die Tür war nicht abgeschlossen, Hoffmann lag auf dem Bett, die Beine in den Stiefeln gespreizt auf dem Fußende. Laschen – er hätte sich beinahe auf die Lippen gebissen – erzählte ihm von den Menschenknochen am Strand. Hoffmann sagte, das lohnt sich nicht, das Bild sehe ich nicht, nichts für die Optik, das kann ja nur so tot sein wie die Knochen tot sind.

Laschen schlug vor, heute abend so dicht wie möglich an Karantina heranzukommen. Hoffmann betrachtete seine Hände.

VII

Die Autos, zusammengestaucht, brannten, als hätten sie immer schon gebrannt. Laschen rief Hoffmann etwas zu. Ich glaube, die zielen gar nicht, die schießen nur. Das war dumm, und es hörte sich auch dumm an. Aber was war hier nicht dumm? Sich zu Wort zu melden war fehl am Platz. Hier war keine Stimme mehr, nur noch Lärm. Der Schutt war aus den Löchern der Fassaden wie Lava herausgequollen. Es war so. In den Bildern, die ihnen da vorschwebten, hatte es seine Ruhe und hatte es auch seinen Lärm.

Auf der Place Riad el Solh stand ein qualmender Autobus mit herausgeborstenen oder vom Feuer blind gewordenen Scheiben. Verkohlte Gardinchen bewegten sich steif im Wind. Über dem Hafen stand eine sich verdickende Rauchsäule, die in einer noch höheren Luftschicht abknickte und in östlicher Richtung, in die Berge hineintrieb. Hinter ihnen, in Richtung des leicht ansteigenden Zokak el Blat, um die Gärten und ockerfarbenen Häuser herum, schien sich eine tiefe Ruhe gehalten zu haben. Auf der Rue Emir Bechir war aus Schrott und Trümmern eine Straßensperre errichtet. Kleine Rauchwolken gingen ab vom steil aufgerichteten Rohr eines Granatwerfers. Ein Panzer stand schief in ein Gebäude hineingedrängt, festgefahren, und hatte eine Ladenfront eingedrückt. Einen kleinen Mann in grauem Kaftan sahen sie mit ausgebreiteten Armen vor dem Haus stehen und kla-

gen. Es war ein Foto, schon bevor Hoffmann die Kamera hob.
Drei Jugendliche sahen sie durch das Sperrfeuer rennen in die nächste Ruine hinein. Einer stolperte und stürzte auf den Treppenstufen und wurde von den anderen vollständig hereingezogen. Durch die Fensteröffnung neben dem Eingang sah man, wie sie ihn aufrichteten. Es ging also auch immer wieder etwas gut.
Laschen erschien das alles als ein wichtigtuerisches Kriegsspiel, über das er schreiben sollte, damit es sich in der Reportage als Wirklichkeit entpuppte. Sie kamen langsam und vorsichtig voran, fingen aber in der abschüssigen Rue Riad el Solh, wo über ihnen die Detonationen nur einen knisternden Widerhall fanden, zu rennen an, Hoffmann als erster. Und sie bogen rechts ein zur Place Étoile, die verödet im Dunkel lag, umgeben von rohen Gebäuderesten, leeren Masken. Die Sandsäcke waren zerfetzt und herumgestreut wie der Sand. Die Große Moschee war schwarz und zerschossen, daneben die mit Gewalt geöffnete Ansicht eines Saales mit Wand und Deckenfresken, in die das Licht von Stichflammen hineinschoß.
Es waren auch wieder einzelne Schüsse aus dem Lärm herauszuhören. Sie achteten darauf, gedeckt zu sein, obwohl die Richtung der Geschosse nicht zu erkennen war. Die Granaten erfüllten die Luft mit Sirren und auch einem trägen flappenden Geräusch wie auslaufende Propeller. Als im gegenüberliegenden Haus eine Granate einschlug, Mörtel und Steine herumflogen, traten sie beide nur einen Schritt zur Seite. Vom Himmel herab schwebten schwarze Flocken.
Manche Geschosse mußten – nach der Wahrschein-

lichkeit und der Spielregel – tödlich sein. Im Dezember hatte er Fotos von getöteten Kindern gesehen, neben den Fotos, die sie noch lebend zeigten. Nicht die Unschuld in ihren Gesichtern – es war keine Unschuld, es gab keine solche – hatte ihn gepackt und Gefühle und Gedanken zu einem Brei zusammengemischt, nein, es war vielmehr die Ahnungslosigkeit gewesen, die Verständnislosigkeit in ihren Gesichtern, das Nichtglaubenkönnen aus der Unsterblichkeit so bald und sogleich herausgerissen zu werden.
Hoffmann bot ihm eine Zigarette an, gab ihm auch Feuer, und Laschen dankte mit einem Blick. Hoffmann sah nicht erregt aus, eher zuverlässig, fest, eine Existenz ohne Nebengedanken. Mit der Hand deckte er die Zigarettenglut ab, und Laschen machte es ihm nach. Hoffmann rieb mit dem Daumen sein Kinn. Wie lange würden sie brauchen, das Gehör, den ganzen Körper an den Lärm zu gewöhnen? Hörten sie nicht schon jetzt eigenartige Geräusche aus dem Getöse heraus? Hoffmann zerrieb mit dem Schuh den Zigarettenstummel und machte ein paar Aufnahmen der vom Licht umflackerten Moschee. Hoffmann sollte fotografieren, wenn auch Laschen nie genau wußte, was Hoffmann da im Sucher hatte. Hoffmann hatte keine Angst, und auch er hatte keine Angst. Wäre Hoffmann ängstlich, würden die Bilder ängstlich sein; es sollten aber nicht ängstliche Bilder sein, sondern solche zum Kopfschütteln und besseren Bescheidwissen, dreckige Bilder in sauberen Zimmern anzusehen.
Weiter in Richtung der St. Georges-Bucht wurden sie getrennt. Plötzlich hatten sie mitten im MG-Feuer gelegen hinter niedrigen Mauerstümpfen und sich kaum

zu rühren gewagt. Sie konnten auch nicht mehr zurück, weil hinter ihnen von den Dächern heruntergeschossen wurde. Laschen hielt sich für das Ziel aller, den Mund gegen einen Stein gequetscht. Es prasselte um sie herum. Immer, wenn er meinte, die Schüsse klängen jetzt wieder entfernter, waren sie wieder ganz nah. Er hatte jetzt Angst, der Körper war leicht vor Angst, lastete gar nicht. In einem Moment, sie hatten sich mit einem Blick verständigt, rannten sie los, fast in entgegengesetzte Richtungen, was nicht mehr zu ändern war. Er lief leicht, gewichtslos, und mitten in dem Angstgefühl war doch ein Klumpen hochmütiger Unverletzbarkeit. Fliegend rannte er, in einen Bereich hinein noch größerer Zuversicht, blickte sich nur einmal noch nach Hoffmann um, der aber nicht mehr zu sehen war. Wie langsam automatische Gewehre schießen, wie weit auseinander die einzelnen Schüsse lagen, diese simple Perforation, deren Rhythmus er meinte leicht ausweichen zu können. Aber die Zustände im Laufen waren wechselhaft, wichen sich aus. Vor sich sah er einen Stapel leerer Fässer, wieso *leerer Fässer*, und wieso konnte er so langsam denken in schnellem Lauf? Hinter den Fässern warf er sich hin, es gab keine andere Deckung, und er hoffte dann, *hinter* den Fässern zu liegen. Neben sich sah er mit offenen Augen, die er nicht so schnell schließen konnte, wie er wollte, eine Granate einschlagen. Splitter fetzten auch in die Fässer hinein, das Gehör war offenbar weg, abgeschaltet. Der Lärm war dann ein weicher, beinahe wohltuender Lärm, eher ein Rauschen, in das, ein paar Schritte näher, der nächste Einschlag hineinging. Plötzlich dachte er, in den Fässern könne Benzin sein. Er rannte weg, schreiend, hörte sich aber nicht schreien, fühlte es nur als eine stumme, verkapselte Lust zu schreien, und es strengte auch nicht an. Er rannte, ohne Schwierigkeiten konnte er das Tempo halten. An dem Rennen schien er selbst nicht mehr beteiligt zu sein, aber er hörte in dem Rauschen doch die eigenen Schritte. Neben sich sah er immer neue Einschläge, die jetzt jedoch immer den gleichen Abstand zu ihm hielten. Ihm war, als flöge Dreck in sein Ohr und stecke darin fest als Verschluß. Er konnte weder langsamer noch schneller werden, er war ganz in seinem Tempo. Jetzt war es schon Traum, ebenso unaufhaltsam. Wenn er jetzt getroffen würde, dann nur im Traum. Er sah die Granate sich langsam in den Boden wühlen und die Erde in Wellen auseinanderschieben und hoch auswerfen. Auf einem Balkon stand ein Mann, der ihm etwas zurief, ein vornehmes altes Gesicht, grau und gewiß. Er erinnerte sich, es schon einmal gesehen zu haben. Er geriet in ein tiefes unentrinnbares Grübeln, wann und wo das gewesen war.

Weil vor ihm ein paar Fahrzeuge die Straße versperrten, rannte Laschen in eine Toreinfahrt, durch ein langes Tonnengewölbe in einen Hof und durch das Portal des Hinterhauses in einen zweiten Hof, wo an einem Nagel an einem Fenster ein Vogelkäfig hing. Es war ruhig, und nach einer Weile hörte er den Vogel zirpen. Das Fenster war mit Pappe vernagelt. Er saß lange auf einer niedrigen, den brachliegenden Garten umfriedenden Mauer, bis er sich wieder atmen hörte, das Herz schlagen fühlte und die im Körper etwas versetzten Muskeln und Gelenke. Er beobachtete, wie er mit einem Stock etwas in den Sand zeichnete, was er nicht erkennen konnte, lauter Rillen.

Er ging durch weitere Häuser hindurch, die kein Hindernis mehr waren, kletterte über Mauern, kam in einen Garten, in dem eine Familie saß und Fleisch an Spießen grillte. Sie betrachteten ihn, und er verneigte sich vor ihnen im Vorbeigehen. Die Kinder folgten ihm durch den Hausflur bis auf die Straße. Am Knie hatte die Hose einen dunklen Ölfleck. Er bedauerte das schamvoll, als hätte ihm jemand, eine niedrige Seele, diesen Fleck zugefügt. Auf der Rue Clemenceau winkte er einem Taxi. Es war ein Service Taxi, das nur langsam und in einem fort hupend in Richtung Hamra fuhr. Es nahm unterwegs noch einen Mann und eine Frau auf. Unangebracht normal sahen sie aus und betrachteten ihn verwundert. Vielleicht kehrte er mit schwarzem Gesicht und zerschunden wie die *Beat-Reporter* ins Hotel zurück. Seine Hände waren schwarz und zerschunden.

Eine kurze Expedition. Erst jetzt war es dunkel. Die Hamra funkelte und flirrte noch. Es waren die letzten Minuten, danach würde sie verdüstert und verlassen daliegen. Er sah Kellner in weißen Jacken zwischen Tischen und Stühlen stehen, die Gesichter schon nicht mehr ermunternd.

Im Bad wusch er sich, versuchte auch, mit Seife und heißem Wasser den Ölfleck zu entfernen, machte viele Dinge hintereinander weg, automatisch. Der Kamm blieb im Haar hängen, es war stumpf von Rauch und Staub, also duschte er noch und spülte lange das Haar.

Auf dem Bett liegend las er in der Herald Tribune, konnte sich aber nicht beruhigen damit. Im Kopf wie im Zimmer ging das Getöse auf andere Art weiter. Es war alles so lose, so unverbunden das, was er dachte, als ob auch die Dinge keine Beziehung mehr hätten zueinander, alles blieb unpassend, ohne erleichternde Übergänge vom einen zum anderen. Jede Vorstellung, jeder Versuch, in Gedanken eine Ordnung wiederherzustellen, brach von sich aus ab.

Hatte er nicht schon genug Erwägungen über sich selbst angestellt, nicht genug Anschläge auf die Selbstverständlichkeit seines Berufs und Berufsbildes verübt? Mußte es nun auch noch sein, daß er nicht mehr verstand, leider nicht? Hoffmann konnte immerhin nichts zugestoßen sein, wenn ihm nichts zugestoßen war. Er stellte sich vor, wie er besorgte Fragen beantwortete: Nein, mir fehlt nichts, ich bin in Ordnung. Aber Hoffmann, der ließ sich Zeit, war bestimmt nicht wie er herausgestolpert, kopflos, aus der Kampfzone. Beim Portier hatte er wieder eine Nachricht für Hoffmann abgegeben: Tut mir leid. Melde Dich, wenn Du zurück bist, Laschen, 17 Uhr 30. Es war aber erst 17 Uhr 20 gewesen.

Was sollte er schreiben, notieren? Was er erlebt hatte, die Angst, das Gefühl der Unverwundbarkeit, das eigene Blutgedränge unter dem Gedränge des Schalls der durchschossenen Luft, das konnte er nicht schreiben, das war Erfahrung, die in ihm steckenbleiben mußte. Wahnwitzig wurden die Einbildungen: das ganze Kriegstreiben, die vielen Infektionen, persönlichen Kriegsherde, Angst- und Haßeuphorien ballten sich zusammen zum Ruhm der Vernichtung, zur herrlichen Ausrottung von Bewegung, für ein Publikum, das raste und mitgerissen wurde, das die Menschenliebe oder auch nur das Gewährenlassen satt hatte nach ei-

ner verfluchten langen Zeit, das den Gott auch endlich säubern wollte von den vielen ihm angepappten Ebenbildern, Erde und Luft auch befreien wollte von sich selbst. Abgeschmackt phantastisch, aber er glaubte doch, heute keinem Menschen mehr ohne Ekel ins Gesicht sehen zu können. Verdrossen dachte er auch an Ariane, ein Gedanke, den er dann ängstlich schnell auf morgen verschob. Und die eigene Dickleibigkeit, sauber gewaschen, das Übergewicht, der ausgebreitete, sich ausdehnende anspruchsvolle Wanst – jede Stelle daran war gut genährt, prall und drall, gut bezahlt wurde jedes Kilo Fleisch, die Knochen, das Gewebe, das Blut, die Nerven, das Gehirn, alles, was er an Wörtern für alles hatte. Er nahm saubere Unterwäsche, Hemd und Socken aus dem Schrank. Ein Schauer ging ihm über die Schultern. Den Hintern fühlte er feist und glatt in den Händen. Er erinnerte sich, wie er vor Jahren in einem Nachtzug unterwegs gewesen war und in seinem Schlafwagenabteil die Unterhose gewechselt hatte, im Licht der Leselampe und der blauen Notbeleuchtung. Er hatte ein langes Leinenhemd getragen, unter dem er nackt war. Er fühlte sich noch deutlich herumhüpfen in der fremden Enge, mit den prallen Backen und Schenkeln eines riesenhaft aufgeblähten Kindes. Und das uralte Schamgefühl schwoll wieder an.
Der Brief an Greta war umgefallen. Er nahm sich vor, ihn abzuschicken, ihn Ariane mitzugeben oder ihn selbst in die Botschaft zu bringen. Was drinstand, wußte er nicht mehr, wollte ihn aber auch nicht mehr lesen. Sicherlich würde der Brief, wenn Greta ihn öffnete, ein ganz normaler Brief von ihm sein.

VIII

Er wollte gern mit Ariane zusammen sein, fürchtete dieses Zusammensein aber auch. Verpflichtungen wollte er nicht anlegen, auch keine Verpflichtungsgefühle. Das Gefühl fürchtete er noch stärker als die Verpflichtung selbst. Er neigte dazu, niemanden, an dem er sich erst einmal gehalten hatte, wieder loszulassen. Er ließ alle wieder los. Und dann sollte es wenigstens keine Erinnerungen geben, nichts mehr zu bedenken sein. Die Bedenken, das Denken isolierten ihn. Er würde erneut einen Brief an Greta schreiben und sich dabei als Schurke fühlen, gleichgültig, beliebig, als ein Schurke aus Gleichgültigkeit. Greta sollte sich, wenn sie seine Briefe las, an ihre Gemeinsamkeiten erinnert fühlen. Sie hatte ihn seit Jahren immerfort verlassen. Wenn sie wußte, daß seine Heimkehr bevorstand, verreiste sie. Dann war er zu Hause, von ihr verlassen, bei Verena und den Kindern, zog sich aber zurück und lebte sein Hotel-, sein Auslandsleben weiter. Wenn er allein ging, auf dem Deich, sabbelte er manchmal vor sich hin und wußte es. Am anderen Ufer lagen die dünnen hellen Sandbuchten, weiter zurück die Staatsgrenze aus Betonpfählen und Draht. Ein halbes Jahr nach dem Abitur hatte er sich die Pulsadern aufgeschnitten. Er betrachtete die Narben und dachte ohne besondere Einfühlung daran zurück. Es waren nur zwei kleine dünne Narben, übereinander am linken Handgelenk, rechts war es nur eine. Die Erinnerung betraf ihn nicht mehr. Sein Vater hatte später nur in Andeutungen davon gesprochen, auch später noch, als er in Kalifornien studierte und den Sommer über in Hamburg war. Greta hatte sich die Narben einmal – auch das lag lange zurück – unter bedrücktem Schweigen angesehen. Er erzählte es ihr daraufhin lachend, aber ebenfalls nur in Andeutungen. Mit einer hochfahrenden Heiterkeit beantwortete er die Fragen von Freunden, was und wieviel ihm die Greueltaten an den Schauplätzen ausmachten: daß ihn nur zwei Ereignisse in seinem Leben wirklich erschüttert hätten, das Abitur und der Einmarsch der Volksarmeen in Prag. Das Abitur hatte er aber glänzend bestanden, über Prag seine erste größere Reportage gemacht. Die Schnitte waren vor nahezu zwanzig Jahren genäht worden und rasch verheilt.

Der Herausgeber und die Chefredakteure bedachten ihn gern mit den heikleren Aufträgen. Er machte seine Arbeit gut, nicht schlechter, seit ihm davor grauste. Offenbar wollte man in Hamburg ihm nichts anmerken. Sie brauchten ihn, hielten ihn nicht für austauschbar oder entbehrlich, doch er selbst fühlte sich längst ausgetauscht. Wie ihn die Art seiner Missionen anekelte, so konnte er doch auch in anderen Situationen spielend gute Begründungen für seinen Einsatz finden, sich selbst darin folgend und, wie immer, einen *noch heißen Artikel* abliefern. Manchmal meinte er auch, dieser Zwiespalt, dieses Selbstzerwürfnis sei die in Kauf zu nehmende Anfechtung, die zum Berufsbild gehöre, müsse in Stil umgesetzt werden, und er hatte dann Lust, in Momenten konzentriertester Allgemeinheit von sich selbst zu reden, zu schreiben. Das aber

würde eine unakzeptable Beimischung sein, gestorben. Nicht, daß nicht Meinung erwünscht wäre, aber sie muß erst einmal blanke Oberfläche geworden sein. Dann darf sie sich äußern, blasend und spuckend in eigener Sache, die längst eine Sache aller ist, entschärft und stillgelegt. Kein Mangel mehr, eine große Schmerzunempfindlichkeit breitet sich aus. Er selbst kannte ja Schmerz auch nicht mehr, an dessen Stelle vielleicht eine betäubte und deshalb unbegrenzte Fähigkeit getreten war, *Erlebnisse* aufzunehmen, zu speichern, wiederzugeben. Mußte er nicht dankbar sein, daß er gestern Angst gehabt hatte, Originalangst? Oder hatten die Erlebnisse wieder nur an den lagernden alten Ängsten gerüttelt? Im Mund hatte er einen scharfen, lang sich streckenden Metallgeschmack. Greta konnte er sich nur zu Füßen werfen und warten, ob sie ihn annahm oder zurückstieß. Ariane hatte er gestern nicht mehr sehen wollen. Vielleicht konnte er heute (ohne Licht) lange mit ihr sprechen, weil sie nur wenig von ihm wußte. Vielleicht würde sie ihn ertragen, wie er war, nur weil er für sie noch nichts anderes gewesen war. Sie mochte herausfinden, gegen was alles er sich wehrte. Wenn er sich überhaupt wehrte.
Er war wieder ins Bad gegangen, um sich im Spiegel anzusehen. Das war nicht merkwürdig. Er hörte das Telefon klingeln und nahm sich zusammen, indem er sich mit einem Ruck vom Spiegel abwandte. Ariane war am Telefon und fragte, ob er heute abend frei sei. Sie habe ein Abendessen vorbereitet. Er hörte ihrer Stimme zu und mußte sie bitten, das zu wiederholen, wobei er sich vor Verlegenheit versprach. Das Schiebefenster war neben seiner Schulter einen Spaltbreit ge-

öffnet, ein ungefährer Pflanzen- und Kräuterduft wehte herein. Von durchsichtigem Dunkel war der Himmel, und er war sicher, daß dies ein solcher Moment war, den er fürchten mußte wegen seiner Klarheit und Bestimmtheit. Am Grund des Raumes, in den er tief hineinsah, wo er spielend mit seinem Mutwillen etwas anrichtete, hockten die alten Männer von früher, die ihm sein Leben weissagten, brach eine Eisschicht, so daß Wasser ein abgeschürftes Knie umschwoll, Häuser auseinanderflossen, es flirrte und stäubte. Am Bahndamm fand er eine tote Katze mit herausgerissenem Gedärm, ihr aufmerksames Gesicht dachte noch, Gärten brachen klirrend ein, das Licht auf den Schulheften am Sonntagnachmittag – ihm wurde schlecht von dem Licht, und er torkelte betrunken in die Arme von jemandem, der ihm den Kopf hielt. Ariane lud ihn zum Abendessen ein, schickte ihm eine neue Vorbestimmung entgegen. Über dem Handgelenk glänzten die Narben geringfügig. Früher hatte er auch vor sich selbst das Wort *Selbstmordversuch* peinlich vermieden. Zuviel klägliches, vielleicht vorsätzliches Mißlingen lag darin. Ariane wartete auf seine Antwort. Er entschuldigte sich. Sie fragte, wofür entschuldigst du dich? Er sagte, ich glaube, ich bekomme eine Grippe. Sie sagte, dann solle er erst recht kommen. Laß uns zusammen essen, ich habe solche Lust darauf, und du kannst dich ja hinlegen. Ja, sagte er, und ob er etwas zu trinken mitbringen solle. Es ist alles da, sagte sie. Als er auflegte, murmelte er schon wieder Entschuldigungen vor sich hin. Die Bedeutung dieser weissagenden Bilder von vorhin, der geweissagten Vergangenheit, wie sie hier unangenehm mit am Tisch saß, ver-

sammelt in diesem Fleisch, konnte er, obwohl er sich anstrengte, nicht finden.
Wie komisch, daß er mit ihr schlafen, sich langsam an ihr ausstrecken wollte. Die Vorstellung davon war da, so aufgehoben, so angenommen zu werden, aber bitten konnte er sie darum nicht mehr. Das Selbstmitleid, mit dem er sich manchmal für doch erträgliche Verlassenheit entschädigte, konnte rasch in Selbstverachtung umschlagen. Das war geübt worden. Erst das verschaffte ihm die Pein zur vollen Zufriedenheit, wie herumgewirbelt zu werden von einem größeren Ereignis, sich nicht mehr zurechtzufinden. Und jetzt hätte er in schöner Gleichgültigkeit den ganzen Abend mit sich allein auf dem Zimmer verbringen können. Wo war die Angst? Beinahe lohnte es sich nicht mehr, Atembeschwerden zu haben oder Angst. Es war auch nicht wichtig, zu ihr ins Bett zu kriechen, warm an ihr zu liegen als ein Kleiner.
Eine andere Vorstellung: daß die äußeren Bewegungen als System, das *Zeitgeschehen*, wie er es höhnisch nannte, ihn in seinem bloßen Dasein lächerlich machten, als ein Mensch überflüssig; dafür wäre nur noch zu registrieren, was geschah, ohne persönliche Reflexe, er, nichts weiter als ein Augenobjektiv. Das wäre eine Entspannung und Erlösung, die komplizierte Mechanik der inneren Vorgänge ausgelöscht, so stellte er sich den Berichterstatter vor, alles Geschehen wäre ein äußeres, ein nur das Außen betreffendes. Alles geschähe ohne dieses Ich, das sich mümmelig, ein wärmesuchendes Tier, an Ariane drängte oder sich zappelnd in den eigenen Spiegelungen verfing.
Er steckte den Brief an Greta in die Innentasche der

Jacke. Als das Telefon klingelte, nahm er den Hörer nicht ab, als es klopfte, blieb er auf Zehenspitzen stehen und hielt den Atem an. Gleich darauf hörte er durch die Wand bei Hoffmann das Wasser rauschen. Er nahm den Mantel, schloß leise die Tür ab und ging schnell über den Gang zum Lift.

In der Halle winkte aus einem Sessel heraus dieser Mann, Rudnik. Er winkte zurück, aber es war zu spät, durch die offene Tür hinauszustürmen in Eile, denn Rudnik trat ihm bereits entgegen und streckte ihm die Hand hin. Wie es ihm seit vorgestern abend ergangen sei, fragte Rudnik. Sein Interesse schien aus reiner Höflichkeit zu bestehen. Gut, sagte Laschen, ich muß mich umsehen, um auch nur etwas von dem, was hier geschieht, zu begreifen. Sie haben Termine, sagte Rudnik, und Laschen nickte und schaute zur Tür hinüber, die gerade von einem Boy zugemacht wurde. Ein Monteur in hellgrauem Overall kam aus dem Lift, in der Hand einen Schalt- oder Verteilerkasten, aus dem abgeschnittene Kabel herausragten. Rudnik sagte, er wolle Laschen nicht aufhalten, aber zu einem Aperitif hätte er doch wohl Zeit. Laschen gab nach. Er hätte jetzt den Willen, sich zu entschuldigen und einfach hinauszugehen, nicht aufgebracht. Rudnik hatte ein graues Gesicht, war sicherlich älter als sechzig, aber sein glatt nach hinten gekämmtes Haar war schwarz, ein unglaubwürdiger Kontrast. Er trug einen hellgrauen Sommeranzug, die Jacke dekoriert mit fadenscheinigen Extras, zu vielen Knöpfen und Riegeln besetzt, an den Füßen Sandalen, deren Schnallen klirrten wie Pferdegeschirr. Rudnik ging voraus in die Bar und schlug vor, einen Pernod zu trinken. Laschen war ein-

verstanden. In der Bar bediente der Ober, den er, aus dem Phoenicia, wiedererkannt hatte. Er nickte Laschen flüchtig zu.
Lassen Sie mich raten, sagte Rudnik, Sie sind Journalist.
Laschen nickte und fragte: Und Sie?
Hier hat sich vor fünf Jahren mein Leben zugespitzt. Ich war Pilot bei der Lufthansa und hatte hier in Beirut einen Herzinfarkt. Drei Wochen habe ich in der amerikanischen Klinik gelegen, dann haben sie mich nach Deutschland geflogen. Sechs Wochen Schwarzwald, das übliche. Dann vorzeitige Pensionierung. Nun kann ich durch die Weltgeschichte fliegen für wenig Geld.
Rudnik machte nach jedem Satz eine Pause, um die Wirkung auf Laschen zu beobachten. Sein Sprechen, das er mit wegwerfenden Gesten unterstrich, hatte auch schon einen entsprechenden, wegwerfenden Ton. Das Bedeutsame wurde besonders wegwerfend erwähnt, zum Beispiel die Legion Condor, in der er als junger Mensch, als Anfänger, was die Fliegerei anbeträfe, als blutjunger Flieger gedient habe.
Ich bin gern da, wo etwas passiert. Das hält mich jung, ich sollte besser sagen, am Leben, wenn Sie verstehen. Und wenn ich siebzig würde, ruhig auf meinem Platz sitzen könnte ich nicht.
Ja, sagte Laschen, nur weil ihm die Pause unangenehm war.
Ich habe hier Freunde, alte Freunde. Und für meine Araber habe ich etwas übrig, kann ich Ihnen sagen. Ich lese auch viel, vor allem Biographien und Autobiographien. Sagen Sie mal, arbeiten Sie für das Fernsehen? Ach so, Presse. Und Sie kennen sich aus im Orient?

Laschen sagte, er sei bisher nur im Libanon und einmal in Ägypten gewesen.
Gut, gut, sagte Rudnik. Ägypten ist doch großartig, ein Saustall, eine Brutstätte aller Krankheitserreger, die Sie sich vorstellen können, aber eine alte Kultur, natürlich wissen Sie Bescheid. In Ägypten habe ich mir im vorigen Jahr etwas nebenbei verdienen können. Ich wurde angeheuert von einem Manager, einem deutschen Industriellen. Ich glaube, ich konnte ihm ein wenig von Nutzen sein, bitte sehr. Ja, hier dieses Durcheinander, ich verstehe Sie schon, das ist verwirrend auf den ersten Blick, heikel, wie man sehen kann. Aber wenn man sich auskennt, ja, dann kann man hier wie in Friedenszeiten leben. Druck erzeugt Gegendruck, was meinen Sie wohl.
Ich trinke sonst wenig Alkohol, erst hier bin ich wieder, durch Freunde, ins Schwimmen gekommen, gut, gut, vorgestern abend, ich weiß, was Sie sagen wollen, Whisky, das wollten Sie sagen, gut, aber dann ist auch wieder Schluß.
Ich kenne die Wege alle. Und eins kann ich Ihnen sagen, die Christen sind tüchtige Leute, wer hätte denn was gegen Tüchtigkeit, und hier, die Muselmanen sind lauter Dilettanten, militärisch unausgebildet, Stümper.
Wenn ich mich darüber aufregen sollte, wäre ich rasch ein toter Mann. Ich sehe mir die Fehler an. Ich will ruhig bleiben, und ich bleibe ruhig. Im Hafenviertel habe ich zwei tote Kinder gesehen, Kinder, ich bitte Sie. Mich interessiert aber der Krieg, obwohl ich ein eingefleischter Zivilist geworden bin.
Laschen stellte nur kurze Fragen. Er hatte es eilig.

Rudnik flüsterte nur noch, hatte sich dicht zu ihm herübergebeugt.
Sie können von mir so manches erfahren, aber nicht hier. Wenn Sie mich mal auf meinem Zimmer besuchen wollen, bitte sehr.
Laschen sagte, ihn interessiere Waffenschmuggel. Er rieb mit dem Daumen über den Rand des Glases.
Vorsicht, flüsterte Rudnik, besuchen Sie mich. Waren Sie schon in Jounieh?
Laschen schüttelte den Kopf.
Ich kenne da Leute, von denen man das erfahren kann, was Sie interessiert, vorausgesetzt, man stellt keine neugierigen Fragen, verstehen Sie? Wer war übrigens der Mann, mit dem Sie in der Bar waren, ein Kollege? So, Fotograf. Ein kaltblütiger Bursche, hab ich recht? Meinen Sie, daß man sich kennenlernen könnte? Wir sollten mal zusammen essen. Und die Frau? Wissen Sie, ich beobachte alles. Es tut mir leid, ich wollte nicht indiskret werden.
Laschen sagte, sie sei eine Deutsche, die hier arbeite. Er bemerkte, wie gereizt die Auskunft klang, aber seine Hand lag entspannt auf dem Tresen.
Nicht mal als Landsmann, sagte Rudnik, will ich mich in private Dinge mischen, aber Sie, Sie sollten sie davon überzeugen, daß es besser wäre, abzureisen.
Sie wird es sich überlegt haben. Sie hat sich sicher entschieden, sonst wäre sie nicht mehr hier.
Verzeihung, haben Sie Waffenschmuggel gesagt?
Der Barkellner hatte ihnen den Rücken zugedreht und sprach mit einer Frau, die sich eine Schürze umband, um ihn abzulösen. Sind Sie etwa hier, fragte Rudnik, um über Waffenschmuggel zu schreiben?

Nein, sagte Laschen, es ist eine Idee, die mir heute gekommen ist. Es interessiert mich.
Schmuggel dürfte das falsche Wort sein, sagte Rudnik und sah ihn mit höflicher Belustigung an. Sehen Sie, man nennt doch einen normalen Warenhandel nicht Schmuggel. Und, was meinen Sie, können souveräne Staaten schmuggeln, Schmuggler sein? Sicher, es werden Kontaktmänner, Strohmänner eingesetzt. Es werden auch Gesetze umgangen, Ein- und Ausfuhrbestimmungen großzügig ausgelegt, es geschieht halb offiziell, aber Sie könnten kaum den Nachweis führen, das wissen Sie doch, als Journalist, der Sie doch sind, als durchaus nicht ahnungsloser Mensch, der obendrein Journalist ist.
Ich möchte nichts beweisen, sagte Laschen, nicht beweisen, daß es so ist, wie ich's mir gedacht habe. Ich will die Geschichte, an der Geschichte bin ich interessiert. Wer ist der Kapitän, wieviel weiß die Mannschaft, wer ist persönlich interessiert, und ist er am Geld interessiert oder mehr daran, daß die Ware in die *richtigen* Hände kommt?
Leute in Jounieh könnten Ihnen weiterhelfen. Ob sie es tun, kann ich nicht sagen. Ich kann die Leute in Jounieh nicht hintergehen, das werden Sie verstehen. Aber denken Sie daran, Araber sind eitel, also schmeicheln Sie ihnen. Sagen Sie, Sie seien objektiv, das verstehen sie schon richtig. Sprechen Sie sie auf französisch an, wie Sie Franzosen ansprechen würden, nicht als Araber, allenfalls als Phönizier, denn sie behaupten, Phönizier zu sein, obwohl sie Araber sind, Araber geblieben sind. Ihr Christentum ist ein sehr profanes Instrument, das Kruzifix gerade hart genug, den Palä-

stinensern damit den Schädel einzuschlagen und unter den Muslims gleich mit aufzuräumen. Tüchtige moderne Leute, bitte sehr, jeder hat eine eigene Meinung, ich meine, tüchtige moderne Leute. Selbstverständlich Araber, nicht Phönizier, ich bitte Sie, sind etwa die Leute nördlich von Rom Etrusker? Araber sind eitel und tückisch, und Phönizier heute sind Araber, aber sagen Sie es nicht. Araber können sich wie Schurken aufführen, aber sie stehen uns näher als jeder Fatah-Mann. Keine Frage, daß sie den Krieg gewinnen. Gemayel ist ein tüchtiger Mann, Chamoun ist ein tüchtiger Mann, Francieh ist ein alter Spitzbube, Abu Arz ist ein Abenteurer ohne politische Perspektive. Auch unter den Muslims gibt es achtbare Leute. Ich ergreife ja nicht Partei, nicht als Ausländer. Ich beobachte nur, verstehen Sie, Druck und Gegendruck, ich rege mich nicht auf.

Laschen wollte zahlen, war schon vom Hocker aufgestanden, aber Rudnik sagte, ich bitte Sie, und legte ihm eine Hand auf den Arm. Drei Dollar, sagte die Frau. Nein nein, sagte Rudnik, nicht mit mir, Teuerste, und reichte ihr einen Zehnliraschein.

Ich muß mich beeilen, sagte Laschen.

Ja, sagte Rudnik, wer ist schon zum Vergnügen hier wie ich. Reden wir ein andermal weiter, mit Ihrem Kollegen zusammen. Ich werde Sie beide schon auftreiben!

IX

Er blieb über Nacht bei Ariane. Nach Mitternacht wäre es nicht schwierig gewesen, zum Hotel zurückzukehren, aber Ariane hatte ihn gebeten zu bleiben. Es kam ihm so vor, als sei er auf einem trostlosen, durch schwieriges Gelände führenden Umweg bei ihr angekommen. Das Haus lag in einem großen Garten an einer Seitenstraße der Rue Abdel Kader. Ariane hatte auch nach dem Tod ihres Mannes die Wohnung weitergemietet, obwohl es ihr finanziell nicht leichtgefallen war. Eine Außentreppe aus rötlichem Sandstein führte hinauf zur Eingangstür. Das Geländer war unterbrochen von kapitellartigen Sockeln, auf denen in Kübeln Palmen standen. Das Parterre war bewohnt von einem über siebzigjährigen österreichischen Orientalisten, der, seit 1936 mit einer ungarischen Jüdin verheiratet, wenn er von Europa sprach, nur England meinte und nach 1945, wenn er nach Europa reiste, nur nach England reiste. Nicht nur Deutschland hatte er nicht wiedergesehen, nicht wiedersehen wollen, auch Österreich nicht wiedergesehen und nicht wiedersehen wollen. Ariane sagte, er und seine Frau wichen aber weder Österreichern noch Deutschen aus, sondern suchten geradezu, allerdings hier, im Ausland, den Kontakt mit ihnen. Die Fenster im Parterre waren schmiedeeisern vergittert. Laschen mochte das Haus. Das flache Dach war wiederum von einer Balustrade aus Sandstein umgeben.

Ein paar Jahre lang hatte Ariane hier mit ihrem Mann gewohnt. Für Laschen war es erstaunlich, daß *er* es nun war, der sie anschaute. Daß er blieb, um mit ihr die Nacht zu verbringen, mußte er sich einreden, um es glauben zu können. Sie hörten keine Schüsse, spürten nur von Zeit zu Zeit ein Vibrieren unter den Sohlen. Und er hatte den Vorhang beiseitegeschoben für einen Augenblick und hinter der Gartenmauer, überraschend nah, ein langes, vielgeschossiges Wohngebäude gesehen, dessen Fenster fast alle verdunkelt waren. Ariane erzählte ihm, sie habe vor vierzehn Tagen eine halbe Nacht im Keller jenes Hauses verbracht, als das Viertel von Achrafieh aus beschossen worden sei.
Als sie den Tisch deckte, schaute er ihr zu wie einer alten Freundin, mit der zusammen er alle Möglichkeiten ihrer Zuneigung ohne Verlust überwunden hatte. Sie selbst schien diesen idealisierten Zustand in einer gefühlvollen vorsichtigen Balance zu halten. Sie kam ihm blaß vor heute – es mochte an der Beleuchtung liegen – von all dem Vorübergehen, dem Gedränge, dem Verweilen, der Hingabe, dem Vergessen und der plötzlich nichtigen, überwältigend nichtig erscheinenden eigenen Anwesenheit. Was hatten damit die Männer zu tun gehabt, die heiter-bösartigen Brüder, die niederträchtig schnell kommenden und sogleich wieder gehenden, was hatte ihr Mann damit zu tun, der Araber? So grundsätzlich verletzt sah sie aus, als sei es eine angeborene Verletztheit, meinte Laschen, die ihr niemand hätte ersparen können. Und verletzt zu sein von sich selbst, von der Tatsache des eigenen Daseins, daran mochte er nicht weiter denken.
Wieso glaubte er auch, daß sie etwas von ihm verstand,

ohne ihn dafür zu verachten? Er glaubte das aber, sie mußte es ihm nicht erst zu verstehen geben. Als sie ihm die Tür geöffnet hatte, war er auf der Matte stehengeblieben, bis sie ihn hastig anfaßte und hereinzog. Sie hatte ihn, der ein deutliches Ziel abgegeben hätte, zuerst hereingezogen, die Tür abgeschlossen und ihm dann einen Kuß gegeben, den er unbeweglich, wie eine Ehrung empfing und jetzt noch immer genau zu fühlen meinte, als sei er damit zum erstenmal als er selber bezeichnet worden. Auch ein Nebengefühl blieb, das er widerwillig beachtete, eingenommen worden zu sein in einem Moment der Unachtsamkeit. Danach sprach er zu ihr, die noch in der Küche beschäftigt war, von Gliederschmerzen, einem Schüttelfrost, einer Nackenverspannung. Es war die Wahrheit, aber doch hielt er inne, weil er sich damit doch nur anpries, ihr zu verstehen gab, wie lohnend es sei, sich um ihn zu kümmern. Sie mußte bemerkt haben, daß dieses Sprechen jetzt notwendig war, die Beschwerden dagegen unerheblich.
Eine Weile lang sprachen sie nicht. Er dachte an das, was sie hätten sprechen können. Es war ein Durcheinander. Und was ihm mit Ariane geschah, war nicht verständlich, ein anderes Durcheinander. Nein, sagte sie, er könne ihr nicht in der Küche helfen. Er fragte, stört es dich, wenn ich dir so nachlaufe wie ein Hund und in der Wohnung herumlungere? Nein, sagte sie, es macht mir Spaß.
Er dachte lauter falsche Gedanken, jedenfalls Gedanken vom Rande, die lose und beliebig vom Rande des Denkens *genommen* waren. Gab es falsche Gedanken oder nur unverständliche? Verständlich war vielleicht nur das Umsetzbare in die Tat. Aber ihm wurde ja

bald nichts mehr verständlich, auch nicht langsam. Er glaubte, all seine Mühe bestünde darin, sich das, was verständlich gewesen war, verständlich zu erhalten. Es ging nicht mehr darum, nach und nach immer mehr zu verstehen.

Dann, wenn sie lachte, hatte sie im Gesicht einen Zug von Verwegenheit, und alles andere, es sonst Belastende, wurde ungültig. Wach und entschlossen war sie auf einmal, begierig, es aufzunehmen mit allem, den Kampf aufzunehmen, auch zu den Gemeinheiten und Verbrechen draußen beizutragen. Es dauerte nur einen Moment, es war nur ein Blick in einen anderen Raum, in ihr Verschwörerquartier, dann ging die Tür wieder zu. Sie saß da und atmete, als habe etwas Atemberaubendes tatsächlich stattgefunden.

Während sie aßen, wurden sie erschüttert von einer Detonation in der Nähe, wahrscheinlich im Garten. Durch die Vorhänge war ein hinaufstürzender Feuerstoß zu sehen, der langsam niedersank. Sie standen langsam auf und gingen ans Fenster, als ob sie sich gegenseitig vor einer Panik bewahren wollten. Sie aßen danach weiter. Ariane erzählte von ihrer neuapostolischen Familie. Mit achtzehn war sie aus der Kirche ausgetreten, wahrscheinlich, sagte sie, weil ich gegenüber meinen Freunden *gar nichts* mehr sein wollte. Später habe sie es so verstanden, als hätte sie das Geschwätz von der Endzeit nicht mehr ertragen. Vielleicht habe ich es wirklich nicht mehr ertragen. Ich habe schon an die *Endzeit* geglaubt, aber dann nicht mehr an das Geschwätz von der Endzeit. Ich habe wahrscheinlich gedacht, *Endzeit*, schön und gut, soll sie nur kommen, soll sie nur bestehen, die Endzeit, aber ich mag nichts mehr davon hören, solange jeder sie nur behauptet, aber sich selbst durchaus darin einrichtet und das Weiterplanen über das Ende der Endzeit hinaus nicht aufgibt. So etwas hätte mich, glaube ich, überzeugt. Am Ende hatten sie mich nur so weit gebracht, daß ich nur noch das Gegenteil von allem glaubte, was gesagt wurde, daß die Zeit, ob Endzeit oder nicht, immer weitergeht und daß sogar das Leben immer weitergeht, nur weil es, solange es Leben gibt, immer weitergegangen ist. Als ich zum erstenmal mit einem Mann geschlafen hatte, glaubte ich gar nichts mehr. Und das kann ich sogar heute noch verstehen. Mein Vater hat mich verflucht, nicht ausdrücklich, sondern nur so, daß es so verstanden werden konnte. Später hat er sich heimlich mit mir verabredet und getroffen, und nicht einmal meine Mutter durfte davon etwas wissen.

Im Garten war nur undeutlich glänzend Vegetation zu erkennen, auf den Rasen fiel schwach das Licht. Sie öffnete das Fenster, und da hörten sie heulende und schreiende Stimmen vom Hochhaus her, während sich an dessen schwach gegen den Himmel abgezeichneter Silhouette nichts änderte. Gleich darauf mehrere Einschläge nacheinander. Sie gingen vom Fenster weg, taub für eine Weile, so daß auch die Stimmen weg waren.

Wie unangenehm, sagte Ariane. Es war doch weiter weg, als sie angenommen hatten. Von den letzten Einschlägen war nichts zu sehen gewesen.

Hoffentlich kommt es nicht noch näher, sagte Ariane. Sie machte das Fenster wieder zu. Laschen lächelte. Den Wunsch hatte er auch, Schüsse, die sie nicht wenigstens hörten, richteten nichts an, waren nicht ein-

mal abgegeben worden. Das war wichtig, wenn man ruhig essen und zusammenbleiben wollte. Es machte ihm das Gefühl, so etwas wie die *Moral* verloren zu haben, einen unbändigen Spaß, einen vieldeutigen. Es ging ihm richtig gut, weil er meinte, sich hier, endlich, nicht mehr verstellen zu müssen. Er konnte hier ungeniert jeden Gewissenskrampf, jede Empörung, jedes fremdgängerische Mitleid beiseite schieben, das Engagierte, wie es in Lehrgängen auf- und wieder abgebaut wurde, verachten. Erfahrungen machen ohne Erfahrungen, Gefühle behaupten, Verantwortung behaupten, fade Pflicht, fade Kulturleistung, abgeschmackt. Und er war nichts Besseres, er war Schlechteres. Er kopierte Erfahrung, er fälschte drauflos.
Als er sich eine Zigarette anzündete, bekam er einen Hustenanfall. Sofort dachte er, er hätte sich an den Gedanken verschluckt. Der Anfall steigerte sich so sehr, daß sie händeringend vor ihm stand, als er sie durch die Tränen wieder sehen konnte.
Eigentlich wollte ich dich etwas fragen, sagte er.
Frag mich nur, rasch, sagte sie.
Ich wollte dich fragen, wie er gewesen ist, dein Mann.
Er war sehr lieb und hat sich sehr bemüht. Einmal hatte er eine Freundin. Er wußte, daß ich es wußte. Er war es sich schuldig. Manchmal habe ich geglaubt, er meinte, es auch mir schuldig zu sein. Mir hat er immer sehr heftig, doch ohne mir weh zu tun, mißtraut. Es hat ja keinen Sinn mehr, noch darüber zu reden. Wieso interessiert es dich? Wir hatten ein paar wirklich schöne Jahre. Danach wollten wir das Kind haben. Es war die Hauptsache. Nicht irgendeines, da waren wir beide

ganz sicher, es würde *das Kind* sein, und wir hätten es, glaube ich, erkannt.
Aber ihr habt es nicht erkannt.
Ich glaube, wir haben es wohl ein dutzendmal erkannt. Wir bekamen es einfach nicht, weil unsere Ehe eine Mischehe war. Also hatten wir uns jedesmal geirrt. Es blieb uns nichts anderes übrig, als uns geirrt zu haben.
Und warum willst du es immer noch, jetzt, wo du allein bist?
Ich weiß nicht, ob ich das erklären kann. Sie war sehr ernst und schaute auf ihre Hände. Wenn ich es versuche, ist es sicher nicht richtig. Vielleicht will ich es nur noch deshalb, um nicht mehr allein zu sein. Nein, das stimmt nicht. Es ist keine fixe Idee, wenn ich sage, daß das Kind auch nicht mehr allein sein will. Es gibt nämlich *das Kind* immer noch, obwohl ich mir nicht einmal vorstelle, wie es aussieht. Ich kann es mir nicht vorstellen. Es ist von mir auch nicht irgendwie gedacht oder ausgedacht, etwa aus humanitären Gründen, das will ich nicht, weil es auch nicht wahr wäre. Es ist so eine unbestimmte und doch wieder ganz bestimmte Liebe zu dem Kind.
Er half ihr, das Geschirr zusammenzuräumen und in die Küche zu tragen. Der Boden bebte, und die Luft bebte nach näheren, unmißverständlich näheren Einschlägen. Sie waren beide stehengeblieben und sahen sich ohne Aufregung in die Augen, ruhig, wie Laschen verwundert feststellte. Sie setzten auf dem Tisch ab, was sie in den Händen hatten. Ariane schaltete im Korridor das Licht aus und öffnete die Haustür. Der Lärm war verschwunden, war heraus aus dem Garten

wieder weit weg, aber auf den Balkonen gegenüber bewegten sich Körper wie Schatten.
Geh hinein, sagte er, ich sehe nach. Er ging die Treppe hinunter. Sie blieb oben vor der Tür stehen, und er hörte sie sagen, eigentlich sei doch Waffenstillstand. Er dachte an den Brief an Greta, den er in der Innentasche der Jacke trug, aber die Jacke hing in der Küche über einem Stuhl. Und er hatte ein weißes Hemd an. Der Brief wurde überholt in diesen Tagen, war vielleicht jetzt schon nichtssagend. Er gewöhnte sich an das dünne milchige Mondlicht, in dem die Lorbeerhecke leise glänzte. Drüben waren wieder Stimmen, die sich von Balkonen herunter und herauf verständigten. Im Garten schien alles in Ordnung zu sein, er fand nicht einen Granattrichter, die Wipfel der Zypressen wedelten sacht. Über der Altstadt flackerte der Himmel, der Rauch war zu sehen, wie er in ruckenden Schüben abging in die Berge. Er ging zurück, um das Haus herum, bis an den Eingang der Parterrewohnung, wo das Grundstück gerade noch die Breite des gepflasterten Weges und einer Palmenhecke hatte. Gleich hinter der Hecke war schon die etwa zwei Meter hohe Ziegelmauer. Er hatte eine Weile den Atem angehalten und stellte sich, um sich zu beruhigen, in den tief ins Mauerwerk eingelassenen Eingang, wo er von keinem Lichtschimmer mehr erreicht werden konnte. Mit dem Rücken lehnte er sich gegen die Tür und faßte den Knauf an. Die Tür gab auf Druck keinen Millimeter nach. Die glatte metallische Kugel in der Hand war unbeweglich und fest. Er spürte eine leise Abneigung, in die Wohnung zu Ariane zurückzukehren, wieso. Er hatte an das lange zischelnde und flap-

pende Geräusch, das er doch kannte, nicht glauben wollen, blieb auf dem Weg stehen und sah über der Mauer den Feuerstoß sich ausbreiten und im Feuer träg fliegende Brocken. Die Detonation mußte er überhört haben. Im Körper fühlte er einen Schwung wie einen kaum zu bremsenden Anlauf. Er befand sich wieder in dem geschützten Eingang. Er hörte sich beim Namen gerufen, Georg! Das klang so fremd, daß er nicht antwortete. Er konnte aber jetzt ruhig über die Mauer blicken zu den oberen Balkonen des Hochhauses hinauf. Er hörte keine Stimmen, sah auch keine Schatten mehr. Ariane stand vor ihm. Sie legte beide Hände auf seine Schultern und sagte etwas zu ihm, was er nicht verstand. Er lächelte sie an, schüttelte sich und preßte die Fäuste auf die Ohren. Sie gingen in die Wohnung zurück. Sie führte ihn. Es war unmöglich, daß es verirrte Geschosse gewesen waren. Das wollte er ihr sagen, konnte es aber nicht sagen, schüttelte wieder den Kopf. Er war froh, daß auch sie nichts sagte. Er dachte an Else, Karl und auch an Greta, an ihr, in einem bestimmten Sinne, unverfängliches Nichtwissen. Es war wie eine leere, ihn erwartende Geborgenheit, die er nicht erreichen konnte, von der er abgehalten wurde. Seine Ohren waren immer noch ein wenig taub, als sie die Tür wieder abschloß.
Sie hatte überall das Licht ausgeschaltet, nur zwei Kerzen brannten auf dem Kaminsims. Der Kaffee duftete, und sie schenkte Cognac ein. Sie sagte, sie habe ihn vorhin schon danach gefragt, ob er nicht lieber mit ihr in den Keller des Hochhauses gehen wolle. Sie habe bemerkt, daß die Leute alle ihre Wohnungen verließen. Sie sagte, ich bleibe lieber hier, aber du solltest

das entscheiden. Nein, sagte er, ich will nichts entscheiden. Laß uns einfach hierbleiben, das brauchen wir doch wohl nicht zu entscheiden.
Wir können immer noch hinübergehen, wenn es schlimmer wird, sagte Ariane. Nach Kaffee und Cognac tranken sie wieder Wein, wurden von einem Eifer, einer Dreistigkeit ergriffen, die sich steigerte, wenn wieder eine Detonation alles vibrieren ließ. Ariane sagte, sie habe in den letzten Monaten wohl ein Dutzend Scheiben erneuern lassen. Laschen schaute sie lange an, unweigerlich, und jede Sekunde, die sie zusammen waren, war erfüllt von dieser Unweigerlichkeit. Er wollte auch wissen, ob er alles ruhig geschehen lassen konnte. Es war schon zehn Uhr vorbei. Sie saßen dicht nebeneinander auf dem Sofa. Er meinte, sie nicht anfassen zu sollen, gerade weil es ihn so danach drängte. Sie legte eine Hand auf seine Schulter, und er erzählte ihr, ohne etwas anderes damit sagen zu wollen, was er gestern nachmittag erlebt hatte. Dabei erschien ihm alles ganz unglaublich dicht, jede Sekunde war so voll, jeder Augenblick so dicht an den nächsten gedrängt. Selbst die Pausen im Hotel hatten im Rückblick ein dramatisches Tempo. Er fühlte sich wohl, als er ihr gestriges Telefongespräch erwähnte, dachte auch an Rudnik, erzählte auch von Rudnik als von einem Ungeheuer, von einem Deutschen, als von einem im Grunde ungeheuerlichen Menschen, der hier, zwielichtig, Beziehungen unterhielt und, den Eindruck empfinde er ganz stark, auf eine Stunde, auf seine Stunde warte. Während er von Rudnik erzählte, stellte er sich Hoffmann vor, wie Hoffmann bei ihm klopfte und das Ohr an die Tür legte.

Sie fragte ihn nach Greta, seiner Frau. Du brauchst mir nicht zu antworten. Ach ja, sagte er, das ist schwierig. Er wollte ein bißchen verstimmt aussehen, mehr nicht, aber was bei ihm herauskam, war nur eine etwas unwillige Heiterkeit. Du brauchst mir wirklich nicht zu antworten, sagte sie. Warum denn nicht, sagte er. Was willst du wissen, wie sie aussieht, was sie macht? Ach, nein, sagte Ariane. Frag genauer, sagte er, ich will dir auf alles antworten. Er hatte nichts dagegen, mit ihr über Greta zu sprechen, aber dieser, wie er es schon im voraus empfand, vertrauliche Beichtton, die Klage – er wollte es lieber nicht. Es war richtig, mit Ariane nicht darüber zu sprechen, mit ihr eine Weile voraussetzungslos beisammen zu sein, nicht gleich die ganze Geschichte, seine, mit einzuschließen.
Gut, sagte er, reden wir also doch nicht davon. Ich hab dir von meinen Kindern erzählt. Von ihr zu erzählen, ist mir unbequem, auch ordinär, meine ich, weil ich, wenn ich erzählen würde, doch nur ihr und mir auf die Schliche kommen müßte. Ich würde doch nur herumstelzen, herumstottern, so ein Sprechen, als griffe man die Wörter mit der Pinzette.
So konnten sie nicht sitzenbleiben nebeneinander, nicht noch länger weiterreden, um den Moment ängstlich aufzuschieben, in dem sie aufeinanderzugehen, miteinander ins Bett gehen würden. Im Gespräch blieben sie aufmerksam und beflissen wie zwei höfliche Spieler, die streng auf die Einhaltung der Regeln achten. Immer noch nicht und immer noch nicht bereit sein dazu, stattdessen weiter und weiter zu reden, alles wichtig zu machen, ernst zu nehmen im Reden, war eine ebenso unverständliche wie auf die Dauer uner-

trägliche Unentschiedenheit. Vielleicht wartete sie darauf, daß er sich endlich eingestand, etwas zu wollen, und es wollte. Doch fühlte er tief, daß es jetzt falsch wäre, den Mutwillen entscheiden zu lassen – ein Mutwille hätte es schon sein müssen. Stattdessen schlug er vor, noch wegzugehen, in eine Bar, wenn sie noch eine offene Bar fänden. Sie war sofort einverstanden.
Als sie schon nach einer Stunde zurückkehrten aus einer Bar in Roucheh, weil sie in der Bar, die zunächst ein dringend gesuchter neutralisierender Ort gewesen war, nicht mehr bleiben konnten in ihrer Unruhe, in ihrer neu aufgebauten Sucht, aneinander zu hängen, sich zu umarmen, lag der Bezirk unter starkem Beschuß. Sie ließen das Auto in der Einfahrt stehen und rannten gebückt, sich bei den Händen haltend zum Haus hin und die Treppe hinauf. Ariane bot ihm noch einmal an, nebenan in den Keller zu gehen, worauf er nicht einmal mehr den Kopf schüttelte.

X

Wieder ein klarer frischer Morgen, der Laschen an allgemeinen Neubeginn erinnerte, an das Gefühl davon, weil die Sonne schon wärmte und der Friede schimmerte. Ariane fuhr ihn zum Hotel zurück. Die Durchblicke in die Gärten, die erfüllt schienen von einem träufelnden biblischen Licht, waren wie Jauchzer. Ariane war ganz sanft, von ihr ging der Friede aus, und von ihm ging er aus. Selbst die Leute in den Trümmern, die Verlassenen, die Geschädigten und sofort

Weitersuchenden, sahen doch so aus, als gingen sie ihrer normalen, alltäglichen Beschäftigung nach. An einer Straßensperre wurden sie nur beiläufig kontrolliert. Vormittags war offenbar nichts ernst gemeint. Gegen dieses Licht hätte der Krieg nicht aufkommen können.

Er war müde und fiebrig. Es war schön wie nach einem Sieg. Sie hatten nur wenig geschlafen, zwei Stunden höchstens gegen Morgen, als es ruhig geworden war. Ariane hatte ihm nach dem Frühstück ein Röhrchen mit Chinintabletten gegeben, weil er Schweißausbrüche und Schüttelfrost hatte. Es störte jetzt nur der Gedanke, in ein paar Minuten vor dem Hotel auszusteigen, von ihr weg zu müssen. Er wäre gern mit ihr woanders gewesen, in Amman oder Damaskus. Die Gesichter in einem entgegenkommenden Auto, dem die Windschutzscheibe fehlte, waren deutlich zu erkennen wie die von Bekannten. Greta war weit weg, um so undeutlicher, die Kinder blaß und verlegen auf dem Hof. Es war alles so schwer beieinanderzuhalten in Gedanken, alles floh einander, streute. Die Gleichgültigkeit wuchs an mit jedem Tag, die Gleichzeitigkeit war nicht zu halten. Er war fassungslos, aber ganz ruhig.

Bei Ariane hatten sie in der Nacht, in ihrem Bett, weitergetrunken. Die kleine Lampe hatte sie brennen lassen. Das Sirren, Heulen, die berstenden Detonationen waren oft ganz nah, dicht neben oder über ihnen gewesen, ein aufputschendes, anstachelndes Gift, von dem das Blut, das ebensogut hätte vergossen, verschüttet werden können, rauschte und pochte. Er war ins Reden gekommen, in dem Gefühl, endlich alles sagen zu können, ihr heftig sagen zu können, wer sie sei, was sie ihm bedeute, jetzt,

nicht gestern, nicht morgen, es war so wahr, so richtig. Er lag an ihr, sprach in sie hinein, alles auf einmal, lag in ihrem Atem und horchte.
Sie hatte ihn gestreichelt. Vielleicht hatte sie zuerst gar nicht mit ihm schlafen wollen, war aber aus dem Bad gekommen im Bademantel, den sie über den Stuhl fallen ließ und hatte sich an ihn geschmiegt. So betasteten sie sich zum erstenmal, obwohl sie sich schon, wie er meinte, lange Zeit kannten. Er fühlte sich stark werden, und es war nicht die dumme männliche Kraft, es war eher Auslieferung. Sie flüsterte. Das Getöse, das aufputschende Gift, war in der Nähe. Sie hätten die Fenster aufmachen und sterben können.
Offenbar war, als sie sich umarmt hatten, schon alles gesagt gewesen, denn das Sprechen danach war nur noch eine Spur der Erregung, und sie achteten nicht auf das, was sie sagten, das war so gleichgültig gewesen wie draußen der Krieg. Und hatte er nicht vorhin noch gemeint, als sie sich zu ihm legte, es sei eigentlich nicht er, den sie meinte?
Sie wollten sich möglichst noch heute abend wieder treffen. Laschen schränkte nur etwas ein, er wolle eventuell mit Hoffmann nach Damur fahren, vielleicht auch das Hauptquartier der PLO besuchen.
Der Portier reichte ihm mit dem Schlüssel ein großes Kuvert. Im Lift riß er es auf und blickte hinein. Es war eine schnell und billig gedruckte Broschüre mit grobgerasterten Fotos, außerdem zusammengeheftete, hektografierte Blätter, Zeugenaussagen über das Massaker in einem Elektrizitätswerk, bei dem fast alle dort arbeitenden Muslims getötet worden waren. Anschließend ein Bericht über die Belagerung und Vernichtung

von Karantina, am Ende Floskeln von Solidarität und unbändigem Siegeswillen des palästinensischen Volkes.
Laschen legte sich aufs Bett und las alles durch. Die Bildunterschriften flammten, es waren grobe agitatorische Spruchbänder gegen Imperialismus, Faschismus («. . . what the Germans did to the Jews . . .»). Er durchschaute seine Enttäuschung. Diese hoffnungslosen, an der eigenen Minderzahl sich stärkenden Fatah-Leute sollten sich wenigstens sauberer Mittel bedienen, ihre Ohnmacht sollte nicht so schrill damit drohen, daß endlich Friede ausbrechen, Gerechtigkeit siegen werde. Schade.
Er schrieb in die Kladde hinein, sehr distanzierte Sätze zu Anfang, auch gefältelte und lang hinschweifende Sätze, die eine Kulisse bilden sollten, die Rauchsäule über Maslakh und Karantina, wie sie abzog in die Berge, die tagsüber blinkten und strahlten in paradiesischem Licht, dann, unter dem Datum von vorgestern, Sätze über das Gefecht in Bab Edriss, wo es, wie er schrieb, unmöglich gewesen sei, die Front in ihrem Verlauf zu erkennen, vielmehr würden die Kombattanten allesamt zu Heckenschützen. Er zitierte auch einen der Zeugen bei den Erschießungen im Kraftwerk, baute dann den Abschnitt ein, den er gestern über die eskalierenden Revancheunternehmen geschrieben hatte. Die Bewohner von Zokak el Blat dagegen (wo Ariane wohnte) würden nur selten aus dem Schlaf gerissen. Man unterhielte sich im Nachtdunkel und tausche, von Balkon zu Balkon, neueste Nachrichten aus. Den Satz strich er sofort wieder durch. Am Tage, besonders an den hellen diesigen Vormitta-

gen, sei den Menschen in den Straßen eine durch nichts kleinzukriegende Lebenslaune anzumerken, sogar eine besondere Art entspannter Muße.
Er war zufrieden. Es schien gute Arbeit zu sein, oder nicht. Doch. Es fehlten noch genaue Verknüpfungen, mehr *Fälle*, zurückgeholt ins Persönliche, mehr Namen, mehr Zitate.
Er steigerte sich noch. Es war die Steigerung seines noch immer nicht ruinierten Glaubens an das Geschriebene. Etwas war wirklich erlebt worden, er konnte es schreiben. Sein Kopf glühte. Die Augen mußten jetzt weit vorstehen, dann schon wieder sehr tief liegen, dunkel, ohne Ende. Greta las konzentriert, was er geschrieben hatte, während er zu Hause an dem kleinen Ecktisch Bildunterschriften fälschte. In solch einer Fälschung kann ich auch gut weiterleben, nicht schlechter als andere. Ich lebe hier, in Beirut, lebe schon lange hier, bin Kaufmann, nein, bin Inhaber einer Agentur, seit Jahren, braun gebrannt, noch immer nicht vierzig. Mit meinem Geschäft in Deutschland habe ich Konkurs gemacht. Was Deutschland anbetrifft, da bin ich pleite, da kann ich nicht hin zurück.
Auf einen Brief von Greta brauchte er nicht zu warten, der konnte nicht zugestellt werden, den schrieb sie gar nicht. Die Kinder waren gesund. Also war er froh, keine Nachrichten, keine deutschen Nachrichten zu bekommen, weder Zeitung noch Wochenmagazin, in denen das Deutsche sich meldete, sich Luft machte, rumorte.
Für immer war eine Gewöhnung an das Zimmer eingetreten, an die Stunden und Nächte, die er mit Ariane verbrachte. Jetzt war ihr Verhältnis etwas Geschichtliches geworden, etwas sich Fortsetzendes. Noch war es

kaum erlebt, jede Berührung erinnerte er noch als etwas Vorläufiges, das nachgeholt und erst noch allumfassend werden mußte. Aber schon zu Anfang, meinte er, hatten sie das Verhältnishafte wie das Verhältnismäßige überwunden. Er fühlte sich stark für Jahre hinaus, stark genug, nicht mehr sich selbst erbärmlich zu sein, wenn er mit ihr zusammen wäre. Sie konnte ihn halten, das wußte er, ohne etwas zu tun. Nur dasein sollte sie. Sie rauchte in ihrem Büro, heftete Briefe ab. Greta rauchte auch und dachte gerade an ihn. Er gab Ariane vorsichtig das Kind zurück. Es war zweifellos ihr Kind. Er schrieb weiter, damit es draußen endgültig geschehen war, was er schrieb. Neben dem Haus war noch immer die kleine ewige Baustelle, die aufgepackte Glaswolle, Steine und eine Bohle darüber. Und er hatte wieder das Gefühl für Wolfs Schädel in den Fingern, der voller knöcherner Ausbuchtungen und Vertiefungen war. Er schrieb ein paar wohlwollend klingende Sätze über die Palästinenser, die sich auch oft genug als Schurken gebärdeten, aber voraussehbar verloren seien, wenn sie, sehr wahrscheinlich, dem internationalen Komplott gegen sie zum Opfer fallen sollten. Es wird ja immerhin, schrieb Laschen, während dieses Komplott wirksam ist, so wirksam wie es schwer zu durchschauen ist, auch noch nach *friedlichen Lösungen* gesucht. Ihr letztes menschliches Anrecht sei das (das schrieb er nicht hin), weltweit mißverstanden zu werden, das weltweite Mißverständnis im Untergehen auf sich zu nehmen mit Frauen und Kindern (Rudnik hatte Leichen von Kindern gesehen, er nur auf Fotos), mit ihren Toten. Dagegen kannte Laschen zu gut das dominierende deutsche Echo (er persönlich *differen-*

zierte ja), die libanesischen Christen schlügen endlich zurück, und, was die Palästinenser anbetraf: die siegreichen Israelis in der Bundesrepublik, die es, nachdem sie es ihnen gezeigt, es anderen zeigten. Die Frage war nur noch: *Wie* wird es gemacht?

Und Greta schaute den Kindern zu, die Bilder aus Illustrierten schnitten, Verena bügelte, das Gesicht noch glatter als sonst, kein Fältchen, keine Pore. Er selbst lief da stumpf herum, Fett um die Augen, band die Rosen fest an die Stäbe mit allem Gefühl, das er hatte.

Wenn er vom Schreiben aufschaute, zum Fenster hinaus in die Gärten, die Straßen, auf Fenster und Dächer, nicht in Bilder, nicht in das Innere, das aufgewühlt war von einer gutartigen Raserei, sah er wirklich und schon wieder, den Frieden. Es war diese ungestörte Farbigkeit, die wie wirkliche Schleier aus Blütenstaub auf alles niederschwebte. Die Augen brannten davon oder vom Fieber. Aber das Licht war doch tatsächlich groß, ein prunkhaftes Leuchten der Hecken, Sonnenschirme und Markisen, gelbe Fassaden wie Sand, wie Lehm. Feierliche Entspanntheit fühlte er bei dem Anblick, doch sogleich kam der Schüttelfrost wieder und der Hitzestau im Kopf als Mahnung oder Widerspruch. Das Fieber war gut. Es war gut für die Arbeit, dankbar war er für die Gliederschmerzen. Krank sein hätte er auch wollen, niedergeschmettert. Warum sich nicht auch mit einem wie Hoffmann herumquälen, der hier nicht mit dem Geist gegenwärtig war wie er?

Der neue Zustand unterschied sich großartig von dem der vergangenen Tage. Er brauchte noch das Fieber, die Schmerzen, Verspannungen, die er zu gegebener

Zeit sicher *ausräumen* konnte. Erst als er mit dem Schreiben aufhörte, nahm er wieder eine von Arianes Chininpillen, dazu aus dem Kühlschrank eine Flasche Bier, die er auf einmal austrank. An den Händen war noch der Geruch von Ariane, so wie sie duftete, wenn sie mit ihm eine Straße überquerte. Ihre Narbe war verschwunden, als er sie angeschaut hatte. Wie er Ariane angeschaut hatte, so hatte er zum erstenmal eine Frau angeschaut. Und weiterhin wollte er ernst arbeiten, der Krieg ging nicht auf einmal zu Ende. Von hier aus würde er noch lange berichten können, Unerhörtes. Die unerhörten Berichte sollten in die Bundesrepublik hineinfahren, in die Glieder der Bundesrepublik, nicht zum Vergnügen. Kleinmütig war er nicht mehr, das Fieber war gut, es machte energisch. Er wollte hinaus – nur nicht jetzt Hoffmann begegnen –, damit die Wärme den Schweiß weghauchte. Ein paar Tage können wie ein paar Jahre alles enthalten, sie können ein paar Jahre sein. Noch im Sitzen beschrieb er sich seine wirksame, alles verändernde Aktivität draußen.

XI

Laschen fühlte sich in erfreuliche Schwierigkeiten geraten. Von den Gedanken an Ariane lenkte er sich nur ab, um wieder auf sie zurückkommen zu können, und es wurde ihm allmählich bewußt, daß er für sie arbeitete, so als hätte sie ihm den Auftrag dazu erteilt. Greta wollte er nicht verlassen, die Kinder stellte er sich in seiner Abwesenheit vor, die aber eine vorübergehende bleiben sollte. Grundsätzlich veränderte er sein Leben nicht mehr, obwohl die Idee doch zählebig war, einmal noch eine Zukunft zu haben von ganz anderer Beschaffenheit, ein neues Leben anfangen zu können, aus dem die Spuren des alten von vornherein getilgt wären. Was war der Grund, daß er sogar das Wort *Erinnerung* nicht mochte, daß *seine* Erinnerungen immer nur unbequem waren, unangenehm, unerträglich und zumeist ausarteten in Schuldgefühle; sie erinnerten ihn an nichts Gutes, sondern an lauter Ungutes, Mißliebiges, an alles, was er vertuscht hatte, an all seine Vertuschungen, Verfälschungen, an unangenehme, unbequeme, mit der Zeit schmerzhaft gewordene Gedanken, deren Vertuschung ihm gar nicht oder nur schlecht gelungen war, wie ihm auch die Vertuschung seiner Verirrungen, Irrwege, nur schlecht gelungen war, seiner gescheiterten Gefühle, später die Vertuschung aller Gefühle überhaupt. Wenn also Erinnerungen ihn heimsuchten, dann waren es feindliche, gegen ihn sich aussprechende, denn die schönen Erinnerungen, Bilder, nach denen er sich nur zurücksehnen konnte, waren ihm allzu geläufig, später entbehrlich geworden und ihm also in der Geläufigkeit abhanden gekommen. Sein Gefühl für Greta war auch eine einzige Vertuschung, damit sie es nicht beleidigen, es versetzen konnte. Als er mit ihr aufs Land gezogen war, da brach eine andere Zukunft an. Zuerst war es ihr Wunsch gewesen, wie auch später der Überdruß am Landleben zuerst ihr Überdruß gewesen war. Insgeheim hatte es ihn tief, schlagend enttäuscht, daß sie sich ohne viel Umstände von ihrem so sehr gewünschten Landleben wieder hatte abwenden können. Sie reiste eben fort, fast so häufig und so lange wie er, aber ohne Notwendigkeit, was sie bestritt. So war es gekommen, daß, als er langsam seine Neigung, seine Liebe zu der Landschaft, zu ihrem Leben in dieser Landschaft entdeckt, eigentlich auch aufgebaut hatte, sie bereits an dem Überdruß an der Landschaft und dem Leben darin litt. Eine tiefe Enttäuschung für ihn, ihre Abweisung der Landschaft, die er liebte; so fühlte er selbst sich von ihr abgewiesen, immer deutlicher. Aber wenn er genauer überlegte, war es nicht so krass, keine krasse Abweisung, es war eine unmerkliche Abweisung, die am Ende aber entschieden, eindeutig war, krass. Zu wenig Widerstand setzte er ihr entgegen, glaubte er, weil er zuviel verstand, sowieso immer schnell dazu neigte, etwas *einzusehen*.

Auf das Haus hatten sie sich damals schnell, begeistert geeinigt, es in ihrer Begeisterung sofort gekauft, die Wiese, den Garten noch vorsichtig betreten. Den das Grundstück umfriedenden Zaun waren sie entlanggegangen. Ihm war so, als hätte ihnen das Haus, die flache offene Flußebene bisher gefehlt. Sie zogen um, fingen da an zu leben. Laschen trank viel weniger. Er lernte, es zu sehen, dieses milde, nie ganz eindeutig fallende Licht, in dem sich die kleinen Dörfer wie in einer ruhigen dauernden Verzückung abhoben. Was immer es war, das sich in den Ebenen abzeichnete, augenblicklich gewann es Erhabenheit. Else saß im Gras, Karl wurde geboren. Greta hatte noch lange darauf verzichtet, Aufträge in Hamburg anzunehmen. Woran arbeitete er damals? Wenn er nicht auf Reisen im Ausland war, mußte er nur einen Tag wöchentlich in der Redaktion sein. Wenn Zeit übrig war, arbeitete er im

Garten. Sie brauchten nicht, wie früher in Hamburg, die vielen Verabredungen, Kontakte, die sich gegenseitig auslöschten und die sie nur, wie auch Greta meinte, betäubt hatten. Laschen hatte sowieso immer sich gewehrt, ständig neue, immer mehr, *interessante Menschen kennenzulernen*, die alle irgend etwas machten oder für etwas bekannt waren, für etwas Besonderes oder Gewöhnliches. Sie meinten sogar, nicht einmal auf die Gaststätte im Dorf angewiesen zu sein, in der sie nur selten saßen und nie sich um Gespräche mit anderen Gästen oder mit dem Pächter der Gaststätte und dessen Frau bemühten. Die Gäste, allesamt jüngere Gäste, fand Laschen nur gewöhnlich, lallend und torkelnd im allerbilligsten städtischen Zerstreuungsdunst; aus der Kreisstadt und den umliegenden Dörfern kamen sie an Wochenenden, um sich vollzusaufen und vollgesoffen zu sein. Der Lärm, den sie gegen den Musikautomaten vorbrachten, hallte stumpf und richtungslos herum. Den Lärm fand er stinkend, die Gesichter Karikaturen. Gerade in solchen Stunden erschien ihm die Landschaft zart und zerbrechlich. Er fing augenblicklich an, sich um ihren Bestand Sorgen zu machen, hätte sie gern woanders hingebracht, in Sicherheit vor diesen Bulldozer-Menschen. Er hatte immer noch das Gefühl, mit seinem Einzug in die Landschaft sei auch zugleich eine schwere Bedrohung der Landschaft in die Landschaft eingezogen, vielmehr, er sei nicht zufällig zugleich mit einer Bedrohung in die Landschaft gekommen, sondern um die Bedrohung abzuwenden. Er konnte das nicht erklären, es war ein Gefühl. Trotzdem fühlte er sich hier auch in einem weichen sicheren Gewahrsam, eingelassen in einen großen atmenden Organismus, dem er vertraute. Greta gefiel es. Sie sagte, sie entdecke jeden Tag neue, sie verzaubernde Einzelheiten, deretwegen allein sich das Landleben schon lohne. Es gab nicht jene Beschilderungen, Wegweiser wie in anderen Naturschutzgebieten, nicht jene Täfelchen, die jeden Busch und Baum zu einem Lehrgegenstand machten und ihn wegerklärten. Die Pfade waren noch nicht zu *Lehr-* oder *Wanderpfaden* ernannt worden, die seltenen rohgezimmerten Bänke noch nicht zu *Ruhebänken*. Das Verreisen war nicht so schlimm, denn in Zukunft käme er ja immer zurück, im Ohr noch den Schrei irgendeiner Umwelt in Krise oder Krieg. Er hatte auch nie den Vorwurf angenommen, sich *der* Realität entzogen zu haben, hier war genug Realität, um nicht zu ersticken daran.

Das alles war ja auch noch gar nicht vorbei, nur Greta gegenüber, die ihn abgewiesen hatte, verschloß er sich, nicht ohne sie oft, wie aus der Ferne, zu beobachten. Überhaupt beobachtete er stärker, aus dem eigenen sicheren Körper heraus, denn das Gesprächige, das Launige war weg. Greta fotografierte viel, nicht nur immer neue Serien von den Kindern, auch alles, was ihr draußen bemerkenswert schien. Sie sammelten Pilze, er trug Karl auf den Schultern, Greta fotografierte, Karl ließ den Pilzeimer fallen. Er schimpfte Karl aus. Greta kam, um Karl zu beruhigen. Sie fotografierte die verstreuten Pilze. Er schrie Greta an, endlich aufzuhören mit dem dauernden Fotografieren. Wie sie ihn da anschaute, vor den Kopf gestoßen. Sie verstand nicht, warum er das alles nicht fotografiert haben wollte.

XII

Hoffmann hatte das Autoradio voll aufgedreht. Schnell gezupfte Einsätze, lange Schleifen, ein Tremolo, das nie aufhört, unaufhörliche Musik, ohne Pausen, immer die gleichen immer gegenwärtigen Töne, die nicht enden wollen und sich winden und schlingen; sich weiterspinnende Fäden, Saiten, über Körper und um die Körper gespannt, über Ellbogen, Augäpfel, Schädel, es sind Nervenbilder, fremd genug, sich darin zu verirren und plötzlich eine Ferne wieder zu ahnen.
Hoffmann fuhr schnell. Laschen tupfte sich mit einer Papierserviette den Schweiß von der Stirn. Das Fieber war nicht sehr stark, hielt aber an. Nach dem Frühstück hatte er sich so erschöpft gefühlt, daß er sich wieder hinlegte, und für einen Moment war er untergegangen in einer prickelnden Schwärze, die ein Himmel sein konnte oder ein Meer. Auch als Hoffmann angerufen hatte, er solle sich fertigmachen, herunterkommen, sie hätten eine Verabredung, blieb er noch liegen in einem verwirrenden Zwischenzustand, als sei der Körper zu schwach, alle möglichen Kuriositäten und Aufdringlichkeiten der Phantasie abzuwehren. Es flatterten Schlagzeilen, die er glaubte nie gelesen zu haben: Civil war approaching the end? Und er sah die kleinen Fältchen um Arafats Augen, und Arafats Augen schauten ein wenig betrübt auf das Messer, das Laschen gehörte. Laschen überlegte, ob die Kriegsparteien wohl ausgemacht hatten, die Waffenstillstände ab-

wechselnd zu brechen. Ariane – er versank in ihrem Anblick – hörte er wieder sagen: wenn ich nicht *bald* ein Kind bekomme, dann bekomme ich ein Kind, das im Krieg gezeugt wurde! Hoffmann hatte noch einmal angerufen, wo er denn bleibe, Mensch, ich warte mit dem Auto! Laschen versprach, im Nu unten zu sein.
Hoffmann hatte mitten in der Halle gewartet, die Taschen mit Kameras, Objektiven und dem Tape-Recorder abgesetzt. Du bist ganz weiß, sagte er, und so fühlte Laschen sich auch, weiß und leer. Hoffmann hatte einen Leihwagen aufgetrieben, einen alten Mercedes mit stellenweise durchgerosteten Türen und Kotflügeln. Sie fuhren in Richtung Tripoli, über eine Stunde die Küste entlang, unten die Klippen wie goldgepudert, die Windpumpen und flachen Wasserbecken zur Salzgewinnung aus Meerwasser. Hoffmann schnitt die Kurven, überholte alles. Laschen hätte ihn jetzt fragen müssen nach der Verabredung, kam aber gegen seine Mattheit nicht an, gegen das Gefühl der Hinfälligkeit, mit dem die Frage und Hoffmanns Antwort hinfällig geworden wären. Laschen saß hinten, hineingedrückt in die Polster; die Musik, unendlich, nicht enden wollend. Und Hoffmann hatte die Initiative ergriffen, eigenartig, aber er hatte jetzt nichts dagegen. Hoffmann sollte seinetwegen auch das Gespräch führen. Hoffmann hatte ihn vorhin auf Byblos aufmerksam gemacht, doch Laschen lag schon fast auf dem Rücksitz und hatte nicht einmal den Kopf erhoben, um Byblos zu sehen.
Bei Chekka bogen sie ab in die Berge hinauf und konnten unten in den Serpentinen noch ihre gelbe Staubfahne sehen. Sie kamen durch Dörfer, in den Schatten lagerten Schafe und dösende Hunde, auf der Türschwel-

le einer Hütte jugendliche Zivilposten, die nur für einen Moment die Köpfe hoben und die Gewehre quer über den Knien liegen ließen. Hoffmann ließ das Auto schwingen und die Musik durch die Seitenfenster hinausstürzen. Er lachte und drehte sein unrasiertes Gesicht Laschen zu, die haarigen Arme hielten das Steuerrad umschlungen. Laschen sagte nur, er solle bitte etwas langsamer fahren. Hoffmann fuhr langsamer, steckte sich eine Zigarette an, warf die Schachtel ins Handschuhfach, in dem auch seine und Laschens Papiere lagen. In einer Kurve konnten sie wieder das Meer sehen, tief unten, ein einziger blinkender und lichtsprühender Widerschein. Laschen hielt das Gesicht in den Fahrwind. Er fühlte sich besser, aber sein Gesicht war noch immer heiß, und wo vorhin der Schweiß war, brannte jetzt die Haut.
Kurz bevor sie Ehden sahen, sahen sie auch die ersten Zedern, die bergauf immer zahlreicher wurden, bis hinein in die Terrassen- und Villengärten von Ehden. Hoffmann sagte *Iden*, und: da wollen wir hin. Die Straße führte in engen Serpentinen hinauf, und unvermittelt, hinter einer Kurve, trat Hoffmann hart auf die Bremse, weil ein rot-weißer Schlagbaum die Straße sperrte. Von den Felsbrocken am Straßenrand erhoben sich drei Männer, die elegante Anzüge trugen und Sonnenbrillen. Zwei von ihnen zielten nachlässig auf das Auto und kamen langsam näher, der dritte zog aus dem Sprechfunkgerät, das er in der Hand hielt, die Antenne heraus und sprach hinein. Sie mußten beide aussteigen und ihre Papiere vorzeigen. Hoffmann wurde angewiesen, den Motor abzustellen, was er machte, aber erst, nachdem er die Männer lange ange-

sehen hatte. Einer öffnete den Kofferraum, und ein anderer zielte, als die Haube hochsprang, hinein. Und, obwohl nur Werkzeug darin war, war es auch für Laschen eine Schrecksekunde. Alle drei Männer waren von einer ins Süßliche veredelten, parfümierten Gefährlichkeit. Blasse Gesichtshaut, schmale Hände. Auf den Felsbrocken, auf denen sie gesessen hatten, lagen ausgebreitet ihre großen feinen Taschentücher. Der Mann mit dem Sprechfunkgerät hatte sein Hemd ganz aufgeknöpft und trug auf der Brust ein silbernes Kreuz. Sie bekamen die Papiere zurück, nachdem einer noch einmal mit der Waffe im Anschlag um das Auto herumgegangen war.
Mercedes, sagte er und schaute an Hoffmann vorbei.
Was ist, sagte Hoffmann, gefällt Ihnen das Auto nicht?
Nein, sagte der Mann und schüttelte sich. Er schüttelte den Kopf und schaute nach Ehden hinauf. Der Mann mit dem Funkgerät tippte mit dem Finger darauf und sagte zu Hoffmann, Exzellenz Tony erwartet Sie.
Der Ort war nicht so groß, wie sie es der Karte nach vermutet hatten. Nur ein einziges Haus schien hier je beschossen worden zu sein, die Fenster waren zugenagelt. Sie fuhren durch den Ort hindurch, langsam, Hoffmann stellte wieder das Radio an, und die Musik breitete sich wieder aus. Die Straße war schattig, nur wenige Autos parkten, Menschen waren nicht zu sehen. Es hätte ein Sonntagnachmittag sein können. Hoffmann schien sich auszukennen. Er zögerte nur einen Moment, bog dann ein in eine Zypressenallee, die sanft bergan führte zu einem hohen schmiedeeisernen

Parktor, das ihnen geöffnet wurde. Links und rechts hinter den Torsäulen waren zwei Schützenpanzer eingegraben, die Rohre auf das Tor gerichtet wie die Sehschlitze, wie die aufgenieteten Kruzifixe, wie die Augen der sich rekelnden Uniformierten. Sie fuhren langsam hindurch. Auf der anderen Seite war die Fortsetzung der Zypressenallee, die auf einen Platz führte, in dessen Mitte ein großes, aus Felsquadern gebautes Brunnenbecken stand. Die Fontäne war gerade, als sie durch das Tor fuhren, eingeschaltet worden. Zwar war von hier aus schon die Residenz zu erkennen, seitlich, doch die Allee führte nicht gerade darauf zu, gab keinen Blick darauf frei, so daß auch ein gerader unbehinderter Beschuß nicht möglich gewesen wäre. Auf dem von Palmen umgebenen Vorplatz standen einige Limousinen, auch ein schwarzer Rolls-Royce und ein kleines Panzerfahrzeug, über das ein Tarnnetz geworfen war, zu welchem Zweck, das war nicht erkennbar. Hinauf zum Eingang der Villa führte eine breite Marmortreppe. Oben auf dem Treppenabsatz stand ein weißes, mit Heiligenbildern beklebtes Wachhäuschen, davor auf einem Hocker ein Mann im Tarnanzug, die Hände flach auf den Schenkeln, das Gesicht niedergefallen auf die Brust.

Durch den Spalt, den die Tür geöffnet wurde, glitten zwei Männer in Samtwesten, unter den Achseln Schulterhalfter mit Revolvern. Sie stürzten auf das Auto zu und rissen von beiden Seiten die Türen auf, während oben im Eingang ein weiterer Mann erschien, auf dem Kopf einen Panamahut, für den die Szene sich abspielte. Noch einmal wurden sie beide abgetastet. Laschen blieb ruhig, auch bei dem Gedanken an das Messer.

Was sollte passieren? Er trug ein Messer, er trug es ein wenig ungewöhnlich, aber es würde ihm leichtfallen, das zu erklären. Er sah, wie Hoffmann von Kopf bis Fuß abgetastet wurde. Bei ihm ging derselbe Mann dann flüchtiger vor und sah ihm dabei in die Augen, die Achseln, die Hüften, die Innenseiten der Schenkel. Der Mann kniete vor Laschen. Hoffmann gegenüber wäre es ihm peinlich gewesen, wenn das Messer gefunden worden wäre, sonst niemandem. Hoffmanns wenig erstaunter Blick, weil es ja nur eine Bestätigung gewesen wäre. Er war froh, als der Mann sich wieder aufrichtete.
Sie wurden hineingeführt in die Halle, deren Wände mit Gobelins behängt waren, Motive aus der Karawanserei. In allen Ecken seidebespannte Sitzmöbel im Rokokostil. Sie folgten den Männern mit den Schulterhalftern, traten durch eine Schiebetür in einen Gang, von dem viele Zimmer abzweigten. Der Gang führte durch eine doppelte Tür in den Innenhof hinaus. Die Seitenflügel waren später angebaut worden, ebenso die den Hof begrenzende und abschließende Mauer mit kleinen vergitterten Fenstern, die, wie sie später sahen, hart an den Rand einer steil abstürzenden Klippe gebaut worden war. Wenn man dicht an ein kleines Fenster herantrat, war kein Boden mehr zu sehen, nur ganz tief der Fuß des Berges und die dünne gelbe Straßenschleife.
In der Mitte des Innenhofes war das Schwimmbecken, am Rand Pritschen, Liegestühle, eine Hollywoodschaukel. An den Seiten in gemauerten Nischen standen kleine Tische mit schachbrettartigen Intarsien. Aus einem der offenen Fenster im Obergeschoß des Hauptflügels drang Klaviermusik.

Die Männer hatten sich zurückgezogen. Sie setzten sich an einen der Tische. Ein älterer Mann, ein Dunkelhäutiger, servierte ihnen Eiswasser und Arrak, dazu die obligatorische Schale Mandeln und Pistazien. Auf dem Tisch hinter Hoffmann lag ein Stapel zerfledderter Comic-Hefte, obenauf ein Titel «Sergeant Peng Peng». Hoffmann blätterte darin, seine Beine hatte er hochgelegt. Der Diener kam noch einmal, um ihnen Zigarren anzubieten. Laschen dankte, aber Hoffmann griff zu, ohne den Mann zu beachten. Der sagte, Exzellenz Tony bitte sie um etwas Geduld. Hoffmann trank sein Glas in einem Zug leer, stand auf und schlenderte um das Schwimmbecken herum. Er hatte Laschen noch immer nicht gesagt, wie die Verabredung zustande gekommen war. Daß hier ein Sohn des Staatspräsidenten residierte, wußte er, und auch, daß Tony im November mit seiner Privatarmee eine Schlacht um die Stadt Tripoli verloren hatte. Er wurde auch für verantwortlich gehalten für ein Massaker an Palästinensern, die von einer Beerdigung nach Beirut zurückkehrten.
Zwei blonde Frauen betraten den Innenhof. Unter den offenen Bademänteln trugen sie Bikinis. Ihre Gesichter waren dick eingecremt, und sie nickten ihnen zu und setzten sich auf Liegestühle. Hoffmann blieb vor ihnen stehen und betrachtete sie, im Gesicht einen komödiantischen Anflug mit erstauntem Stirnrunzeln, als seien ihm die Frauen *erschienen*. Dabei hatte er sie genau wie Laschen hereinkommen sehen. Für einen Moment schauten die Frauen belustigt zu ihm auf, beachteten ihn dann aber gar nicht mehr. Laschen täuschte sich nicht, sie redeten Portugiesisch miteinander. Er

nahm deshalb an, sie seien Brasilianerinnen, ein Eindruck, der noch verstärkt wurde durch ihre leicht okkerfarbene Bräune. Viele Christen haben blonde Frauen im Libanon, deutsche, holländische, brasilianische blonde Frauen.

Sie warteten noch eine halbe Stunde. Laschen fühlte sich wieder ganz wohl, er fühlte den frischen Wind im Gesicht. Hoffmann war ungeduldig und trank einen mit Wasser verdünnten Arrak nach dem anderen. Inzwischen waren ein Junge und ein Mädchen in Badehosen hereingerannt, um ins Wasser zu springen. Sie hatten aber überrascht gestoppt, so als wären sie angerufen worden. Hoffmann hatte sich wieder hingesetzt. Er winkte ihnen zu, worauf sie nicht reagierten. Die Gesichter der Kinder drückten eine kalte Neugier aus; sie sahen so teuer aus, so aufwendig und durchgebildet und ausgebildet. Sie gingen langsam an Hoffmann und Laschen vorbei, ohne sie aus den Augen zu lassen, drehten sich um und gingen rückwärts auf Zehenspitzen weiter. Die Frauen achteten nicht auf die Kinder, die erst, nachdem sie die hintere Mauer berührt hatten, ihr Spiel fortsetzten, ohne sich noch einmal um die Fremden zu kümmern.

Der Diener hielt die Tür auf, und die Männer mit den Schulterhalftern betraten wieder den Hof, langsam, in einer trägen Geschmeidigkeit. Den Kindern, die im Wasser tobten, riefen sie arabische Worte zu. Auch die beiden Frauen riefen ihnen leise Mahnungen zu, auf französisch, nicht so zu schreien. Der Diener riß die Tür wieder auf, und Tony kam direkt auf sie zu, Exzellenz Tony, sagte der Diener, und Exzellenz Tony wurde gefolgt von einem trippelnden Mann, der

Schritt zu halten versuchte, was so aussah, als müsse er ihm unbedingt noch vorher etwas sagen, Laschen kannte ihn, Rudnik. Er war überrascht, wußte allerdings augenblicklich, wem sie den Termin zu verdanken hatten. Rudnik sprach Englisch und machte beflissenen Gebrauch von dem Wort Exzellenz. Die Exzellenz trug umgekrempelte Blue jeans und ein weißes Polohemd. Das Gesicht war blaß und etwas wäßrig. Er lächelte schmerzlich, als er ihnen beide Arme entgegenstreckte. Die Augen blickten ruhig und warm, standen leicht vor, was dem Lächeln einen Nachdruck gab, aber auch etwas glotzend Fragendes. Der Diener rückte ihm einen Stuhl zurecht, nach einem Wink auch einen zweiten für Rudnik, der sie, Hoffmann zuerst, mit Handschlag begrüßte. Es wurden noch eine weitere Flasche Arrak, eine Flasche Whisky, frisches Eiswasser und Gläser auf den Tisch gestellt. Tony lud sie ein, erst einmal zu schwimmen, Badehosen seien in allen Größen da, auch hätten sie es nicht nötig, heute noch nach Beirut zurückzufahren, in dem Haus seien viele Zimmer. Laschen dankte, nein, das sei nicht möglich. Das Gespräch wurde auf englisch geführt. Hoffmann und Rudnik hatten darum gebeten. Rudnik blickte betont uninteressiert hier und dort hin, als sei ihm, dem Vertrauten, hier ohnehin alles geläufig, was es zu sehen gab und auch, was Exzellenz Tony zu sagen hatte. Sein Verhalten war unterwürfig, doch der Ausdruck in seinem Gesicht war, wenn Tony redete, anmaßend, so als sei er der Urheber dessen, was Tony sagte, und starr blickte er geradeaus, wenn Tony ihn als seinen deutschen Freund bezeichnete. Tony erlaubte sich ein paar in diesem Zusammenhang nur alberne

Trinksprüche, in denen er wechselte zwischen den Ausdrücken *our countries* und *our nations*. Laschen fragte, wie Tony sich das Gespräch vorstelle; er selber müsse zugeben, unvorbereitet zu sein. Hoffmann stellte den Recorder auf den Tisch und machte die ersten Fotos. Tony flüsterte dem Diener etwas zu, der bald darauf einen zweiten Tape-Recorder brachte. Laschen sagte, es gebe die Möglichkeit, Tony in einem Artikel angemessen häufig zu zitieren, oder die andere Möglichkeit, das Gespräch so zu drucken, wie sie es führen würden, gekürzt selbstverständlich. Laschen legte zusätzlich einen Block und Bleistift auf den Tisch. Tony sagte, er sei oft falsch zitiert worden, ärgerlich falsch, auch böswillig falsch, und er habe die betreffenden Herren nicht mehr zur Rede stellen können, weil sie spurlos verschwunden gewesen seien über Nacht, auf und davon. Engländer waren es, sagte er, ausgerechnet Engländer. Daß mir dieser besonders eklatante Fall passiert ist, ist typisch, genauso typisch, daß es zwei Engländer waren, ausgerechnet, die mich vorsätzlich falsch, richtig im Sinne der Kommunisten, zitiert haben. Kurz, er wolle gern das, was er gesagt habe oder angeblich gesagt habe, auch sehen, bevor es gedruckt werde. Rudnik könne das doch sicher vermitteln. Rudnik stimmte sofort zu. Laschen sagte aber, die endgültige Fassung werde immer erst zu Hause gemacht. Da rief Tony, es ist gut, ich bin einverstanden, und ich vertraue Ihnen. Sie sind Deutscher, glücklicherweise nicht Engländer, Deutscher.

Hoffmann fotografierte. Rudnik wollte so lange vom Tisch weggehen, aber Tony hielt ihn sanft am Ärmel fest. Rund um das Schwimmbecken standen Pfützen, deren Oberfläche von kaum spürbaren Böen gekräuselt wurde. Laschen stellte eine Frage, vorsichtig formuliert, was denn nun, nach Tonys Ansicht, aus Tripoli werden solle. Tony sagte, vorgebeugt, die strategische Bedeutung von Tripoli wird sehr überschätzt. Er schien die Augen nach innen zu rollen, damit sie dort die idealen Antworten abläsen. Wenn Sie etwa der Meinung sind, sagte Tony, wir hätten den Kampf um Tripoli verloren, so sehen Sie das nicht ganz richtig sondern falsch. Rechnen Sie doch einmal die Verluste gegeneinander auf, dann kommen Sie nämlich zu einem ganz anderen Ergebnis. Ja, sagte Laschen, das glaube ich, die Schlacht wurde ja auch nicht bei Ihnen zu Hause, sondern in Tripoli geschlagen, und wenn also Häuser zerstört wurden, dann waren es Häuser in Tripoli, nicht Ihre Häuser und die Ihrer Freunde. Tony machte ein beleidigtes Gesicht, das sei Haarspalterei, und so wolle er das Gespräch nicht weiterführen. Auch Rudnik schien peinlich berührt zu sein. Hoffmann fotografierte weiter, ohne sich um andere zu kümmern. Er war hinten an der Mauer, wo für ihn die Herren mit Samtwesten und gelben Schulterhalftern posierten, er dirigierte sie mit der Kamera in beiden Händen.

Einen Augenblick mal, sagte Tony, Sie sagten «in Tripoli, nicht bei mir zu Hause», dazu kann ich nur sagen, in Tripoli bin ich zu Hause, wie ich im ganzen Libanon zu Hause bin, das, hören Sie mir gut zu, ist alles mein Zuhause, unteilbar, Sie sind Deutscher und Sie wissen das also, unteilbar habe ich gesagt, und ich will das Land nicht teilen, weil ich gegen die Teilung des Landes bin aus mancherlei Gründen. Teile ich das

Land mit den Kommunisten, teile ich auch die Macht. Was tun Kommunisten mit der halben Macht, wir wissen doch, daß Kommunisten Zauberlehrlinge sind, sie benutzen die halbe Macht so, als sei es die ganze Macht. Daraufhin verschaffen sie sich Stück für Stück die ganze Macht. So sähe es auch hier aus, sie, die Kommunisten, ich meine damit die Palästinenser und manche Muslims, würden nach und nach unsere Straßen und Flughäfen bauen, unsere Schulen und Krankenhäuser würden sie weiterbetreiben, als wäre nichts geschehen, wohlverstanden, mit der halben Macht, bis sie die ganze Macht in Händen halten. Es ist doch die bekannte Salamitaktik. Sehen Sie, ich wäre bereit zu sterben, wenn es einen Sinn hätte. Sinnvoll ist es im Augenblick, die Kommunisten, die Palästinenser also, aus dem Land zu werfen, und einige Muslims, die bereits angesteckt, bereits Kommunisten sind, vollgültige Kommunisten, von denen müssen wir uns verabschieden.

Tony wippte mit dem Stuhl und lauschte seinen Sätzen nach. Laschen sagte, Sie mußten Tripoli räumen, und dabei wollten Sie doch Tripoli zu einer christlichen Stadt machen.

Ich habe Tripoli geräumt, sagte Tony, fragen Sie meinen Vater, so und nicht anders lautete die Abmachung.

Verabschieden, haben Sie gesagt, Monsieur Tony, heißt das Blut vergießen?

Es gilt der Grundsatz, daß wir maronitische Christen nur töten, um Leben zu erhalten oder um das Überleben zu ermöglichen, das heißt, wir töten nicht gern und nur, wenn andere Methoden weniger erfolgreich sind. Ich sage noch einmal, die Muslims sind nicht meine Feinde, viele Muslims sind nicht meine Feinde, und ich kenne viele Muslims und töte sie auch nicht. Wer sich allerdings mit den Palästinensern einläßt, der ist unser Feind. Sind wir denn nur bedroht? Sind nicht andere Länder wie das Ihre, nicht viel bedrohter? Wir haben es auf uns genommen zu kämpfen. Vielleicht kämpfen wir hier für Deutschland, für Italien, Frankreich, vielleicht sind wir die einzigen, denen etwas liegt an der Substanz der Freiheit. Vielleicht hat der Westen insgesamt schon aufgegeben. Sehen Sie, ich glaube, was ich sage.

Laschen sagte, die Palästinenser haben sich doch lange herausgehalten aus dem Krieg. Man wollte sie hereinziehen, hat ihnen Extraeinladungen geschickt, hat sie in ihren Lagern provoziert, bis sie endlich das taten, was sie tun sollten, zurückschlagen.

Das ist nicht wahr.

Ist das nicht ein Wahnsinn, wie Sie gemeinsam das Land zerstören, welches Interesse hat Ihre Familie daran?

Sie mißverstehen alles. Wir kämpfen, um den Wahnsinn des Krieges zu beenden.

Er gab sich Mühe, erregt auszusehen, betroffen, vor allem verantwortlich, aber die Augen – darin sah Laschen die Niedertracht von einem Klassenersten. Aber Tony rang die Hände, sehen Sie, selbstverständlich geht es hier um die politische Macht, mit der Macht geht es um die Verantwortung für das Schicksal derer, die uns immer vertraut haben. Ich wiederhole, wir sind keine kaltblütigen Mörder, aber die Opfer der Geschichte werden wir auch nicht sein.

Er strahlte und hob sein Glas, als habe er das Schlußwort gesprochen. Rudnik schaute verdrossen zu Boden. Hoffmann trank. Die Frauen und Kinder schwammen.
Laschen fragte, sagen Sie, Monsieur Tony, was halten Sie selbst von der feudalen Herrschaft einiger Familien in diesem Land? Ist das noch länger aufrechtzuerhalten?
Warum denn nicht? Ich verstehe, ein Anachronismus, meinen Sie; ist nicht die Welt überhaupt ein Anachronismus, das Leben überhaupt? Er breitete die Arme aus, ein Melancholiker, der alles absterben sieht, der ohne Freude ist, weil er Verantwortung hat. Die ganze Welt ein Anachronismus, das Leben ein Anachronismus ... Ich bitte Sie, welch ein Anachronismus wäre es, wenn wir uns selbst die Macht im Lande bestritten, wenn wir sie niederlegten, die Macht, uns befreiten von ihr, um von ihr frei zu sein. Uns befreit zu haben von der Macht oder auch nur von der halben Macht, hieße den Kommunisten die Macht abtreten oder ihnen die halbe Macht abtreten. Mit der halben Macht würden die Kommunisten vorgehen wie mit der ganzen, bis sie die ganze hätten. Hier, in diesem Land, bekommen sie sie nie. Und wenn ich sage, sie, die Kommunisten, bekommen hier nie die Macht, dann heißt das, daß ich es als Befehlshaber sage, nicht als Lebemann, der ich sein könnte, nicht als Archäologe, der ich gern wäre, auch nicht als Kenner moderner Bildhauerei, als Befehlshaber vielmehr und als Kämpfer.
Fühlen Sie sich unterstützt von den westlichen Ländern? Wer gibt Ihnen Waffen?
Die Waffen sind für uns kein Problem. Wir bekom-

men sie überall her, auch ohne sie sofort zu bezahlen, zum Teil erhalten wir Waffenhilfe von Regierungen, die uns auf offizieller Ebene heftig kritisieren, denn leider sind wir kein Ölland. Sie können sich denken, welche Regierungen ich meine. Als Privatmann, nur soviel, würde ich eine derartige Hilfe strikt ablehnen, o ja, ich wäre gern der Privatmann, schon um eine solche Hilfe strikt ablehnen zu können. Von Kindheit an hatte ich eine tiefe Scheu vor Konflikten, so daß ich schon fürchtete, ein Schwächling zu sein, nun, daß ich kein solcher bin, habe ich bewiesen, aber die Scheu vor Konflikten ist geblieben; ich identifiziere mich mit jeder leidenden Kreatur. Menschen erst recht kann ich nicht leiden sehen, Frauen nicht, Kinder im besonderen nicht. Zu jeder Art von Gewalt muß ich mich erst einmal selbst zwingen. Gewalt auszuüben, ist mir lästig, ist mir meines Gewissens wegen unbequem. Wie sollten Sie aber wissen, was es bedeutet, gewählt zu sein, das Notwendige zu tun, gewählt und ausersehen, und das Notwendige hat hier unangenehme, dort angenehme Gestalt. Ich bin nur, wenn ich es tue, erfüllt von der Notwendigkeit, es zu tun, dann ist auch meine angeborene Konfliktscheu außer Kraft, notwendigerweise außer Kraft, wenn Sie so freundlich sein wollen, mich zu verstehen. Sehen Sie, es gibt zwei Paradiese, eines ist im Himmel, das andere hier, wo Sie sich befinden, im Libanon. Und was sollen wir hier mit einem Volk tun, das einem anderen Volk das Lebensrecht bestreitet? Die Palästinenser bestreiten den Israelis das Lebensrecht in Israel. Damit haben sie hier bei uns ihr Lebensrecht verwirkt.

Was wollen Sie mit ihnen machen, fragte Laschen. To-

ny stand auf und ging mit gesenktem Kopf um den Tisch herum. Hinter Rudnik blieb er stehen und stützte sich mit gestreckten Armen auf dessen Schultern. Das entscheiden wir von Fall zu Fall. Sie sind schmutzig, im Grunde sind sie Schweine; ihre Lager sind Krankheitsherde, Krebsgeschwüre insgesamt. Passen Sie nur auf, wie der Blitz bin ich wieder in Tripoli und siege. Wie der Blitz bin ich in Beirut und siege, das heißt, dort ist ein Durcheinander, es ist sinnlos, dort jetzt einzumarschieren. Ein Stümper wäre ich, ginge ich jetzt nach Beirut. Vielleicht vorstoßen in die Atempause, die ein Waffenstillstand bringt, das geht. Wie der Blitz werde ich überall sein und siegen, wenn es so weit ist. Das können Sie schreiben. Und schreiben Sie, daß ich Freunde habe, auch in Ihrem Land. Wir schneiden Arafat den Schwanz ab, das sollen Sie nicht schreiben. Die Palästinenser sind geschickt, wir dagegen waren ungeschickt, als wir warteten, bis sie die Lager zu Festungen und Waffenlagern ausgebaut hatten.
Tony stockte. Sympathisieren Sie mit den Palästinensern?
Das glaube ich nicht, sagte Laschen, ich bin Journalist. Ja, doch, vielleicht, weil sie die Schwächeren sind.
Tony drohte mit dem Finger, schlug ihm dann aber auf die Schulter. Ich verstehe, ich verstehe. Selbstverständlich. Sie als Journalist. Vorhin, als ich Sie sah, habe ich geglaubt, wir könnten Freunde werden. Schade. Sie als Journalist. Furchtbar. Sie sind unabhängig, frei sind Sie nicht.
Er strich Rudnik über das Haar. Der Diener schenkte Arrak in die Gläser. Hoffmann kehrte an den Tisch

zurück und mit ihm ein schlankes schwarzhaariges Mädchen, mit einer bläulich schimmernden dunklen Haut. Hoffmann zog für sie einen Stuhl heran. Sie war etwa zwanzig, trug ein dunkles Kostüm, in die Ohren hatte sie sich Watte gestopft. Sie hörte genau zu, was Laschen sagte, Tony, Hoffmann oder auch Rudnik und schien sich für alles zu interessieren, mit gleichem Interesse, mit gleichem interessiertem Aufwand. Hoffmann packte den Kassettenrecorder ein, das Mikrofon, er hatte auch schon Kameras und Objektive eingepackt, und die Taschen standen griffbereit da.
Rudnik fragte Hoffmann, ob sie ihn mitnähmen nach Beirut, und Hoffmann sagte ja und lächelte. Der Diener trug eine Fleischschüssel am Schwimmbecken vorbei. Tony wiederholte die Einladung, doch Laschen schüttelte den Kopf und sagte, ganz unmöglich, wir müssen durch die Altstadt fahren, bevor es dunkel ist. Er bemerkte auch, daß er nicht bleiben wollte, nicht konnte, daß ihm diese Menschen verletzend fremd waren, daran konnte keine Freundlichkeit, keine Gastfreundschaft etwas ändern. Es war eine Feindschaft, die sich nicht zu erkennen gab, auch von Laschen gingen feindselige Gefühle aus. Langsam tranken sie aus. Tony bot selbst Zigarren an, diesmal nahm Laschen eine und ließ sich von Tony Feuer geben. Hoffmann sprach leise auf das dunkle Mädchen ein, das manchmal erstaunte Rufe ausstieß. In einer der hinteren Ekken des Hofs halfen die feinen Revolvermänner dem Diener, das Fleisch auf Spieße zu ziehen. Ein fahrbarer Grill stand auch dort, und einer von ihnen kümmerte sich um das Feuer. Laschen begann bei diesen Anblikken zu frösteln.

Das feine pelzige Moos auf den Steinen – wie bewachsene Schädel und Schultern. Die Frauen und Kinder waren verschwunden. Das Wasser gluckste in der Überlaufrinne, und der laue Wind schien von oben herunter mit Gewicht in den Innenhof zu fallen. Tony erzählte etwas, und dann zählte er an den Fingern befreundete Staaten auf, jene blieben unberücksichtigt, von denen man nichts als Waffen zu erwarten hatte. Es hätten im Verlauf der Geschichte viele fremde Mächte das Land ausgeplündert, leergemacht, entvölkert, das osmanische Reich und sowieso die Syrer, die seit dem Verlust des Libanon um so brennender interessiert seien, bis heute, und nicht zu vergessen die Franzosen, die allerdings weder eine Seuche noch eine Plage gewesen seien, im Gegenteil.
Das Mädchen hatte sich lange gebückt. Es sah so aus, als mache es sich an Hoffmann zu schaffen, sie befühlte und betastete aber die Taschen. Als Tony zu sprechen aufhörte, bot sie Hoffmann einen ägyptischen Sarkophag an für nur 12000 Lira, einen Preis, über den man noch sprechen könne, obwohl er schon äußerst niedrig sei. Tony schnalzte mit der Zunge und verbot ihr, weiterzusprechen. Die Kinder kamen angezogen aus dem Haus und tranken gehend aus langen Limonadegläsern. Die Frauen trugen große Tabletts mit vielen Salatschüsseln heraus. Tony sagte, er sei sehr traurig, daß seine neuen Freunde schon so bald wieder gehen wollten, fast käme er sich verlassen vor. Hoffmann trennte sich ungern von dem Mädchen, das konnte Laschen sehen. Rudnik war unruhig geworden, er starrte vom Beckenrand ins Wasser, und sein altes, scharf gewordenes Profil hatte eine dünne Lichtkontur.

XIII

Rudnik hatte auf der Rückfahrt in anzüglicher Weise von Tonys sogenannten *Frauengeschichten* erzählt, in Andeutungen. Er schien selber nicht zu wissen, ob er Tony wegen der Frauengeschichten verachten oder bewundern sollte. Abgesehen von Frauengeschichten bewunderte er ihn nur. Sein Lieblingsattribut, wenn er von Tony sprach, lautete *äußerst geschickt*, Exzellenz Tony sei eine *äußerst* oder *ungemein geschickte* Person. Er sei bereits heute, nahezu unglaublich in diesem Alter (wie alt schätzen sie ihn?), einer der fähigsten Politiker im Lande. Das sei nicht nur seine eigene Meinung, sondern die aller einflußreichen Personen übereinstimmend. Ein also *äußerst* oder *ungemein* geschickter Taktiker, ein Stratege sogar, das werde sich noch erweisen, wenn er die dazu erforderlichen Machtbefugnisse erhalte. Rudnik sagte, da pfuschen ihm noch zu viele dazwischen.

Es war dunkel, als sie die Stadt erreichten. Hoffmann schlug vor, die Straße am Hafen entlang zu nehmen durch Minet el Hosn. Es ist noch alles ruhig, sagte er, und wir sparen fast eine Stunde ein. Rudnik sagte, einverstanden, aber ich bitte um Vollgas, fliegen Sie, Herr Hoffmann. In Ehden hatte er den Eindruck eines muffigen Ruheständlers gemacht, zu alte Ideen im Kopf, mit denen er nur und immerfort zurückstecken konnte. Jetzt aber schien er gespannt zu sein, alarmiert, ein-

gefuchst auf die Situation. Sie haben vermutlich keine Waffen, fragte er.
Hoffmann schüttelte den Kopf. Rudnik sagte, sie täten gut daran, keine Waffe zu haben. Laschen sagte, ich kann mir eine Waffe in dieser Hand nicht vorstellen. Rudnik sagte, es ist furchtbar einfach. Laschen sagte, ja, es muß furchtbar einfach sein, furchtbar, weil es so einfach ist, so selbstverständlich in der Hand, für die Hand gemacht. Ich glaube, es würde mich so überzeugen, daß ich augenblicklich abdrücken könnte.
Hoffmann fuhr noch vorsichtig. Die Fenster hatten sie aufgedreht. Laschen bemühte sich, ganz flach zu atmen. Stellenweise waren die Durchfahrten sehr eng zwischen Trümmern und Autowracks. Auch Rudnik hatte nach draußen gehorcht. Nichts war auffällig. Rudnik sagte, der Kontakt sei wertvoll für sie als Journalisten, er an ihrer Stelle würde ihn ausbauen, mit viel Fingerspitzengefühl. Zum Beispiel haben Sie mir, Herr Laschen, gesagt, Sie seien an Kontakten zu Waffenhändlern interessiert. So etwas läßt sich über Tony unschwer vermitteln.
Als sie sich dem Holiday Inn näherten, hörten sie Schüsse. An der Einfahrt der Tiefgarage stand ein ausgebrannter Jeep. Hoffmann gab Vollgas, und Laschen rutschte tiefer in den Sitz. Den Schuß, der einen trifft, hat man nicht mehr gehört. Laschen wußte nicht mehr, woher er den Satz hatte. In der Rue Rebeiz fuhr Hoffmann wieder langsamer. Aus dem Kampfgebiet waren sie heraus, und sofort waren die Straßen *belebt* von Fußgängern, die sich nach anderen Bedingungen bewegten. Laschen staunte oft über diese Grenze, die ihm unverständlich blieb. Es war ein Erstaunen, das

ihn an früher erinnerte, als zwischen Stadt und Land ein allmählicher Verlauf war, aber auch ein Moment der Eindeutigkeit, wenn er rufen konnte, *hier*! Hier hört die Stadt auf, hier fängt sie an. Etwas davon war ihm rätselhaft geblieben, und er mußte sich noch jedesmal umschauen nach der anderen Welt, durchs Rückfenster, da lag sie, groß und dunkel und hatte sich schon verschlossen.
Hoffmann setzte sie ab vor einem Restaurant, in dem Lichter brannten. Er wolle nur rasch den Wagen abliefern und die Taschen ins Hotel bringen. Sie sollten für ihn schon Rotwein bestellen. Laschen war eigentlich nicht einverstanden, sagte aber nichts und ging mit Rudnik hinein. Er wäre gern vor dem Essen auf sein Zimmer gegangen, um Ariane anzurufen und ein paar Minuten allein zu sein. Es waren nur zwei Tische besetzt, und in den Gängen standen die Kellner zu zweit oder dritt und unterhielten sich. Sie nahmen einen Ecktisch, von dem aus Laschen beide Eingänge im Auge behalten konnte. Er dachte immer öfter an solche kleinen Absicherungen, ohne allerdings an ihre Wirksamkeit im Ernstfall zu glauben. Sie bestellten eine Flasche Rotwein. Laschen fragte Rudnik aus nach den Söhnen von Gemayel und Chamoun, die wie Tony mit ihren Armeen Krieg führten nach eigenem Ermessen. Aber Rudnik wußte nicht soviel, wie Laschen ihm zugetraut hatte.
Sie blickten von den Speisekarten auf und tranken sich zu. Da befiel Laschen wieder das Fieber, so plötzlich, daß er Lust hatte, sich davon umwerfen zu lassen und ein paar Tage lang krank zu sein. Hier, heute abend, spürte Laschen auch wieder diesen Knick in seiner Lebenskurve, hatte solch eine Tabelle geradezu vor Au-

gen. An das Ende glaubte er nicht. Nur an viele Unterbrechungen glaubte er, an Erschütterungen, er war sich seiner Sache sicher und freute sich darauf. Der Kopf war schon rot und heiß, der Schüttelfrost war da, die Haut zwickte wie unter winzigen elektrischen Kontakten. Hoffmann kam herein und vertiefte sich in ndie Karte. Auf der Fahrt und oben in Ehden hatte er nichts gespürt, also konnte er wohl die Fiebersymptome verschieben, konnte damit umgehen. Rudnik sprach zu Hoffmann. Ein dunkelhäutiger Kellner schob einen Wagen mit Salaten und Homos an den Tisch heran. Er stellte sich die Haut von Ariane vor, wie sie sich anfühlte, er fühlte sie mit den Fingerkuppen, mit dem ganzen Körper fühlte er ihre Haut durch den Anzugstoff hindurch, über jede Entfernung, ihren Rücken, ihre Hüften, Beine. Laschen schwitzte beim Essen. Vom Wein wurde ihm auch schwindlig, was ihm aber angenehm war. Plötzlich fragte Rudnik ihn wieder nach der Frau, wieder wollte er nicht indiskret sein, ihn interessiere nur, ob sie abreise, bald könne es dazu zu spät sein. Laschen lächelte so vielsagend, daß es ihm als widerlich vorkam und er schnell wieder sein ernstestes Gesicht machte. Er sagte zu Rudnik, zu diesem Essen sei er selbstverständlich eingeladen. Selbstverständlich, sagte Hoffmann, er ist eingeladen, ich hab's ihm schon gesagt. Rudnik sagte, danke, aber nur, wenn Sie's unter Spesen laufen lassen können. Es sind Spesen, sagte Laschen. Er rauchte heftig, was das Schwindelgefühl verstärkte. Das Zwicken war jetzt in der Kopfhaut, er fuhr sich durch das Haar, das sich spröd anfühlte und wie erstarrt in einer Spannung. Er glaubte die Haarwurzeln einzeln zu spüren, ein Ziehen, das mit dem Ziehen im Zahnfleisch verbunden war. Er aß schnell und vorsichtig, und wenn er sprach, achtete er darauf, daß die Zähne nicht aufeinander trafen. Nach dem Essen verabschiedete er sich rasch und fragte Hoffmann, ob sie sich morgen beim Frühstück sähen. Ja, gut, sagte Hoffmann und wandte sich schnell wieder Rudnik zu.

Nicht mehr ganz gefährlich und nicht mehr ganz wirklich war auf diese Entfernung der Krieg. Bis hierher kamen nur ein paar Spritzer des Krieges, mehr nicht. Ein Sprengsatz war explodiert in der Filiale einer Fluggesellschaft. Ein paar Heckenschützen hatten während der Waffenstillstände ein paar Menschen erschossen. Gelegentlich wurde am Abend jemand überfallen, eine Wohnung geplündert. Palästinenser gingen Streife. Die Bewohner des Viertels saßen am Abend noch in den kleinen Höfen und Gärten. Es wurde nicht sehr kalt, und es geschah ihnen nichts. Von den Straßen war man bei Dunkelheit besser verschwunden. Laschen saß im dunklen Zimmer am Fenster, die nicht enden wollende Musik durchwob ihn ganz, und er betrachtete den Widerschein des Feuers am Himmel.

XIV

Laschen freute sich auf unbestimmte Ereignisse. Es war warm im Zimmer, aber wenn er hinausschaute in den kräftig strahlenden Morgen, fühlte er, geradezu durch die Augen, die frische Kälte. Es war ein eisblaues Gefühl, eine Abhärtung der Sinne in aufgerichtetem, festem Licht.

Er war schon unten in der Halle gewesen, um die Telexfahnen zu überfliegen. Daß Muslims und Palästinenser den Belagerungsring um Damur geschlossen hatten, war nicht einmal erwähnt. In Achrafieh war in der Nacht ein Haus vollständig zerstört worden, und alle sechs Bewohner waren umgekommen. Vor dem Hoteleingang hatte er zwei Pagen Papierfetzen einsammeln sehen; sie stopften alles mit spitzen Fingern und weggedrehten Gesichtern in eine Plastiktüte.

Er hatte gestern abend Ariane nicht mehr angerufen, sondern zwei von den Chininkapseln genommen und sich eingerollt in die Decke. Er ließ die Zähne klappern, stand wieder auf und trank schnell zwei Whiskyfläschchen leer, setzte sich hin und schrieb wieder an Greta. Der erste Brief war noch nicht weg. Er hatte ihn zerknittert aus der Jackentasche herausgenommen und wieder gegen die Lampe gelehnt. Es sei etwas geschehen, schrieb er, durch das sich wahrscheinlich sein Leben, und damit auch das ihre, ändern müsse. Vielleicht werde sich auch nichts ändern, das wäre dann seine alte, sprichwörtliche Lethargie, aber eigentlich erwarte und wünsche er einschneidende, ja, radikale Veränderungen.

Der Brief sollte etwas anrichten, der Brief selbst sollte einschneidend sein, Nichtwiedergutzumachendes anrichten. Aber die Aussichten, daß Greta die Briefe erhielt, waren schlecht. Gleich nach dem Aufwachen hatte er ein heißes Bad genommen und sich naß und schwitzend im Bademantel auf das Bett gelegt, wo seine Stirn langsam kalt wurde. Eigentlich war es wie früher, wenn seine Mutter ihm Tee gebracht und ihn sorgfältig zugedeckt hatte. So krank war er ein paar-

mal gewesen, so still hatte er dagelegen, so still und *lieb*.
Es war ein wirklich besonders schöner Morgen, der nur von seinen eigenen Gedanken ein wenig getrübt wurde. Die Kämpfer schliefen jetzt wie Engel in ihren Unterschlupfen, die Killer wie Engel. Warum war er nicht auch solch einer? Warum war er so beschwichtigt, so aufgehalten unterwegs, so unwirksam? Ja, warum war die Gewalt seiner Finger, des Kopfes wie des Messers so verschwindend wie nicht da? Nicht etwa, weil er grundsätzlich etwas anderes wollte als jene, nicht, weil seine Gewalt eine reinere war, da er sie nicht nutzte. Es waren nur seine, solche Überlegungen, die ihn aufhielten und rundum beschwichtigten; es beschwichtigte ihn der eigene Kopf, in dem ein Leerraum des Nichthandelns war, ein gelähmter Kern, eine Ferne von allen Ereignissen. Und so waren auch diese Überlegungen *über* den Zustand *für* den Zustand verantwortlich. Die Überlegungen zum Stillhalten, zur Gelähmtheit gehörten zum Stillhalten, zur Gelähmtheit mit dazu. Ohne Zweifel. Kein Gedanke. Während er fast umkam, windelweich in solchen Gedanken, putzten die Heckenschützen ihre Waffen und versorgten sich mit Munition. Auch die Opfer der kommenden Nacht waren in Bewegung und hatten noch viel vor. Alle waren so selbstverständlich, nur er nicht, dem nichts mehr wirklich wurde und der deshalb, schon mit dem nächsten Atemzug, *alles* gelten ließ, als gleich wirklich alles gelten ließ, beziehungsweise als alles gleich unwirklich. Es war da, und es war nicht da. Er winkte sich selbst zu von einer anderen Seite. Sträucher blühten in den Gärten, die Sonne stieg

weiter über die Dächer und den Gipfelschnee. Hoffmann trieb sich schon in den Straßen herum. Rudnik kalkulierte seine Beziehungen, ein kleiner Schurke, der nicht merkte, wie sehr er heraus war aus allen Zusammenhängen, wie seine Intriganz den Anforderungen der Zeit nicht mehr genügte. Er stellte noch die Rolle dar, sonst nichts, die leere Rolle. Ariane frühstückte allein. Sie hatte gestern nicht mehr lange auf seinen Anruf gewartet. Warum hatte er sie nicht mehr angerufen? Wenn er allein war, kam sie ihm nicht so sehr nahe. Waren Raketen in den Garten geschlagen und hatten den Garten geschüttelt und die Blüten niedergerieben? Er wollte sie anrufen, am liebsten sofort wieder mit ihr zusammen sein. Greta war fast verschwunden aus seinen Gefühlen. Er wußte nur noch von ihr. Das stimmte wieder nicht, er wollte sich nur gerade nicht an sie erinnern. Was war mit den Kindern? Sie waren sicher nicht krank. Für die Kinder glaubte er ein großes verlegenes Gefühl bewahrt zu haben, abgesehen von der Verantwortung. Aber diesem Gefühl wollte er nicht trauen.

Er setzte sich an den Tisch und rekonstruierte aus den Notizen das Gespräch mit «Exzellenz Tony». Die Kassette wollte er später abhören, für die Korrekturfassung. Das Gespräch sollte nicht als Gespräch veröffentlicht werden, vielmehr wollte er Tonys Sprüche in indirekter Rede in den Artikel einbauen. Er charakterisierte Tony als einen Melancholiker, der, wie ein Reptil, in der Hitze und Nähe des Todes sich herausbeißt aus der samtenen Schale, dann aber auf Vernichtung aus ist, weil er nur dabei sich selber am Leben fühlt. Er verschafft sich die intensivsten äußeren Rei-

ze, Opferungen, Schlachtungen, um danach wieder in den Zustand eines empfindsamen Weichtiers zurückzusinken. «Wie nur ein Sanftmütiger blutrünstig sein kann», schrieb Laschen. Selbstverständlich, entscheidender als solche Genuß-Destruktivisten seien die politischen Absichten und Interessen der großen Familien, aber hier sei beides im Vorgehen vereint, und das, schrieb Laschen, ist sicher kein Zufall.
Zufall oder nicht, das war in Wirklichkeit egal, und er schrieb nie, was er dachte, das heißt, er schrieb nur, was er außer sich dachte, was er auch für schreibbar hielt gerade. Warum konnte er für diesen Pseudo-feldherrn so schnell die Formulierung finden? Vielleicht verabscheute er diese Existenz nur deshalb, weil er sie so gut verstand. Mit dem Verständnis andererseits ließ sich ohnehin nichts machen, nichts schreiben. Es ging um Kontraste, immer noch, immer noch um «Gut und Böse», obwohl beides nichts mehr bedeutete, da alle nur noch verrückt in den Kategorien der Verrücktheit staken. Der «Gute», dachte Laschen, kann nur noch ein komischer Alter sein, ein schwafelnder Sektierer. Der «Böse» – er ist unglaubwürdig, und ohne eigenes Zutun in die Rolle gerutscht; was will er denn? Er ist höchstens nicht langweilig.
Ah ja, deshalb brauchte auch er seinen Ekel, seinen Haß, seinen Wunsch, jemand wie Tony solle bald sein Ende finden.
Laschen kehrte zu einem schon oft gedachten, also vertrauten Gedanken zurück, *nichts* sei ein Menschenleben wert, täglich gebe es *nur* Beweise dafür, nur *dafür* Beweise, aber der Anspruch, Wert zu sein, müsse zeitlebens gestellt werden, verurteilt aber der, der Ge-

genbeweise liefere. Er war froh, mit Tony nicht mehr gegessen zu haben, weil er dann hätte Angst haben müssen vor seinem eigentlichen Interesse – an einem Killer, vor seiner Sympathie womöglich.
Er schrieb etwas ganz anderes, wollte auch anderes, Tony fertigmachen. Trotzdem, wie war Tony dazu gekommen, zu töten? Er hatte ja Tötungen befohlen, es war bekannt, auch daß er sich selbst daran beteiligte. Er schrieb, Tony werde massiert von einem seiner Gorillas und lese Comics dabei, Sergeant Peng Peng.
Laschen hörte auf, als er Hunger bekam. Im Mund war ein Geschmack nach dem Staub großer Säle. Das Fieber werde sich schon wieder melden, aber erst wenn er es zuließ. Ariane in ihrer großen Wohnung (immer dachte er, wie groß die Wohnung ist, viel zu groß) brauchte niemanden, auch ihn nicht. Mach dir nichts vor. Er spürte sich immer deutlicher werden, seit Tagen schon, es war eigentlich kein Gefühl, nur so etwas wie eine zu deutlich erlebte eigene Körperhaftigkeit. Laschen erinnerte sich: wenn du jung und gesund bist, spürst du den Körper nicht! Aber die Schultern waren so eckig wie in einem Krampf, der Schädel bedrängt zum Zerspringen, das Kinn, die Wangenknochen wie Faustkeile oder geschient mit hartem Material. Manchmal schritt er weit aus, zu weit die Schritte, dann sah es geziert aus, wenn er die Schritte erheblich kürzer machte. So sah er sich herumprobieren. Das würde vergehen, in ein paar Tagen spätestens, und andere Dinge würden wieder mehr Aufmerksamkeit erlangen. Vielleicht war nur der Druck auf dem rechten Auge weiter beachtenswert, als säße etwas auf dem Auge mit Gewicht. Ein unbequemes Offenhalten des

Auges gegen die Überredung, es zu schließen, was wirklich einfacher gewesen wäre. Er hatte überlegt, ob er nicht eine Augenklappe besorgen solle.
Der Hunger (er malte sich die Magenwände aus), richtig, aber er saß noch fest, obwohl er nicht mehr schrieb. Greta fotografierte, sie machte neuerdings eine Reportage über Fotomodelle, fotografierte also Mädchen, die fotografiert werden. Sie hatte ihm mal gesagt, sie fände sie hohl, so ferngesteuert schön, ihre Hohlheit aber verwalteten sie klug, was heiße klug, eher, wie sollte sie es sagen, mit tollem Aufwand. Greta räumte jetzt in Hamburg die Wohnung auf. Verena war die ganze Woche mit den Kindern allein. Else weinte und hatte dabei wieder diese Ähnlichkeit mit Ariane, die er nie hatte weinen sehen. Er konnte sich nicht vorstellen, daß zu Hause jetzt Winter war, viel eher Frühling, feuchter glänzender Boden, die Rosen waren beschnitten, Traktoren arbeiteten schief auf den Feldern, durch die dünne Wintersaat gingen viele Reifenspuren, die ersten Kastanienknospen öffneten sich. Die Heizungsrohre lagen noch immer offen, noch immer bedeckt mit Glaswolle und Steinen. Wolf hatte wieder mal nachgesehen und nichts daran machen können. Vom Bahndamm rutschte der Basalt in das tiefe Grün. Er ging da mit seinem Schatten hindurch und traf die Lieben, die schon beim Essen waren. Fahrräder, er sah nur blinkende Speichenbündel, surrten auf der Landstraße. Auf dem Dorfplatz grüßten ihn Leute, wie aus sicheren Unterständen heraus.
Er riß sich los, legte die beschriebenen Blätter beiseite, zog die Jacke an und ging hinaus, um an Hoffmanns Tür zu klopfen. Hoffmann rief, er sei in fünf Minuten

fertig. Er ging zurück, ans Telefon und rief Ariane an. Sie unterhielten sich einfach. Er vergaß sogar, ihr zu erklären, warum er gestern nicht mehr angerufen hatte. Sie erzählte ihm, nebenan, im Hof des Hochhauses seien in der Nacht zwei Lämmer geboren worden, die sie schon den ganzen Vormittag herumhüpfen und an der Alten saugen sehe, auch jetzt, während sie telefonierten. Die Alte, sagte sie, hat sich auch eine ruhige Nacht ausgesucht, es war bei weitem nicht so schlimm wie in den Nächten davor. Arianes Ton war sehr liebevoll, ihre Stimme berührte ihn sanft. Er hatte die Vorstellung, sie läge im Bett, während sie miteinander redeten.

Er fragte, ob sie einverstanden wäre, wenn er heute abend zu ihr käme. Ja, bitte, sagte sie, komm nur. Ich gehe nicht weg.

Ich kann es nicht sicher versprechen, sagte Laschen, ich möchte gern zu dir hin, und ich werde es versuchen. Sie sagte, du brauchst nichts zu versprechen. Ich bin zu Hause, wie gesagt, und solange es hell ist, werde ich im Garten sein. Ich warte auch gar nicht auf dich. Wenn du dann kommst, um so besser für mich.

Für mich auch, sagte er, wie blöd. Ist gut, Ariane, sagte er und stützte einen Arm auf den Tisch, um aufrecht stehenbleiben zu können mit dem Hörer am Ohr, der Zigarette im Mundwinkel, dem Blick zum Fenster hinaus. Bis dann, sagte sie, und er legte ganz schnell auf. Es war ihm, als drücke er eine Tür gegen starken Druck auf.

Hoffmann klopfte und kam herein, setzte sich, nicht schlechtgelaunt, wie immer wollte er wohl «wie immer» erscheinen. Gut, das konnte er haben, das hatte er schon. Also, er kannte alles, so sah er aus. Keine Nacht konnte

seinem guten Gedächtnis etwas anhaben. Und er fand sich wirklich zurecht, das gab Laschen zu.
Das flirrende Licht, das Gehupe und Gesumm in den Straßen, die kreiselnden Stimmen – alles schien sich zufällig so ergeben zu haben. Oder es konnte auch eine sinnlose und zwecklose Verabredung sein mit jedermann. Die Farben wehten vorbei, und die scharfen Gerüche wehten vorbei, ein unsichtbarer Dunst lagerte über dem Gewoge. All die Blicke aus der Verborgenheit, aus den Tüchern hervor, die fleckigen Hände, die ausgemergelten hingestreckten Hände, schon halbtot, bläuliche Adern schimmerten durch, die Körper hockten da wie verdorbene Ware unter den nässenden Lumpen, und als würden sie erst verschwinden samt ihren Athrophien, Exzemen und Beulen, wenn die Müllbeseitigung sie forttrüge. Daß es Menschen waren, so sagte sich Laschen, müsse man sich erst wieder klarmachen, das starb ja beinah lautlos weg, so wie es sich schnell heruntergelebt hatte. Gewächse. Der einzelne ragte darüber hinaus. Der einzelne trug englische Anzüge, auf ihn wartete der Chauffeur und putzte die Außenspiegel. Der einzelne lebte langsamer und erfüllter, hatte mehr Wirklichkeit für sich und wurde auch noch von irgendwelchen geliebt. Er umgab sich auch seinen Tod mit einigem Getöse, wenn er überhaupt starb, denn danach sah er nicht aus. Solche, an denen Laschen ein paar kritische Anwandlungen abließ, waren aber aus dem Stadtbild verschwunden, waren längst abgereist nach London, Paris oder nach Zypern. Die wenigen einzelnen, die es im Land noch gab, residierten und brauchten dazu alles, eigene Garde, Artillerie, Hubschrauber.

Laschen ging zu Fuß zu Ariane. Er hielt sich das wieder schmerzende Auge zu und achtete darauf, in den Häuser- und Mauerschatten zu gehen. Das Licht auf den Fassaden gegenüber, auf den Gesichtern und den Autos war so friedlich und gelb. Hoffmann hatte ihm erzählt, vor dem Hotel Concorde seien gestern drei Frauen durch die Splitter einer Granate umgekommen. Die Vermutung lag nahe, daß die saudiarabische Botschaft nebenan gemeint gewesen war. Die Pflastersteine waren in den Trichter geworfen worden. Sand und Erde darüber wurden von Passanten mit den Füßen festgestampft. Das Gitterglas an den Balkonen des Hotels war gesprungen und durchlöchert.
Nach dem Essen mit Hoffmann hatte er noch eine Stunde lang Fakten und Informationen zu einem Hintergrundtext von eineinhalb Seiten zusammengestellt, vor dem dann, wenn Damur fallen sollte, einige individuelle Leidensfälle beim Namen genannt und gehört werden sollten (Fotos).
Die Füße brannten ihm, als er bei Ariane ankam. Sie saß im Garten, die Beine auf einen zweiten Stuhl gelegt. Er hatte auf dem Weg Sätze vor sich hin formuliert. Zu beschreiben versuchen mußt du, nicht so viele Umstände behaupten. Trotzdem waren die Sätze leer, er hatte darin nichts fühlen können, sie erfaßten nicht, griffen nicht auf, was er gemeint hatte, das ging bis in die Wörter, die ihm entleert, hohl vorkamen, so als hätten sie über Nacht ihren Nutzen verloren, seien ausgeschieden worden aus dem Verständigungskreislauf. Waren es überhaupt die Wörter, waren nicht die Dinge und die Ereignisse selbst das Fliehende? Zu flüchtig, um noch und wieder herbeizitiert werden zu

können? Zu sehr «angeblich» und «sogenannt». Wie selbstverständlich ist, verglichen mit dieser Unselbstverständlichkeit, der Finger am Abzug, wie selbstverständlich zu töten, zu treffen, getroffen oder verschüttet zu werden. Wie selbstverständlich immerhin noch ist die grausige Wahrheit, dabei gar nichts zu empfinden. Ja, ich müßte, damit etwas wieder richtig wird, kämpfen und fallen und berichten dabei, in der richtigen Gefahr leben und darin umkommen erst einmal, in der Angst leben und daran sterben, an der großen Angst. Mich aufstellen lassen in Brigaden, letzten Aufgeboten. Und das nicht für einen Sieg, für eine Gerechtigkeit, sondern nur dafür, daß die Grammatik wiederkehrt, daß nur dieser verfluchte Zustand zu Ende geht, in dem die Tatsachen das Besondere sind, aber das Besondere leer ist und das Wichtige heraus ist aus dem Wichtigen.

Die Zypressen waren so schön dunkel und kraus, das grüne Gras glänzte, und da standen die geflochtenen Baststühle. Arianes Gesicht lag so blond in ihrem Haar, ihre Waden schimmerten. Sie hatte sich eine Decke um die Schultern geschlungen. Er kniete vor ihr und schlang die Arme um sie. Sie lachte und hielt ihn fest, als er sich atemlos wieder aufrichten wollte. Sind das nicht glorreiche Tage, sagte sie.

Er zeigte sich überwältigt von diesem Ausdruck, wußte nicht, wie er antworten sollte, und sagte schon: Ja, es ist ein Spott.

Sie lächelte, war ganz entspannt. Ich weiß schon, wie du das gemeint hast. Komm, setz dich zu mir. Du hast recht, dafür daß Winter ist und Krieg, ist es ein Spott. Wir leben nach wie vor in der Sonne, wir kämpfen nicht, fliehen nicht, jetzt arbeite ich auch kaum noch.

Es ist einfach, sagte er, wenn es schön ist, ist es schön, bitte keine Einwände! Hör auch auf zu lachen! Wollen wir nicht viel gehen, zusammen? Ich hab eine solche Lust. Er hatte die Schuhe ausgezogen und ging auf Strümpfen, trat mit Absicht unvorsichtig auf, damit die kurzen Stengel sich in die Sohlen bohrten. Er ging wie ein neugieriger Vogel an ihr vorbei, mit verdrehtem Hals, bis er zurücktrippelte und sie vom Stuhl riß. Sie balgten, und hernach lag Ariane auf der Decke und sagte, ich bin so froh, daß du da bist, aber habe ich eigentlich einen Grund, so froh zu sein?
Keine Einwände, sagte er.
Wann fährst du wieder weg?
Moment der Wahrheit?
Warum nicht.
Mußt du danach fragen?
Nein, ich muß nicht danach fragen, sagte sie. Ich brauche solche Fragen auch gar nicht, habe sie nie gebraucht. Ich denke auch nie an die Zukunft, verstehst du, so besorgt, ich mag das nicht, aber du, du gibst mir so etwas ein.
Warum?
Ja, das begreife ich auch nicht. Aber ich bin tatsächlich ganz besorgt auf einmal, was denn bloß werden soll, wenn du wieder weg bist. Du, es ist Unsinn, es soll dich nicht kümmern. Es ist falsch, ich weiß, kein Wort mehr darüber.
Ich fahre so bald noch nicht nach Deutschland zurück, sagte Laschen. Deutschland, wie das klingt. Hörst du, wie unangenehm *Deutschland* klingt, wie stählern, wie trostlos und hartnäckig. Es dröhnt noch immer so.

Dann bleib hier, sagte Ariane, werde Araber wie ich.
Er lachte, war aber doch erschrocken für den Moment. Sie nahm seine Hand in die ihre und schaute ihn belustigt an, und dann – er irrte sich nicht – ließ sie die Hand enttäuscht fallen. Du mußt dich nicht ängstigen, sagte sie, ich würde dich nie festhalten. Er fühlte, wie der Schweiß ihm ausbrach, das Gesicht prickelte und brannte. Sie redete so vorsichtig mit ihm. Ich weiß schon, sagte sie, du bist dir viel zu problematisch, um dich auch noch mit mir abzugeben, und du willst im Grunde gar nichts von mir wissen, willst sogar in meiner Gesellschaft für dich sein.
Er kniff die Lippen zusammen, hatte aber das Gefühl, sie dabei mit offenem Mund anzustaunen. Er versuchte, ironisch zu werden: Wie du mich durchschaut hast; ich fühle mich ja so unterlegen, so überführt und mutlos, daß ich gar nichts mehr wagen kann.
Hast du denn vorher etwas gewagt, fragte sie und wendete ihr Gesicht von ihm weg. Wie wichtig jetzt sein Zögern war, bevor er endlich sagen konnte: Ariane, ich hatte geglaubt, es sei unnötig etwas zu wagen, ich wollte nichts wagen und mich auch nicht anstrengen müssen, wollte dich nicht von irgendwas oder von mir überzeugen, dir und mir nichts erklären müssen; ich meinte, es ist gut, so wie es ist, und natürlich ist es nicht gut so wie es ist, natürlich nein. Aber was hast du davon, wenn du so darauf aus bist, mich zu ertappen? Ich überlege ja schon, ich strenge mich an. Vielleicht taugen ja Gefühle nichts, die einfach da sind, vielleicht muß man sich um Gefühle bemüht haben.
Das könne wohl stimmen, sagte sie, aber das habe sie

nicht gemeint. Kannst du denn nicht etwas frei sein, aufhören solche Angst zu haben (dein fein ängstliches Herz)? Warum bringst du es nicht fertig, die eingeübten Bewegungen, Zuckungen (ja, deine idiotischen Zuckungen) abzulegen, ohne Angst wiederum, hinter dem Abgelegten könne *nichts* mehr sein, da ist schon noch was, erstaunt würdest du sicher sein. Rauch doch nicht so, so heftig, du in deiner Klemme, in der du steckst, in deiner ewigen Klemme.

Er wußte nicht, war er überwältigt, enttäuscht oder befremdet von Ariane, daß sie nicht einfach mehr die Große war, still und blond, verantwortungslos selbständig, daß sie nicht mehr einfach alles verstand ohne besondere Worte, größer war als jede gedankenlose Kränkung, die er ihr zufügen konnte. Er liebte doch, wie denn, die blonde Haut, doch auf einmal schien sie etwas zu wollen, etwas, das sich vielleicht als *alles* entpuppen könnte und das doch mit ihnen beiden nichts zu tun hatte. Er hätte laut klagen mögen, und sogleich wieder war er bereit, dies alles für ein Mißverständnis zu halten. Am liebsten hätte er gesagt, laß doch, laß mich auch in Ruhe und so sein, wie ich bin, und sei du auch, wie du bist, bemüh dich nicht, ich will es nicht anders. Ich bin ganz von der Vergeblichkeit durchdrungen, ein ansteckender Fatalist, aber immerhin bin ich anwesend, bei dir.

Ach du, sagte sie und nahm seine Hände von ihrem Kopf weg, langsam und stark. Sie stand auf und ging nachlässig auf das Haus zu, gleichgültig war ihr Gang, jetzt verachtete sie ihn, vergaß ihn schon, so sah es aus, wie sie ging in dem leichten ockerfarbenen Kleid. Sie ging die Treppe hinauf und verschwand im Haus, und

er *entschloß* sich geradezu, ihr zu folgen. Noch immer meinte er, es sei ein Mißton, höchstens eine Verstimmung.
Als sie ihm Bier einschenkte, sagte sie, was für eine schöne Haut du hast, ich kann lange deine Hände ansehen, die sind mir ganz vertraut, aber schon in deinem Gesicht ist es anders, da ist zuviel eingenistet, zuviel Verräterei, zu viele Vorbehalte, und du paßt so furchtbar auf.
Es war passiert, Ariane hatte ihn erwischt mitten im selbstgenügsamen, die Vergeblichkeit noch genießenden Händereiben. Es genügte eben nicht, wo es um eine Liebe ging, sich fallenzulassen, zerbrochen worden zu sein und den Rest von sich jemandem demütig in den Schoß zu legen; auch genügte es nicht, wo es um eine Liebe ging, verschlossen, gemein und lieblos zu sein. Auch Greta gegenüber hatte er sich, vor Jahren war das gewesen, verschlossen, lieblos und gemein und brutal verhalten. Es war ihm jetzt ernst damit, sich selbst nicht mehr dafür zu verstehen. Greta hatte er zu verstehen gegeben, sie solle wissen, daß sie sich letzten Endes auf ihn verlassen könne. Letzten Endes. Auf dem Weg dahin, auf dem das *letzte Ende* fortwährend vermieden wurde (die Geschichte einer vermiedenen Liebe und die Geschichte verschobener Gefühle), sollte sie nur noch dasein und an ihm hängen, nicht so sehr, aber eine Selbstverständlichkeit. Greta, zu seiner Selbstverständlichkeit gemacht, war dann immer öfter abwesend und verschwieg mehr und mehr. Dann hatte sie Liebhaber, mit denen sie verstohlen an ihm vorbeitelefonierte. Der Schmerz war nicht auszuhalten gewesen, aber er hielt ihn aus. Er konnte auch schon etwas

anfangen mit seiner Eifersucht. Auch er ließ sich von ihr in Zukunft schwer erreichen, etwas schmerzverzerrt auch und etwas im Recht. Eifersüchtig betrachtete er, wenn sie verreist war, Mäntel und Jacken von ihr an den Garderobehaken.

Die Stille schreckte ihn auf aus den Gedanken an Greta. Die Bierflasche war leer. Ariane war nicht mehr da. Er suchte sie und fand sie auf dem Bett liegend, in der Hand das Bierglas. Sie lag so still, er hörte sie nicht atmen, das Gesicht auf der Seite, noch nie hatte er ihr Ohr unbedeckt gesehen. In seiner Unsicherheit, wie er am Fußende stand und nicht wußte, was sie von ihm dachte, glaubte er, in eine Situation geraten zu sein, für die es noch keine Regeln gab. So blieb er wie gebannt stehen und glaubte sich von ihr durch das Haar beobachtet.

Verstehst du nicht, sagte sie, wie ich mich als Stumme fühlen muß, selbst reduziert auf das liebe Bißchen, das von dir kommt. Ich soll damit zufrieden sein, damit du zufrieden sein kannst. Irgendwie erwartest du etwas Automatisches von mir. Und solltest du mal großzügiger sein, dann bin ich längst zu klein geworden dafür.

Er wollte etwas sagen, hielt aber gerade noch rechtzeitig inne, weil er sonst gestottert hätte, und dann, meinte er, hätte er für immer stottern müssen.

Es ist auch nichts weiter zu sagen, sagte sie, als daß mir nicht gefällt, wie du mit mir umgehst.

Soll ich weggehen von dir?

Was für eine Antwort.

Er hatte zu wenig gelernt, vielleicht von Anfang an keine Begabung gehabt, sich mit einer Frau zu verstehen, die nicht nur ein Gegenteil sein wollte. Er mußte jetzt annehmen, ihr eine Last zu sein, und wollte nicht mehr warten, bis sie es ihm sagte. Also sagte er ziemlich hastig und auch mit etwas beleidigter Nase, er könne ja jetzt nur noch weggehen von ihr. Ariane lächelte und schlang ihre Arme um ihn. Dann ließ sie sich mit einem leeren, bewußtlosen Ausdruck zurückfallen. Sie zog die Beine an, und das Fleisch an den Unterseiten der Schenkel sah lose und ungeformt aus, als wolle es sich verteilen, und das erregte ihn, so daß er sie fragte – das erste Wort klang wie ein Röcheln – ob er sich zu ihr legen dürfe. Sie nickte, und während sie den Rock auszog, drehte sie das Gesicht zur Wand.

Abgewiesen fühlte er sich, es war nicht eindeutig, aber ihre Augen behielt sie offen, abgewiesen also, das trieb ihn an zu sinnlosen Anstrengungen, für die sie nur eine leere Tiefe in sich hatte, und erst als er niedergeschlagen aufgab, zuerst heftig atmend, mit einem harten knöchernen Groll von ihr abgelassen hatte, fing sie an ihn zu streicheln und langsam wieder auf sich aufmerksam zu machen. Alles ging sehr langsam, sie wollte es so. Sie nahm seinen Kopf zwischen die Hände und küßte ihn, ein kindliches fieberndes Gesicht. Deine schlaue Haut, flüsterte Ariane, und in ihrem heftigeren Atmen konnte er für eine Weile ruhig sein. Für einen einzigen langanhaltenden Moment, als er ihr Gesicht dicht neben sich sah, erschien sie ihm so verwandelt. Er glaubte, sie erst jetzt zu erkennen, sie war schmerzend schön, weit weg von all seinen Bildern und Vorstellungen.

XVI

Er hatte gehofft, die Nacht von Sonntag auf Montag bei ihr zu bleiben. Er war ganz friedlich und weich mit ihr und auch wieder etwas eckig geworden, so sagte sie es, sie habe das gern an ihm, das Eckige und Zaudernde und Widerstrebende, wenn es ihr andererseits auch altbekannt und als männlich verdächtig sei.

Sie hatten zusammen ein Abendessen improvisiert und waren danach wieder ins Bett gegangen. Der Mißton beziehungsweise die Verstimmung schien bereinigt; er dachte schon nicht mehr daran. Sie redeten so viel mit einem Mal, als gäbe es solch eine Gelegenheit nur einmal, und er meinte, daß auch Ariane zufrieden sein könne. Anscheinend war sie es auch. Aber noch nach Mitternacht bat sie ihn, zum Hotel zurückzufahren, nein, sie wolle ihn schon fahren. Da zog er sich schnell an.

Sie hatten einen schönen Sonnenuntergang erlebt. In der Maazra waren aus Protest gegen einen von den Katajeb gebrochenen Waffenstillstand Autoreifen verbrannt worden, und der fettschwarze Rauch brach in den rotglühenden Horizont ein und bedeckte ihn schließlich ganz.

Sie traten hinaus, und die dumpfen fernen Einschläge waren doch so laut, daß sie, sich bei den Händen haltend, die Treppe hinunterstürmten.

Sie fuhr sehr schnell, die Reifen quietschten in den Kurven, und wenn entgegenkommende Scheinwerfer das Wageninnere ausleuchteten, erschien ihr Gesicht bleich und scharfgeschnitten vor Entschlossenheit.

Nicht wahr, sagte sie, du verstehst, daß ich dich heimfahre, um eine Weile allein zu sein? Er streichelte ihr Gesicht.

In der Hamra waren die Straßen still und dunkel. Er wartete noch auf der Hoteltreppe, bis er ihre Rücklichter nicht mehr sah. Er duschte noch und legte sich naß ins Bett. Einmal wachte er auf aus einem Traum, in dem er erschossen werden sollte. Er ging zur Toilette und schlief danach sofort wieder ein. Am Morgen versuchte er sich an den Traum zu erinnern, aber er wußte kaum mehr, als daß er vom Krieg geträumt hatte; ein paar Bilder waren da, von denen er meinte, sie nie gesehen zu haben, obwohl sie ihm in einigen Aspekten seltsam vertraut erschienen. Gegen Mittag fielen ihm wieder ein paar Einzelheiten ein. Unter den Leuten, die seinen Tod beschlossen hatten, war auch einer der beiden Nachtportiers. Zwar war er maskiert gewesen, aber Laschen hatte ihn doch an seinen Bewegungen und seiner Stimme erkannt. Laschen saß auf einem Stuhl. Er war nicht gefesselt. Die Männer, alle vermummt und maskiert, saßen im Kreis auf einem Teppich. Laschen war ganz sicher, daß er spätestens im letzten Moment die Kraft aufbringen würde, aufzuspringen und fortzulaufen, erst recht, da ihn die Männer kaum noch zu beachten schienen. Nur, im Augenblick hatte er gar keine Kraft, warum, das wußte er nicht. Sie sahen seine Angst, und er bedauerte, daß sie sich seine Angst nicht vorstellen und ihn freilassen konnten. Der, den er für den Nachtportier hielt, trat ein paarmal dicht an ihn heran, um sich für sein Vorge-

hen zu entschuldigen. Persönlich gefallen Sie mir, sagte er und setzte sich wieder zu den anderen. Laschen sah aus Gründen, die er nicht kannte, ein, daß er sterben sollte. Er hatte für die Männer ein eigenartiges, ihn selbst sogar rührendes Verständnis.
Auch danach fehlte seinen Vorstellungen, seinem Denken die entscheidende Kraft. Sanft, erfüllt von einer erleichternden, nur noch erleichternden Nachgiebigkeit dachte er an Ariane. Dann kamen ihm ein paar Erinnerungen an die Kinder – Erinnerungen schon, er winkte ihnen zu als ein für unabsehbare Zeit Internierter. Greta lebte in einer Vergeßlichkeit, die nicht mehr seine Vergeßlichkeit war, sie brauchte ihn nicht mehr. Sie hatte eine Vollmacht über sein Konto. Das Haus war schuldenfrei. Er wurde weggetragen und hatte ihnen damit alles hinterlassen. Dumme Gedanken, weg damit, Gedankengelichter.
Er ging die Treppen hinunter in die Halle, wo er schon die internationale Herald Tribune bekam. Als er den Lift betrat, um wieder hinaufzufahren, sah er Hoffmann die Halle von der Straße aus betreten, im Arm eine große Tüte, in der offensichtlich Flaschen waren. Hoffmann sah ihn an, ohne ein Zeichen der Überraschung, auch ohne die Andeutung eines Grußes, und steuerte auf den Portier zu. Die Lifttür schloß sich mit einem leisen Quietschen. Tut mir leid, sagte Laschen deutlich, als der Lift anruckte. Er setzte sich auf die kleine braune Eckbank und versuchte, wieder ganz flach zu atmen.
Gestern hatte in den Souks am Hafen wieder ein Massaker an Muslims stattgefunden; auf dem Foto in der Zeitung waren etwa ein Dutzend Leichen zu sehen, die

dicht zusammengerückt auf dem Gehsteig lagen. Die Gesichter waren in der groben Rasterung weich und ohne jeden Kontrast. Im Hintergrund parkte ein Militärlastwagen, im Vordergrund war ein Mann in Offiziersuniform, ohne Waffe, ein Bein zum Ausschreiten erhoben. In der Bildunterschrift war in Anführungsstrichen von einer Vergeltungsaktion christlicher Milizen die Rede. Er erkannte auf dem Foto die Straßenekke, wo die Rue Nahr Ibrahim in den Platz der Märtyrer mündet. Er hatte schon eine Beschreibung des täglichen Betriebs auf dem Platz gemacht, vor Tagen schon, und brauchte jetzt nur noch das neue Massaker mit einzubauen. Es war einfach, keine Einwände. Er arbeitete auch noch ein paar Notizen von Schmierzetteln mit ein, z. B. die hier und da erfolgreichen, jederzeit schnell abzubrechenden Versuche einzelner Händler, den Markt wieder zu eröffnen, die Gurken-, Melonen- und Kohlhaufen, die Auberginen-, Bananen- und Petersiliefuder. Der zerschossene Wagen mit laufendem Motor in offener Garage, am Steuer ein junger fettleibiger Mann mit glitzernden Silberzähnen, der durch das Seitenfenster als Geldwechsler arbeitete. Er ließ die Leute nur einzeln an die Wagentür herantreten, die anderen scheuchte er mit einem Zischeln auf einen Abstand zurück. Es waren auf dem Platz Glasscherben, Steine, Kalk, Kleidungsfetzen, Papier und Gemüseabfälle zu bunten Haufen zusammengeschoben worden. Laschen schrieb: «So ist tagsüber die Kampflinie nur eine gedachte Linie, ungültig und begehbar, es sei denn, ein neues Mordkommando rückt vor.»
Wieder hatten vermummte Leute das erledigt. Die Impressionen von einem orientalischen Markt und die

Mordaktion waren mit knappen, untertreibenden Sätzen ineinandergehakt. Den Offizier ließ er, als habe er selbst die Szene beobachtet, die Reihe der Opfer abschreiten wie eine Ehrenkompanie. Seine Zweifel wies er für heute entschieden zurück und war entschlossen, mit der Arbeit zufrieden zu sein. Einigen Absätzen fehlte es auch nicht an mühsam unterdrückter Fassungslosigkeit. Zum erstenmal, seitdem er hier war, nahm er die kleine Reiseschreibmaschine aus der Hülle und tippte den Artikel ab, achteinhalb Seiten. Das Manuskript legte er in die Schublade des Nachttisches.

XVII

Schon lange war er wieder hier in Beirut, aber es waren doch erst neun Tage, seinem Gefühl nach Monate. Zu Hause wäre bereits Sommer, die Kornfelder wogten, die Wiesen blühten weiß und gelb, Greta in ihren leichten, sanfte Falten werfenden Kleidern sähe wieder so jung aus und lächelte wißbegierig.
Wenn er an zu Hause dachte, stellte er es sich sommerlich vor. Die äußeren Blütenblätter der Rosen rollten sich schon, bevor sie abfielen, mit braunen Rändern zusammen, aber es kamen ja noch immer neue Knospen, und die späten würden sich auch länger halten. Ariane – er hatte eine Weile nicht an sie denken wollen – erschien ihm als unerreichbare, im Grunde unberührbare Frau, die sich ihm nur hingab, weil ihr der Kontakt mit ihm nichts bedeutete. Er konnte ihr weder schmeicheln noch sie verletzen, und deshalb war

er ihrer unwürdig. Wenn du, Laschen, für sie keine Gefahr bist, dann bist du ihrer unwürdig. Zwar hatte sie ihm Vorhaltungen gemacht, und durchaus hatte jeder Satz in ihm eine empfindliche Stelle berührt, aber doch damit nicht weitergemacht, es lohnte sich eben nicht. Sie würde sich ebenso anstrengungslos und schmerzlos von ihm trennen, wie sie ihn aufgenommen hatte. Er spürte, daß sie immer stärker wurde, daß sie ihn, ohne es zu wollen und gerade dadurch zu immer deutlicheren Gefühlen zwang. Sie hatte ihn gern, und gerade das war die Feststellung, die es ihr ermöglichte, ganz selbständig zu bleiben und ihn jederzeit fortschicken zu können.
Das in Aussicht stehende Interview mit Arafat mochte stattfinden oder nicht, es war zu etwas geworden, das er nicht unbedingt mehr wollte. Er meinte, auch zu Hause, auch in der Chefetage, auch die Leser müßten inzwischen die Belanglosigkeit eingesehen haben, irgendeinen maßgeblich Beteiligten auch noch reden zu lassen. Aber schade, daß Hoffmann gestern keine Fotos gemacht hatte von den Erschießungen in den Souks. Sie mußten versuchen, Fotos über eine Agentur zu bekommen, obwohl man ihnen in Hamburg die Extrakosten vorrechnen würde.
Ariane hatte ihm ihren Widerstand nur angedeutet, damit er sich nicht bloß zufrieden und gut bediente, und sie hatte danach diese Stärke sogleich wieder verdeckt. Er sollte nur etwas begreifen und sich nicht unter Druck gesetzt fühlen. Er sollte nicht glauben, es sei alles in Ordnung, noch sich durch ihre Enttäuschung herausgefordert fühlen, ein anderer zu werden.
Oder war Frühling zu Hause? Über den leuchtenden

Ziegeldächern der dunkle Himmel, schwer von Regenwolken, zwischen denen doch noch alle intensiven Farben ahnbar blieben. Das Grün schoß fremdartig scharf hervor aus der ernüchternden schlackigen Einöde, wie zum erstenmal mit allerersten dünnen Knospenschauern. Die Zweige glänzten wie der gepflügte Boden, und alle Vegetation wurde weniger durchsichtig, erfüllter, angefüllter. Entschiedenere Schatten, wärmere Nässe. Wie ein Hund, aber verirrt, lief er durch die doch übersichtlichen Ebenen, gebückt unter den tiefen Zweigen der Kiefernschonungen, nachgebende weiche Nadelschichten unter den Sohlen, den Haarwirbel aufgerichtet, und er lauschte mit den Poren. Das Licht wärmte die Handrücken, Mückenschwärme folgten hartnäckig. Gretas Blicke trostlos starr, wie ein Heimweh, ein ablehnend beschiedenes. Er nahm sie in die Arme, und ihr Kopf ruckte an seiner Schulter in einem trockenen Schluchzen. Das war zwei Jahre her, das waren schon abgestorbene Erlebnisse, bereits gesunkene Schichten. Vor vier Wochen war Weihnachten gewesen, das war schon eher noch Erinnerung. Er hatte ihr eine Uhr geschenkt und sie ihm einen beigen, fast farblosen Kaschmir-Pullover. Sie hatte ihn umarmt. Für ein paar Minuten waren sie zusammen gewesen in einem gemeinsamen Gefühl, in dem auch viele Gefühle von früher als Erinnerungen gegenwärtig waren. Die Kinder hatten ihnen listig und verlegen zugeschaut, bis sie sich, unangenehm erinnert, wieder voneinander lösten. Laschen hatte den Eindruck gehabt, sie hätten sich jenseits ihres Lebens wiedergetroffen und in den Armen gelegen, entrückt dahin, wo etwas *wieder* gelten konnte, wenn es einmal gegolten hatte. Nein, einen Vorwurf hatte er sich nicht gemacht, aber doch war es auf die Dauer besser, die schmerzende hohle Wahrheit auszuhalten, als die Selbsttäuschung einer Geborgenheit zu erhalten, mit Gewalt.

Diese Landschaft, in der er sich in verschwiegenen Momenten auch begraben vorstellte, was ihm durchaus nicht unangenehm war, erschien ihm manchmal in den raschen, von treibenden Wolken verursachten Lichtwechseln als eine Meerestiefe, die einem beim Hinabschauen entgegenfliegt, bis sie sich in einem weiten schwellenden Ring auflöst und den Blick freigibt auf immer neue, tiefere Gründe. Ariane sollte ihn zu Hause besuchen. Ein merkwürdiger Einfall. Er würde Greta alles sagen, das konnte eine neue Offenheit, eine Freiheit bedeuten, für Greta auch; so eine schmerzhafte, freundliche Geduld würden sie miteinander haben. Er wollte es Greta schreiben, es Ariane sagen, beiläufig, aber ganz deutlich.

Die vielen rückgewandten Gedanken, Erinnerungen, ja, machten ihn nervös. Er meinte, es wäre eine Ungeduld mit der Vergangenheit, die Ungeduld mit den Erinnerungen, von denen man nichts anderes mehr erwarten konnte. Jetzt war er auch weder mit Ariane zusammen, noch recherchierte er Kriegsereignisse, noch schrieb er, stattdessen war er zurückgewichen in Erinnerungen, unwillig, ungeduldig. Er versuchte, Ariane in der Botschaft anzurufen, aber es meldete sich nur die Zentrale des Hotels, und eine Stimme sagte, sorry, dead line. Er ging im Zimmer auf und ab, bis er sich entschloß, zu Fuß zur Botschaft zu gehen.

Vor Hoffmanns Tür stand ein Mädchen, blond, in einem hellen Lackmantel. Sie hatte Tränen in den Augen und blickte starr auf die Tür. Er glaubte, sie als eines der Barmädchen wiederzuerkennen. In der Halle gab er den Schlüssel ab und las noch eine Weile in den Telexfahnen. Maslakh, die Gegend in der Nähe des Schlachthofs und Karantina waren gestern nacht heftig beschossen worden. Nicht nur in den Souks waren gestern Männer bei gewöhnlichen Paßkontrollen erschossen worden, auch in Karantina hatte die Katajeb Muslims zusammengetrieben, die sich an einer Mauer mit erhobenen Armen aufstellen mußten, während ihre Frauen, Kinder und alten Leute mit Lastwagen als Geiseln abtransportiert wurden. Wer die Arme nicht mehr hochhalten konnte, so hieß es, wurde erschossen. Laschen war auch dort nicht gewesen. Er war bei Ariane gewesen, privat. Er schaute immer öfter weg, ließ immer öfter Termine aus, hatte immer öfter nichts davon gewußt. Aber wieso? Er bekam die Nachrichten ohnehin, die Details konnte er erfinden bzw. aus anderen Zusammenhängen nehmen. *Der Leser* war ihm doch scheißegal, aber darum ging es ja auch nicht. Es gab noch eine andere Instanz, er wußte nicht genau, was es war, nur wie es sich äußerte. Er wußte, daß er eine Arbeit, wenn er sie schon machte, richtig machen sollte, und das hieß ehrliche Arbeit, Einsatz. Er mußte überall zur Stelle sein, wenn jemand starb, jeden Einzelfall mußte er dokumentieren, er war hier zu etwas verpflichtet, zum Hinsehen. Er konnte den Beruf aufgeben, aber sich auf die Dauer nicht mit dem schlechten Publikum herausreden. Ein paar Sätze übersetzte er oberflächlich und schrieb sie ins Notizbuch. Er wäre nie in eine solche Beziehung zu Ariane geraten, wenn er überall zur Stelle gewesen wäre. Er schrieb

auch einen Satz über Damur. Die Bewohner von Damur seien praktisch heute schon allesamt Geiseln, denn die Stadt sei eingeschlossen. Eingeweihte, schrieb Laschen, hegten die schlimmsten Befürchtungen, besonders nach allem, was sich gestern in Karantina und Maslakh abgespielt hatte.
Laschen machte sich auf den Weg. Hoffmann war sicherlich wütend, sollte er nur wütend sein. Bald hatten sie nichts mehr miteinander zu tun und trafen sich höchstens noch zufällig. Laschen hatte sogar ein Gefühl der Befriedigung, wenn er an diese *Unregelmäßigkeiten* (durchaus im Sinne von Veruntreuung) dachte.
Dem Pförtner in der Botschaft gab er die beiden Briefe an Greta. Erst dann ließ er Ariane rufen. Man wurde am Eingang nicht mehr von bewaffneten deutschen Sicherheitsbeamten abgetastet wie noch im Dezember. Er ärgerte sich, daß der Pförtner die Briefe nicht gleich irgendwo unterbrachte, in einem Postkarton oder Sack, sondern noch offen auf dem Tisch liegenließ. Ariane kam langsam die Treppe herab. Sie lächelte ihm zu und schien sich nicht zu wundern, daß er da war. Sie war auch immer so ruhig, schien sich nie der Greuel bewußt zu sein, die hier in der Stadt passierten und jederzeit passierten. Sie hatte ihm doch erzählt, wie man Männer an Autos gebunden und zu Tode geschleift hatte, wie man den lebendigen Körpern den Penis abgeschnitten, sie mit Lastwagen und Panzern überrollt hatte und zwar vor und zurück und vor und zurück, bis sie gleich dem Schlammboden waren. Er selbst hatte hier erst einmal gesehen (er ging ja auch nie hin), wie ein Mensch in einem Augenblick lebte und

im nächsten getötet wurde, tot war. In Prag hatte er Menschen sterben sehen, aber ihre Gesichter erst wahrnehmen können, als sie schon tot waren. Hier war die Ausnahme der alte Händler gewesen, aber auch dessen lebendige Züge hatte er vorher nicht wirklich anschauen können. Etwas, das hatten sie gemeinsam, hatte sie aus einer Menge herausgepflückt, eine Gewalt, die immer die gleiche war, in Prag, in Vietnam, in Chile oder hier, und die so menschlich war, ebenso menschlich, wie die Freude an einem langen heiteren Friedenstag.
Schön, daß du gekommen bist, sagte Ariane, hast du Lust, mit mir nach Baabda zu fahren? Sie nahm ihn etwas beiseite und flüsterte ihm zu, sie sei angerufen worden, möglicherweise warte in Baabda *das Kind* auf sie.
Laschen lachte sie an. Schön, sagte er, er freue sich für sie. Sie sagte, die Botschaft könne von einem auf den anderen Tag ganz geschlossen werden. Der Botschafter fliege noch heute nach Bonn und werde vorläufig nicht zurückkehren, und man rechne noch in dieser Woche damit, daß geräumt werde.
Und, fragte er, willst du nun doch auch von hier weg?
Nein nein, ich nicht. Es werden außer mir auch noch ein paar andere bleiben, auf eigene Gefahr und Verantwortung, die mit Libanesen verheiratet sind. Sie wollen gar nicht weg, obwohl sie mit ihren Familien den Flug bezahlt bekämen. Na ja, von den Herren bleibt als einziger der Presseattaché. Und warum der bleibt, das weiß ich nicht. Er ist nett, ein Junggeselle. Vielleicht bleibt er da, weil jemand dableiben muß.

Ariane ging noch rasch einmal hinauf, um ihren Mantel und ihre Tasche zu holen.

XVIII

Sie fuhren einen weiten Umweg, südlich des Flughafens, schon auf halbem Wege nach Damur, fuhren sie wieder landeinwärts und in die Berge hinauf. Es war schön, von oben hinüberzublicken zu den schneebedeckten Gipfeln des Antilibanon. Beirut lag unter einer dünnen durchsichtigen Dunstschicht, nur im Süden, wahrscheinlich in Maazra, wurden wieder Reifen verbrannt. Der Rauch quoll auf von einigen dicht nebeneinander liegenden Punkten und klomm zäh und sich langsam ausbreitend die Bergterrassen hinauf. Auf der Straße hinter einer Kurve sahen sie plötzlich einige Steinbrocken liegen, herumgestreute schiefrig-fette Erde und ein paar ausgerissene junge Bäume und Sträucher. Ariane fuhr schnell bis auf ein paar Meter heran, trat dort erst voll auf die Bremse und fuhr rückwärts so schnell es ging zurück in die Kurve, wo sie anhielt. Es war kein Mensch zu sehen. Das war ein Versuch, sagte sie, wenn uns hier hätte jemand auflauern wollen, hätte er spätestens abgedrückt, als ich rückwärts fuhr. Was meinst du, wollen wir versuchen, durchzukommen? Es kann ja auch ein Steinschlag gewesen sein.
Sie wartete Laschens Antwort gar nicht ab, sondern startete mit einem Satz. Sie bremste wieder vor dem Geröll. Sie sprangen zugleich aus dem Auto und räumten eine Fahrrinne frei. Es dauerte kaum fünf Minuten.

Laschen arbeitete heftig und vermied es, sich umzuschauen.
Kurz vor Baabda passierten sie mehrere Kontrollen. Man winkte sie einfach vorbei, als sie im Schrittempo an die Posten heranfuhren. Es waren Katajeb-Soldaten, die meisten sehr jung mit freundlichen feisten Gesichtern. An der Sperre unmittelbar vor Baabda wurde ihnen erklärt, sie könnten nicht weiterfahren in Richtung Aley, und dann sahen sie auch, auf die Handbewegung eines Postens hin, in südwestlicher Richtung metallische Sonnenreflexe unterhalb eines Bergkamms, dünne Mündungsfeuer und ruckhaft auffliegende kleine Rauchwolken. Ariane kannte den Weg zu dem Kloster, dem ein Waisenhaus und ein Mädcheninternat angeschlossen war.
An der Pforte mußte Ariane ihren Ausweis abgeben. Auf einen Laufzettel übertrug die Schwester hinter der Glasscheibe ihre Daten. Ein paarmal schaute sie über den Brillenrand zu Laschen hinüber, der halb abgewendet den langen Gang betrachtete, auf dem eine andere Schwester sich näherte. Aus dem Gewand, das in breiten Falten herabfiel und beim Gehen schwer und unfeierlich hin und her schwang, schauten schwarze klobige Schuhe heraus, und für einen Moment meinte Laschen, darin steckten grobknochige Männerfüße. Sie stellte sich vor als Oberschwester Brigitte und gab Ariane die Hand, wobei sie als Zeichen, daß sie sie wiedererkannte, langsam mit dem Kopf nickte. Sie wandte sich zu Laschen um, und Ariane sagte, Monsieur Laschen d'Allemagne, er wird gern hier warten, wenn Sie es wünschen. Sie streckte Laschen zögernd die Hand hin und ließ ihn nicht aus den Augen. Ariane

machte das, wie er sah, nervös, und vor Nervosität wurde sie beflissen. Er hatte wohl als Erscheinung irgendwie bestanden in ihren Augen, und dennoch sagte Ariane, er sei ein guter alter Freund, auch ein guter Freund ihres verstorbenen Mannes. Es war gelogen, und Laschen erschrak auch, aber dann kam es ihm nicht mehr erlogen vor, er hätte ihn ja auch nach dem Foto, das Ariane ihm gezeigt hatte, sofort wiedererkannt. Und Ariane hatte ihm von François erzählt. François Nassar hatte ein schmales Gesicht, kurz geschnittenes krauses Haar. Sein Gesicht war retuschiert. Laschen glaubte aus dem Porträt schließen zu können, daß er sehr groß war.
Laschen wich jetzt den Blicken der Schwester aus und starrte auf die weiße Bank gegenüber an der Wand.
Ja, sagte Schwester Brigitte auf französisch, vielleicht habe ich etwas für Sie.
Sie nahm von Ariane den Laufzettel und las die Eintragungen nur flüchtig durch. Die Pförtnerin gab Ariane den Ausweis zurück und nickte dabei Laschen freundlich zu, verständnisinnig, meinte er, denn die Äußerungen von Schwester Brigitte waren kühl und knapp, wie abgestimmt auf die Ordensvorschriften, die den Umgang mit der Außenwelt regeln. Er verstand nichts von solchen Orden, hatte nur der Aufschrift draußen auf dem Messingschild entnommen, daß die Nonnen Ursulinen waren der römisch-maronitischen Kirche. Schwester Brigitte berührte Arianes Arm und drehte sich Laschen zu, um ihm zu bedeuten, er dürfe ihnen folgen. Sie wissen, sagte sie zu Ariane, welche Schwierigkeiten Ihrem Wunsch entgegenstehen, entgegengestanden haben, als Ihr Mann noch lebte, und jetzt erst

recht entgegenstehen. Aber nun habe ich vielleicht etwas für Sie. Es hängt nur noch von Ihnen ab. Sie klopfte Ariane dabei leicht auf die Schulter. Es sah begütigend aus, und Laschen stellte sich Arianes entsetzliche Befürchtungen vor. Mußte sie mit dem Schlimmsten rechnen, und wie schlimm, was war das? Ein kriegsversehrtes Kind, ein Krüppel? Welches Opfer wurde von ihr verlangt? Sie hatte ja die Freiheit, überhaupt zu verzichten, nicht das einzige Kind zu nehmen, welches man ihr zugestehen wollte. Aber ihre Entschlossenheit, nachdem sie sich von dem Schrecken erholt, erschien ihm unergründlich. Unhaltbar und gering war das Leben, ein Schlachtplan wie eine Schlachtbank, eine Schlachtordnung wie ein Schlachthaus, aber unter allen Umständen wollte Ariane für jemand da sein, dieses Leben nicht nur für sich haben. Sie wollte ein Kind, eine Notwendigkeit für ihre Liebe. Die Gefahren waren gering. Obwohl viele starben, starb man selbst doch nie.
Sie kamen an einer offenen Tür vorbei und blieben stehen. In dem Raum fand ein befremdlich ruhiger Kindergartenbetrieb statt. Die Kinder tappten mit ernsten Augen im Kreis herum und hatten dabei alle einen Finger auf den Mund gelegt. Im Kreis stand ein etwa sechsjähriger Junge, dem ein Bein amputiert worden war, auf kleine weiße Kinderkrücken gestützt, den Kopf auf die Brust gesenkt wie zu einem kurzen Schlaf. Als er die Schwester im Türrahmen sah, lachte er vergnügt auf und rannte hoppelnd, die Krücken wie ein kleines Besteck beherrschend, auf sie zu. Laschen erschrak vor dieser Flinkheit, der Wille und die Energie darin erschienen ihm als eine boshafte und höhnische Intrige der Natur. Er gab

rasch dem Jungen die Hand und fragte ihn nach seinem Namen. Jean Claude, sagte der Junge, in Achrafieh habe ich das Bein verloren, es hat nicht weh getan. Er hatte sich beide Krücken unter einen Arm geschoben und betastete mit der freien Hand die Hand von Schwester Brigitte. Er fuhr ihr mit den Fingerkuppen durch die Handfläche und schien mit einemmal zu träumen.
Laschen war von dem Anblick niedergeschlagen, so als hätte man ihm eine Illusion, die er längst nicht mehr hatte, in diesem Moment erst genommen. Erst später wurde er sich bewußt, daß er verstohlen nach Arianes Hand getastet hatte. Sie gingen weiter bis zum Ende des Ganges, wo links und rechts Glastüren in einen großen, die ganze Breite des Gebäudes einnehmenden Raum führten. Er schaute Ariane von der Seite an und glaubte sie heftig atmen zu hören und ihr Gesicht von Aufmerksamkeit gestrafft zu sehen. Die Schwester öffnete die rechte Tür, und sie folgten ihr in den großen Raum, der von vielen halbhohen Trennwänden in kabinenartige kleine Räume unterteilt war. Ariane schaute nicht wirklich hinein in die Kabinen, sie *riskierte* nur Blicke, nervös hier- und dahin, und drehte sich immer nach der Schwester um.
Hier haben wir unsere jüngsten, die Säuglinge, zwei bis fünf Monate alt. Jedes davon hätte Sie interessiert, wenn in Ihrem Falle die wichtigsten Voraussetzungen erfüllt wären. Wieder ein Seitenblick auf Laschen, neue Prüfung, neue Zweifel. Aus zwei kleinen schwarzen Mündern schrie es angestrengt. Ariane ging rasch weg von Kindern, die nicht in Frage kamen.
Die Schwester deutete nur im Vorübergehen in eine

andere Kabine und sagte, darin lägen vier kriegsversehrte Säuglinge, die aus brennenden Häusern in Medawar geborgen worden seien. Und schön sind sie alle, sagte sie, eine routinierte Zurechtweisung, so als habe Ariane es auf Unterschiede abgesehen. Ariane sah doch nur besorgt aus. In Wirklichkeit, meinte Laschen, hat sie sich großartig in der Gewalt, in Wirklichkeit ist sie erregt und hat eine große Angst, weil nur ein Kind unter allen ihr zugedacht ist, eines, das man hier rasch und formlos abgeben will.
Laschen sagte sich, das seien alles Aquarien, in denen eine Vielzahl verwandter Arten herumzuckte, ein Gewimmel von unfertigem, kaulquappenartigem Leben. Doch war hier schon viel angelegt, viel unvorstellbare Zukunft versammelt, winzige Vertreter einer Weltbevölkerung, von denen die einen hungern, die anderen prassen würden, geschluckt allesamt von den Ordnungen des Himmelschreienden, vom gewöhnlichen Leben an einer Stelle des Universums.
Die Lamellen der Jalousien waren schräg gestellt. Das Licht fiel gebrochen ein, weich, ein altes samtenes Gelb. Ariane und die Schwester behandelten sich mit feindseliger Höflichkeit. Als die Schwester zu der hinteren, der letzten Kabine deutete und sich gleichzeitig zu weigern schien, weiter voranzugehen, stattdessen die Hände in die weiten Ärmel schob und einen Schritt zurücktrat, um Ariane vorbeigehen zu lassen, sah Laschen Arianes Gesicht zusammenbrechen, nieder in einen tiefen Alptraum von Angst und Erniedrigung. Fahl und entgeistert sah sie aus, die Narbe auf der Wange glänzte nicht wie sonst.
Sehen Sie es sich an, das Geschöpf Gottes, sagte die

Schwester in aufmunterndem Ton, worauf warten Sie, gehen Sie hin!
Ariane ging langsam auf die Kabine zu, als folge sie mit Widerwillen einem hypnotischen Befehl. Laschen folgte ihr. Sie drehte sich nach ihm um und machte ein erstauntes Gesicht. Ich habe Angst, flüsterte sie. Er ging mit ihr zusammen in die Kabine, hatte ihren Arm gefaßt, der weich und schwer war. Sie standen am Fußende des kleinen Bettes, und er meinte, keine Augen mehr zu haben, so intensiv sah er mit den ihren, da war er sicher. Sofort versenkten sich ihre Blicke und die des Kindes ineinander. Große braune Augen waren es, die ruhig blickten. Er bemerkte lange keinen Wimpernschlag, nur den gleichbleibenden und Ruhe aussendenden samtenen Glanz. Das Haar war schwarz und bildete an den Seiten und über den Ohren einen dünnen lockigen Pelz. In dem Gesicht bewegte sich nichts. Die Lippen waren stumpf, und es hingen abgeschälte weiße Hautpartikel daran. Sie traten neben das Bett. Es folgte ihnen mit den Augen, ohne den Kopf zu drehen. Es zeigte Interesse an ihnen, weil sie es waren, die den engen Verschlag betreten hatten, sonst keinen Ausdruck.
Die Schwester war ihnen doch gefolgt und sagte, es sei ein Mädchen, ungefähr fünf Monate alt und vor sechs Wochen in Achrafieh gefunden worden. Wohlgemerkt, das Kind stamme sicher nicht aus Achrafieh, sei aber dort ausgesetzt worden.
Erst als Laschen die Stimme der Schwester hörte, bemerkte er, daß das Kind tiefdunkel war, worüber er, wie er selbst bemerkte, an Arianes Stelle etwas erschrak.
Das können Sie haben, sagte die Schwester, und sie

vermieden beide, sich nach ihr umzudrehen. Sie blickten wieder in diese Augen, in denen nichts Besonderes zu sehen war und deshalb so viel. Als die Schwester weitersprach, war es schon eine Störung der Andacht, und Laschen machte sie in Gedanken für seine Empfindung verantwortlich, sie stünden an dem kleinen offenen Sarg des Kindes; tatsächlich stand Ariane an ihn gelehnt, den Ellbogen in seine Hand gestützt und sah wie eine Trauernde aus.

Eine Unterschrift von Ihnen, und es ist Ihr Kind. Ariane drehte sich um und lächelte ihr ergeben zu, worauf die Schwester ihr den Rücken kehrte und wegging. Laschen streichelte Arianes Arm. Er fühlte, wie das Gesicht des Kindes, die noch unbesetzten Blicke, die noch völlige Unzugehörigkeit, ihn mit Ariane zusammen anzog und festhielt. Er verstand sie auf einmal so restlos, als hätte er mit ihr jahrelang diesen Plan geschmiedet.

Sie war wieder ganz gesammelt, und die Narbe war verschwunden in der Vertrautheit ihres Gesichts, in das auch die Farbe zurückgekehrt war, mehr noch, eine Röte aus Aufregung und Benommenheit. Es ist das Kind, flüsterte sie ihm zu und kniff ihn in den Arm. Es war Wirklichkeit geworden, und durch ihren veränderten Anblick erschien es ihm noch einen Grad wirklicher als die Wirklichkeit. Sie war jetzt still und lächelte. Er fand das Lächeln entschlossen, von einer Bestimmtheit, die ihn beinahe befremdete. Als sie die Kabine verließen, blickte ihnen die Schwester mit unter dem Schatten der Haube hochgezogenen Brauen entgegen, als sei sie längst wieder mit etwas anderem beschäftigt gewesen und habe nun Mühe sich zu erin-

nern. Sie ging ihnen voraus, links herum durch eine Pendeltür in einen anderen Gang, an dem die Büros lagen.
Es handelt sich nicht um ein Kind, das erst zur Adoption freigegeben werden müßte, sagte sie. Wie ich schon sagte, gibt es weiter keine Formalitäten außer Ihrer schriftlichen Bestätigung, daß Sie das Kind aus freiem Willen angenommen haben. Wenn Sie in Anbetracht unserer bisherigen Ausgaben für das Kind eine Summe spenden wollen, so steht Ihnen dies, auch die Höhe der Spende, frei. Eine solche Spende, darauf muß ich Sie besonders aufmerksam machen, würde uns nicht verpflichten, das Kind etwa später von Ihnen zurückzunehmen.
Sie war kühl jetzt, was sie durch eine besondere Korrektheit ausdrücken wollte. Laschen meinte, das Kind habe sie schon loswerden wollen, doch nun sei sie von Arianes rascher Zustimmung, von ihrer Zustimmung überhaupt, enttäuscht. In ihrem Gesicht lag sogar Verbitterung, Unwille und schließlich Verachtung. Ganz entstellt sah sie aus, wie sie in dem Formular las. Sie mußte das Kind hassen, ohne es wirklich hassen zu dürfen. Sie legte das Formular Ariane vor, die sofort unterschrieb, als nähme sie bereits damit das Kind in Schutz vor der Meinung dieser Nonne, deren Augen in den dunkelbraunen Fleischpolstern vor Unruhe weit geöffnet waren. Ihr seelenloser Glaube an Gottes und die eigene Barmherzigkeit hatte einen Sprung. Ariane zeigte ihm das Formular mit den handschriftlichen Eintragungen; sie deutete auf eine Stelle: erhalten das hl. Sakrament der Taufe (Nottaufe) am 17. Dezember 75. Was sagst du dazu? Und Laschen sagte, daß sie das tun, ist denen doch selbstverständlich.

Ich wundere mich ja auch nicht, sagte sie, aber warum machen sie es durch die Taufe den anderen Kindern gleich, wenn es danach doch nur wieder als Bastard gilt? Wieviel Geld erwarten Sie von mir, fragte Ariane die Schwester. Die schloß die Augen und beugte sich weit zurück in ihrem Bürostuhl, so daß über den Schuhen die schwarzen Strümpfe zu sehen waren. Ohne ihre Ordensregeln, dachte Laschen, ohne dieses ordentliche Haus, ohne die Haube, das Gewand und die feine Brille wäre sie irgendeine fette Araberfrau, die mit ihrem Kram durch die Souks am Hafen zöge. Oder sie ist das achte oder zehnte Kind aus guter Familie, etwas dunkler als die Geschwister, was hatte wettgemacht werden müssen durch eine gute Ausbildung in einem klösterlichen Internat. Laschen mußte sich sagen, daß er Verständnis bekam für das Vorurteil dieser dunklen Araberfrau gegen das dunkle Kind, das nun vielleicht daraus entlassen würde.
Also wieviel, wiederholte Ariane. Es bereitete ihr offenbar Genugtuung, jetzt mit dieser Person nur noch kurz und sachlich über *die Summe* zu sprechen und damit auch für ihr Kind Genugtuung herauszuholen für die Kränkungen, die ihm widerfahren sein mußten, als man es von den anderen Kindern separierte und eine besondere Meinung zu ihm hatte, als man es taufte, um seine Seele zu retten und um seinen Körper weiter verachten zu können.
Es gibt keinen Preis, sagte die Schwester. Wir treiben doch keinen Handel. Nur freiwillige Spenden nehmen wir an, weil wir darauf auch angewiesen sind. Sie antwortete geschickt, obwohl sie verlegen war, weil sie bemerkt hatte, daß Ariane sie demütigen wollte.

Tausend Lira? Reichen die aus? Zweitausend?
Zweitausend? Das ist sehr, sehr viel.
Zuviel? Nein, es ist nicht zuviel, es ist billig, sagte Ariane, es ist ein verdammt preiswertes Kind, ein Sonderangebot zum Sonderpreis, nicht wahr, aber dafür nehmen Sie ja Reklamationen nicht an, bei Nichtgefallen nicht zurück. Also, der Preis ist nicht zu hoch, er ist beleidigend niedrig, aber ich kann ihn nicht selber hochpokern. Es ist das schönste Kind von allen, noch ganz jung und ohne Namen, und ich bekomme es förmlich nachgeworfen. Eine Unterschrift und zweitausend Lira, die Unterschrift habe ich schon gegeben.
Sie füllte einen Scheck aus und gab ihn der Schwester, die ihn, ohne darauf zu blicken, unter einen Briefbeschwerer schob und freundlich dankte. Sie war jetzt sehr durcheinander. Laschen glaubte ihr anzusehen, daß sie Ariane das Kind am liebsten verweigert hätte, aber sie war nun unterlegen. Ariane schien zufrieden zu sein und von der Nonne endlich abzulassen. Sie versprach, die Wäsche zurückzubringen. Die Schwester ließ Ariane auch noch den Laufzettel unterschreiben, den sie zu dem Scheck legte.
Sie fuhren denselben Weg zurück. Ariane hatte ihn gebeten, zu fahren, und sie saß mit dem Kind auf dem hinteren Sitz. Er gestand sich ein, daß ihm ihre Ausfälle gegen die Schwester peinlich gewesen waren, und sie bemerkte das und sprach nicht weiter mit ihm. Er hatte es so empfunden, als verspotte sie mit ihrem Verhalten ihre eigene Intelligenz, denn die verehrte er wie die andere Seite ihrer Schönheit. Wann immer sie etwas sagte, breitete sich darin das Ungesagte vielfältig aus. Er fühlte immer, daß sie viel mehr zu sagen hatte, aber

auch so selbstbewußt und uneitel war, darauf verzichten zu können. Damit verglichen war die *kämpfende Mutter*, die plötzlich auftrat und alles Recht für ihr Kind verlangte, die sich naiv und rachsüchtig gebärdete, eine bloße Peinlichkeit.
Also hatten sie eine Weile geschwiegen. Erst an der Stelle, wo sie vorhin das Geröll aus dem Weg geräumt hatten, fragte er, wie soll sie eigentlich heißen?
Das weiß ich noch nicht, sagte Ariane. Ich höre nur die ganze Zeit zu, wie es atmet.
Schläft es jetzt?
Nein, es schaut mich an. Es sieht so aus, als ob es versucht, sich an mich zu erinnern. Ist das nicht komisch? Ich habe nicht die geringste Ahnung, wie ich mich jetzt fühle. Ich weiß überhaupt nichts im Moment. Das ist alles zu schnell gekommen, so daß ich noch kein Gefühl dafür habe.
Laschen spürte im Hals eine enge trockene Hemmung, noch etwas zu sagen. Er verstand nicht, warum er sich so stolz fühlte, als hätte er selbst das Kind ins Leben gerufen, er, ein maßgeblich Beteiligter. Und gleichzeitig wehrte er sich gegen eine Veränderung, deren Folgen er erst ahnen konnte, aber schon sehr befürchten mußte. So war die Vorstellung, er säße, und das immer wieder, auch als Vorstellung immer wieder, mit Ariane beisammen, mit einem Schlag unmöglich geworden. Sie würde künftig sehr abgelenkt sein. Eigentlich hätte er sich hüten sollen, sie in dem Wunsch, ein Kind zu haben, zu bestärken. Er fuhr sehr langsam, besonders in den Kurven, übertrieben langsam.
Sie sagte, ich glaube, ich bin schon wahnsinnig vor Freude. Hier ist es, das Kind, ich halte es in den Ar-

men, das ist ganz und gar unglaublich. Vorhin noch, als wir hier hinauffuhren, habe ich von ihm nichts gewußt, und jetzt schon ist es *mein Kind*. Ah, ich höre auf, ich werde schon nicht wahnsinnig. Ich fühle mich ganz stark und gleichzeitig ganz schwach, ich traue mir nichts zu und gleichzeitig alles. Ich möchte nie wieder essen und trinken, ich brauche das alles nicht mehr. Jetzt glaubst du doch, daß ich wahnsinnig werde?
Nein, sagte Laschen, glaube ich nicht. Es ist nur schön.
Ich weiß nicht, ich bin auch ganz ratlos, unerträglich locker und leicht ist mir. Jetzt kann ich machen, was ich will, ohne daß sich dadurch etwas ändert. Ich weiß gar nicht. Es ist auch schön, wie es mir noch fremd ist, das Kind. Du, sagte sie zu dem Kind, du, mehr konnte sie noch nicht zu ihm sagen. Auf dem Rest des Weges nach Hause stieß sie immer wieder Sätze hervor, die davon handelten, wie sie sich gerade fühlte. Es sollte ihr nichts von der Verwirrung und von dem langsamen Auffinden der Gefühle verlorengehen. Es sollte damit etwas festgelegt werden, gesagt sein. Einmal wagte er es, sie im Spiegel zu betrachten – da war wieder dieses Lächeln der Entschlossenheit, das auf ihn wie eine Drohung wirkte.
Georg, sagte sie kurz darauf, ich danke dir. Vielleicht irrte er sich, aber hatte es nicht geklungen, als wolle sie einen Abschied? Nein. Sie streichelte mit einer Hand sein Haar. Es war nicht die flüchtige Aufmerksamkeit, wie Greta sie manchmal für ihn hatte, Ariane streichelte ihn langsam und bedeutungsvoll, bis ihn eine tiefe Beruhigung ganz erfüllte. Dann wieder hatte er den

unangenehmen Gedanken, es sei unstatthaft, sich mit Ariane und *ihrem* Kind so verbunden zu fühlen, er habe eigene Kinder, sei ja gar nicht frei. Unsinn. Er verriet seine Kinder nicht, konnte sie nicht verraten. Und was hier passierte, gehörte auch zu seinem Leben, ja, er freute sich über die Besonderheit und die Einmaligkeit dieses Erlebnisses. Es war alles wichtig. Und er mußte bald wieder richtig arbeiten, schreiben, er spürte, daß er es können würde, so zu schreiben, daß es wichtig ist. Er wunderte sich, warum er so unvermittelt an seine Arbeit dachte. Und sogleich befiel ihn wieder die fatale Schwäche, ein Gefühl, das er schon allzugut kannte, etwas herauszuholen und herausholen zu sollen, etwas daran finden zu sollen, das Besondere, das Wichtige an diesem allgemeinen penetranten Lebens- beziehungsweise Todeskampf, der immer so dargestellt wurde, als sei er eine Abweichung, eine Verirrung. Er glaubte daran nicht mehr, das heißt, er wollte schon daran glauben, glaubte, wenn er ehrlich sein wollte, auch manchmal von neuem daran, wie blind. Nein nein. Er ließ das übermächtige Gefühl der Vergeblichkeit zurückfluten, das einerseits seine Wahrheit war, dem er sich andererseits zu gern und willig ergab. Aber war es denn nicht ungehörig, als Journalist das massenhaft und objektiv *nur* massenhaft und damit allgemein Vorkommende wieder einmal und wieder und wieder an einzelnen Personen zu demonstrieren, in die Fülle und Massenhaftigkeit des Tötens auf der einen, des Sterbens auf der anderen Seite hineinzugreifen, um das Besondere, das Einzelschicksal grell und erschütternd beleuchtet zu sehen? Was sah man, was denn schon? Etwas blind mußte er schon werden, um überhaupt noch etwas zu sehen,

betäubt werden, um noch ein bißchen zu fühlen, verwirrt und verrückt werden, um noch einen Gedanken aushalten zu können.
Auf der Place Abi Chahla hatten sich Panzer tief in den Boden gewühlt. Auf der Insel, um die der Kreisverkehr floß, waren Sandsäcke zu langen runden Wällen gestapelt. Daneben qualmte ein zerschossenes Autowrack, auf dem Fahrersitz die Leiche eines Mannes, dessen Kopf, schwarz und runzlig, aussah, als sei er mit Gewalt über die Rückenlehne gebogen und gebrochen worden. Laschen war sofort, als er sah, daß der Mann tot war, versöhnt und beruhigt. Daß er tot war, war *nur* noch ein Trost. Für den Mann war alles vorbei, welche Schmerzen, welches Entsetzen auch in ihm gewesen sein mochten, es war vorbei und für immer vorbei. Die Türen des Wracks standen offen, was spektakulär, dramatisch aussah. Die ganze, ehedem grasbewachsene Insel war jetzt ein öl- und rußbedeckter Fleck. Es sah auch nicht so aus, als sei ein Versuch gemacht worden, den Brand zu löschen.
Ariane hatte zu alledem kein Wort gesagt. Sie beschäftigte sich auch schon wieder mit dem Kind, als sie auf der Rue Abi Chahla angehalten wurden. Laschen gab die Pässe ab, stieg aus und öffnete den Kofferraum. Drei Bewaffnete steckten die Köpfe ins Auto und betrachteten das Gesicht von Ariane und das aus dem Bündel herausschauende kleine dunkle Kindergesicht. Laschen setzte sich wieder ans Steuer, die Männer wußten mit den Pässen nichts anzufangen und redeten heftig miteinander. Laschen hatte die Kupplung getreten, den Gang eingelegt, und der rechte Fuß berührte leicht das Gaspedal. Gleichzeitig versuchte er die

Chance auszurechnen, wie weit sie sich von dem Fleck entfernt hätten, bevor das Feuer eröffnet würde. Wahrscheinlich hätten sie keine Chance. Unauffällig schaltete er in den Leerlauf zurück. Einer ging mit den Pässen weg zu einer kleinen Baracke, kam aber gleich darauf zurück und fragte Ariane auf arabisch, ob dieses Kind ihr Kind sei. Ariane antwortete, es ist mein Kind. Er gab Laschen die Pässe zurück und sagte, sie sollten weiterfahren.

XIX

Als Laschen zu Fuß zum Hotel zurückging, fühlte er sich von Ariane entlassen. Er hatte ihr noch seine Hilfe bei den notwendigen Besorgungen angeboten, sie hatte auch darüber nachgedacht, die angebotene Hilfe aber dann schon zurückgewiesen, indem sie sich dafür mit einem befremdlichen Nachdruck bedankte. Sie sagte auch, sie habe im Grunde alles im Haus, aber das glaubte er ihr nicht. Sie hatte noch rasch in der Botschaft angerufen und sich für heute entschuldigt. Bei den Auskünften, die sie einem Menschen dort geben konnte, geriet sie in ein verzücktes Sprechen; alles war so phantastisch und unglaublich, daß sie nur beteuernde Sätze bilden konnte. Es ist *wirklich* wahr, sagte sie, aber ja, *tatsächlich* habe ich ein Kind angenommen, ich sage doch, es ist hier, ehrlich, ja hier, direkt neben mir. Sie sagte, einen Namen habe das Kind noch nicht, nein, sie wolle dem Kind keinen deutschen Namen geben oder vielleicht doch: Maria. Maria sei ein deut-

scher Name und sei kein deutscher Name. Sie müsse noch nachdenken, vielleicht auch Danielle.
Auf der Rückfahrt von Baabda hatte Laschen ein merkwürdiges Bild im Kopf gehabt, ohne es zunächst zu beachten. Es war eine Bäuerin aus seinem Dorf, die sich öfter mit Greta unterhielt, wozu sie allerdings den Zaun zwischen sich und Greta brauchte, denn sonst, auf dem Dorfplatz, auf Feldwegen wich sie einem eher aus, grüßte nur scheu und entwischte. Sie hatte Laschen einmal an den Zaun gerufen, ihre angehobene blaue Schürze geöffnet, und in der lag ein noch rosiges, aber schon totes Ferkel. Er hatte ihr nicht anmerken können, was sie damit bezweckte, ob sie ihm, dem Städter, ein alltägliches Ereignis aus der Landwirtschaft zeigen wollte oder ob sie ihm damit, dringlich, etwas Unaussprechliches mitzuteilen hatte. Sie sagte nur ein paarmal *da*, hielt die Schürze geöffnet, damit er es sich genau ansähe. Für einen Moment hatte er gemeint, die Bäuerin zeige ihm eines ihrer fehlgeborenen Kinder. *Da*! Sie kannte so etwas doch gut genug. Und nun, plötzlich, hatte sie darin alle Vergeblichkeit entdeckt, den nichtigen Endpunkt aller Anstrengungen? Das tote Ferkel in der blauen Schürze und das darüber fassungslos gewordene Gesicht der Bäuerin kehrten noch häufig wieder an diesem Tag.
Laschen versuchte, in der Hamra ein paar Babysachen zu kaufen, fand aber kein geöffnetes Geschäft. Aus dem Eingang eines Cafés auf der anderen Straßenseite wurde er beim Namen gerufen. Es war Hoffmann, der ihm zuwinkte, aber sogleich wieder im Innern verschwand. Laschen überquerte die Straße. Die Tische und Stühle vor dem Café waren gestapelt und festge-

kettet, obwohl die Nachmittagssonne schwer und wie durch ein Filter gedämpft in die Straße einfiel und zusammen mit den Bewegungen der Leute eine freundliche Stimmung, eine laszive Schläfrigkeit erzeugte. An dem Tisch, an dem Hoffmann saß, saß auch Rudnik, der ihm zuwinkte. Also sieht man sich doch noch einmal, sagte Rudnik, was darf ich Ihnen bestellen?
Rudnik bestellte für Laschen ein Bier. Hoffmann wich Laschens Blicken mißmutig aus. Erst als Laschen ihn fragte, ob sich etwas Neues ereignet habe, fragte Hoffmann zurück: was, wenn ich fragen darf, hast du die ganze Zeit gemacht? Ich sag dir offen, daß ich wütend bin und bald mit meinem Kram nach Hause fahre. Das ist keine Zusammenarbeit.
Wollten Sie nicht den Waffenhandel unter die Lupe nehmen, fragte Rudnik. Laschen tat so, als habe er nichts gehört. Zu Hoffmann sagte er, ich verstehe gar nicht, warum du so eifrig bist und so persönlich beleidigt.
Heute mittag hätten wir nach Damur fahren sollen, in einem Konvoi der Palästinenser.
Haben sie angerufen?
Khaleb hat beim Portier eine Nachricht abgegeben. Wir hätten uns um spätestens vierzehn Uhr im Maazra-Hauptquartier zeigen müssen.
Hat Khaleb in der Nachricht erwähnt, ob es sich um Damur handelt?
Es kann sich nur um Damur gehandelt haben. Hast du nicht gehört, daß sie mit Artillerie von den Bergen hinunter schießen auf Damur? Hoffmann schüttelte den Kopf, ein stumpfes wütendes Lächeln im Gesicht. Er

sagte, Damur sei über die Küstenstraße nicht mehr zu erreichen, weder von Norden noch von Süden. Wir müssen also durch die Berge fahren, es ist weit. Überall in den Bergen halten sich Bewaffnete auf, Truppen oder irgendwelche Räuberbanden, die nicht danach fragen, auf welcher Seite du stehst. Aber, du stehst ja glücklicherweise auf keiner Seite. Also, ich habe verabredet, daß wir morgen früh um sieben in Maazra sind, von wo aus ein neuer Konvoi mit Nachschub bis Deir el Qamar fährt oder noch ein Stück weiter. Dort ist die Brücke über den Nahr Damur gesprengt, also geht es zu Fuß weiter. Ich hoffe, wir kommen nicht zu spät, sonst kannst du dir die ganze Geschichte aus den Fingern saugen oder abschreiben von den Amerikanern.

Mich geht es nichts an, sagte Rudnik und lehnte sich zurück. Sie schauten ihn beide interessiert an. Ihr Freund, sagte Rudnik, ist nur ungehalten darüber, daß er alles allein in die Wege leiten muß. Ich selbst bin mit ihm zum PLO-Quartier gefahren und konnte mich, in aller Bescheidenheit, ein wenig nützlich machen. Ich habe es Ihnen bereits gesagt, Herr Laschen, daß ich die besten Verbindungen habe und daß ich gern bereit bin, Ihnen einige Türen zu öffnen. Aber Sie müssen selbst entscheiden, was Sie interessiert, beziehungsweise was Sie Ihren Lesern vorenthalten wollen.

Laschen sagte ja, ja, und konnte vor Verlegenheit nur grinsen. Derart beschämten ihn diese penetranten Vorwürfe, daß er darauf nicht einmal wütend eingehen konnte. Hoffmann hatte sich schon vorher halb abgewendet, so, als könne er die Dreckarbeit getrost Rudnik überlassen. Insofern schätzte Hoffmann Rudnik

schon richtig ein, daß er nämlich Dreckarbeit gern verrichtete, besonders gern für andere, die sie auf eine überzeugende Weise von ihm verlangten. Also, Rudnik war Hoffmanns Mann, wie er Tonys Mann war und wie er sicher auch ohne Schwierigkeiten Khalebs Mann sein könnte, vielleicht lange schon war.
Rudnik sagte, in Maslakh hat gestern eine Bestrafungsaktion stattgefunden. Fünfzehn tote Muslims hat es gegeben. Mindestens fünfzehn. Diese Leutchen von der Falange sind nicht zimperlich. Hier, sehen Sie sich das an, Fotos von einem syrischen Fotografen, ich habe sie Ihrem Freund vermittelt, exklusiv für 5000 Dollar. Herr Hoffmann hat das mit Hamburg bereits erledigt . . .
Hoffmann wippte auf seinem Stuhl. Er hatte die Augen zugemacht und wollte mit dem Gespräch offensichtlich nichts mehr zu tun haben. Rudnik hielt die Mappe auf den Knien und blätterte die Fotos durch, so daß Laschen sie mit zur Seite geneigtem Kopf einigermaßen sehen konnte. Es lagen Leichen herum. Ein Maskierter hob mit zwei Fingern einen abgeschnittenen Penis in die Höhe. Ein Mann, ein ausgefranstes, durchgeschlissenes Bündel, das in einer Staubwolke über den Boden zu fliegen schien, an ein Seil gebunden, das an einem Jeep befestigt war. Eine Reihe von Männern in arabischer und europäischer Kleidung, die mit hinter den Köpfen verschränkten Armen an einer Mauer standen. Die Läufe automatischer Gewehre ragten ins Bild. Rudnik erklärte, es handle sich, ob Laschen das nicht auch für symbolkräftig halte, um eine Begrenzungsmauer des Schlachthofs. Es folgte eine Serie von Bildern, auf denen zwei Männer an der Mauer

sich umdrehten nach ihren Bewachern und getroffen die Mauer hinabrutschten.
Beim erstenmal, als ich die Bilder sah, sagte Rudnik, wäre mir beinahe schlecht geworden. Aber man muß doch allem ins Auge sehen können, jeder Wahrheit, damit man sieht, was realistisch ist. Ich könnte mir vorstellen, daß dies für Journalisten besonders gilt.
Mehr noch als beim Anblick der Bilder erschauerte Laschen jetzt beim Klang der Stimme von Rudnik, in der es auch nicht mal einen Anflug von Genuß, von Sadismus gab. Es war die trostlose Sachlichkeit darin, die ihn verstörte, diese angebliche Notwendigkeit, die Augen nie zu verschließen, die Genugtuung, sie offenhalten zu können, was auch passiert, diese mörderische Objektivität, mit der ein solcher Mensch niemals in Versuchung geriete, sich selbst mit einem Sterbenden oder Toten zu vergleichen, das Nichts und das Niemehr, in das jene hineingestürzt, für sich selbst vorbereitet zu sehen, oder auch nur für einen Moment ein anderer zu sein, fremd dem eigenen Blick.
Einen solchen Menschen könnte ich töten, dachte Laschen, aus Rache dafür, daß er sich so gut auf die Realität einstellt, aus Rache dafür, daß er soviel gesehen, aber doch kaum etwas empfunden hat. Solch ein Mensch sollte sich nicht weiter ausbreiten, nicht seinen Samen verstreuen. Den hatte ja nicht etwa ein Verstand so weit gebracht und die Erfahrungen dieses Verstandes, alles, was geschah, mit gründlich erworbener Menschenverachtung hinzunehmen. Der hatte die Menschenverachtung voraussetzungslos, der Hüllenmensch, das Organisationstalent. Laschen war

froh, daß er krank geworden war an der Unbeteiligtheit und der Verantwortungslosigkeit des Berichterstattens.
Das letzte Foto zeigte einen Maskierten in hohen blanken Schaftstiefeln. An seinem Hals hingen an Ketten mehrere unterschiedlich große Kruzifixe. Mit der einen Hand hielt er die Maschinenpistole, den Stutzen gegen die Schulter gepreßt, mit der anderen Hand hatte er in den Haarschopf eines Mädchens gegriffen, das er hinter sich herschleifte in eine Toreinfahrt.
Rudnik sagte, da könne man sich *lebhaft* vorstellen, *plastisch* geradezu, was dort gleich passieren werde. Er sagte es mit Abscheu für das, was undiszipliniert auf eigene Faust geschah. Ob Laschen überhaupt wisse, fragte Rudnik, was Vergewaltigung für ein Muslim-Mädchen bedeute.
Laschen stand auf und sagte zu Hoffmann, er möge bitte sein Bier mitbezahlen. Wenn er ihn heute abend noch sprechen wolle, könne er ihn auf seinem Zimmer erreichen, sonst würden sie sich morgen zum Frühstück treffen. Er nickte Rudnik zu und ging.
Vom Zimmer aus rief er Ariane an. Sie weinte, und vor Schluchzen konnte sie kaum sprechen. Was sie meinem Kind getan haben, sagte sie, ist unbeschreiblich, was sie ihm getan haben, als ich es noch gar nicht kannte, als ich noch nichts tun konnte. Es ist am ganzen Körper wund. Es hat Fieber. Es hat fast keine Haut mehr. Ach, ich übertreibe sicher, der Arzt muß jeden Moment kommen. Du, ich bin auf einmal so empfindlich. Ich bilde mir schon ein, daß vieles sich gegen das Kind richtet. Du, ich bin in einem fort beleidigt.

Ich hätte dir so gern geholfen, sagte Laschen. Soll ich wiederkommen?
Nein, bitte komm nicht. Ich muß es zuerst genau sehen. Und der Arzt muß hiergewesen sein. Ich muß jetzt mit dem Kind allein sein, das wirst du schon verstehen. Sie legte auf.

XX

Am Rand der Schlucht, wo ein staubiger und löchriger Weg unversehens zu Ende war, hielten die Jeeps und Panzerfahrzeuge mit den aufmontierten Geschützen. Die Munitionskisten wurden von den Lastwagen auf die Schultern junger Palästinenser gehoben, die kein Wort sprachen und die Laschen und Hoffmann während der Fahrt kaum einmal angesehen hatten. Sie kletterten mit ihren Lasten rasch über das Geröll hinunter und verschwanden hinter den Kronen der Pinien. Laschen hörte nur einzelne, wie beliebig hier und da abgegebene Schüsse. Hoffmann fotografierte den Konvoi, der vom Grün freundlich umrahmt aussah wie ein Treck durch die Tropen. Er drehte sich ein paarmal nach Khaleb um, der sich an den Kotflügel eines Lastwagens gelehnt hatte und rauchte. Zwei Männer, die wie Skifahrer schwarze Wollmützen trugen und sich Tücher um den Hals geknotet hatten, folgten den Trägern mit ihren Kalaschnikows, den Finger am Abzug, die Schultergurte straff gespannt. Khaleb winkte Hoffmann und Laschen zu sich. Er ermahnte sie, immer zurückzubleiben hinter der ersten Linie und Anordnungen genau zu befolgen. Und, was immer Sie erleben mögen, vergessen Sie nie, daß Damur die Folge ist von Karantina und Maslakh. Und nun gehen Sie! Verlieren Sie nicht den Anschluß.

Sie gingen den Trägern nach. Hoffmann wechselte im Gehen die Filme aus. Laschen trug die Tasche mit dem Material. Hinter ihnen gingen noch zwei Bewaffnete in knapp sitzenden olivgrünen Parkas, die manchmal stehenblieben, um sich umzusehen, in den Gesichtern den Ausdruck beiläufiger Aufmerksamkeit. Jedesmal wenn Laschen stehenblieb und sich nach ihnen umdrehte, forderten sie ihn auf, das zu unterlassen und sofort weiterzugehen, indem sie die Läufe der Waffen eindeutig schwenkten.

Sie erreichten bald den Lauf des Nahr el Damur, wo sie auch das Ende der Trägerkolonne wiedersahen. Das Wasser war klar und stäubte über steilem Gefälle rosafarben auf. Oben auf der aufragenden Klippe am anderen Ufer war eine Mörserstellung. Vier Mann saßen auf dem Wall mit baumelnden Beinen und beobachteten sie. Die Träger sprangen behutsam durch den Bachlauf, in den hinein Felsbrocken gewälzt worden waren, so daß man leicht trockenen Fußes hinüberkommen konnte. Weiter unterhalb sahen sie die Pfeilerstümpfe der gesprengten Sandsteinbrücke. Dort war auch auf der anderen Seite die Schotterstraße zu sehen, die, bevor die Brücke gesprengt worden war, Deir el Qamar und Damur verbunden hatte; sie schlängelte fort von der Brückenruine, weiter hinab, als sei gar nichts unterbrochen, doch keiner der Träger setzte seinen Fuß darauf, alle blieben sie auf dieser Seite dicht am Ufer, wo sie mit der Last klettern und hüpfen mußten. Es waren jetzt auch Schreie zu hören, wie von

Leuten, die sich, einen Lärm übertönend, gegenseitig Zuspruch geben. Nach einer Maschinengewehrsalve war es wieder still, dann waren die Stimmen wieder da, diesmal aus anderer Richtung, aber sehr nah. Es waren brummende Stimmen, von Suchenden. Dann wieder Stille, in der ein neuer Lärm sich aufbauen konnte.

Die Schüsse wurden offenbar, wie er es angenommen hatte, aus Versehen abgegeben, keine Absicht war vorstellbar. Nicht, daß Laschen es geglaubt hätte, es war nur unabweisbar so. Unter der dicken Jacke und dem Pullover fühlte er den Schweiß ausbrechen. Schmetterlinge überquerten den Bach, bunte Vögel zirpten, und er würde schreiben, daß in den Gesteinspalten noch wilde Veilchen blühten. Er dachte an Ariane, wie sie das Kind umsorgte, wie sie ein Lied sang. Er dachte an zu Hause, wo die nach dem Regen dampfende Fichtenschonung war, in der er einmal hätte sterben können. Mit dem Auto war er in immer unwegsamere, bewachsenere und verengtere Wege hineingefahren, ohne jeden Gedanken an Rückkehr, ja, er hatte schon auf eine Rückkehr verzichtet, und war schließlich stehengeblieben, zum Stehen gekommen im Gestrüpp, den Kopf ans Seitenfenster geschlagen und dann gelehnt. So hatte er stundenlang dagesessen, in einsamer selbstmörderischer Ruhe, und gleichzeitig war auch etwas schon vorbei gewesen, so wie die Welt nach einem Unfall ganz leer ist und durchsichtig und in vollkommener Ruhe betrachtet werden kann. Er hatte weiter nichts gesehen als um sich herum die dünnen Stämme, das feine gewaschene Grün am Boden, die Nässe. Diese Erinnerung hatte sich am Morgen nach dem Aufwachen so festgehakt in sein Tagesgedächtnis, daß er meinte, von dem Ereignis auch geträumt zu haben. Gerade, weil es jetzt so unbedeutend und zufällig da war, konnte er darin seine ganze Selbstentferntheit erkennen, den ganzen Lebensverlust, aber es war auch schön, eine solche Erinnerung, ein solches Bild dafür zu haben, so brauchten diese Verlust- und Verlorenheitsgefühle nicht beziehungslos herumzuirren in Räumen. Ariane salbte und puderte jetzt ihr Kind. Er wünschte ihr, alles solle gut sein. Ja, die Haut heilte schnell. Es war für ihn kein Elend mehr, krank geworden zu sein. Er wollte es zu Ende bringen, und sei es nur, um es hinter sich zu haben. Er wollte auch, daß es mit ihm noch schlimmer komme. Da würde er die Entschuldigung für seinen Zustand, sein Versagen auch, finden, die er jedoch dann nicht mehr vorbringen wollte. Unglücklich brauchte er dann auch nicht mehr zu sein, im Gegenteil. Und es erschien ihm als sehr wahrscheinlich, daß er Greta und die Kinder verlassen würde, um mit Ariane zusammenzubleiben.

Hoffmann war ihm ein Stück weit voraus gewesen und wartete nun auf ihn. Hinter sich hörten sie die Schritte der beiden Schlußleute. Die Kameras baumelten Hoffmann vor der Brust, sie schlugen auch gegeneinander, und bei jedem Sprung im Bachbett nahm er sie in die Hände.

Sie waren nur noch ein paar hundert Meter von der Küstenstraße entfernt. Sie hörten wieder Schreie und Schüsse, hörten die Feuer prasseln und sahen den Rauch unter den Dächern hervorquellen. Das Meer schimmerte weich und lockend in den Bögen des Viadukts. Die Kirchenglocken läuteten; man sah sie im Turm hin und herschwingen.

Sie folgten den Trägern, die den Wasserlauf verließen und die Böschung hinaufkletterten. Oben ließen sie sich auf Nadelboden und bemoosten Steinen nieder; überall standen die Munitionskisten herum. In einer kleinen Piniengruppe befand sich ein MG-Nest. Die Schützen schienen vergnügt darüber zu sein, daß es nichts mehr zu tun gab. Sie konnten direkt in Gärten hinunterschauen, in denen Kleidungsstücke, Haushaltsgegenstände und Autoteile verstreut lagen.
Die Stadt war in diesem Ausschnitt eine Ansammlung eng zusammengerückter, den Hang hinaufgeschobener gelber Häuser, aus größerer Entfernung ein ordentlicher Anblick, doch aus der Nähe betrachtet schienen die Ränder und Konturen, alle Mauern und Kanten von einem Sturm zerrieben, zerbröselt unter Erschütterungen, so daß alles aus noch größerer Nähe betrachtet ins Andeutungsweise hinüberwechselte. Trotzdem wiederholte sich für Laschen abermals das Gefühl, auf einen Schwindel hereinzufallen, einer unbedeutenden Übung beizuwohnen. Hoffmann blickte durch die Sucher der Kameras auf Damur hinunter. Dann drehte er sich um und fotografierte die regungslos zwischen den Kisten hockenden Träger, auch das gut getarnte MG-Nest mit den herüberfeixenden Schützen.
Die beiden Bewaffneten, die ihnen gefolgt waren, kamen näher und fragten, ob sie bereit seien, weiterzugehen. Sie erhoben sich und gingen mit. Sie liefen da unten schnell und tief gebückt durch die Gärten, obwohl gerade überhaupt nicht geschossen wurde. Durch eine lange, vollkommen verlassen und verödet aussehende Gasse hindurch sahen sie den regen Verkehr im Zen-

trum. Hoffmann ging zielstrebig vor ihm, den Nacken gespannt, die Arme abgewinkelt. Der kleine Platz, eine Straßenkreuzung, schien alles Sonnenlicht einzufangen, wie eine Bühne, auf der die Akteure blindlings sich verausgabten in schnell aufeinanderfolgenden unsinnigen Auftritten und Abgängen. Auf den Gehsteigen lagen Leichen, in Fenster- und Türöffnungen saßen dösende Kämpfer, Fatah-Leute, junge Drusen aus dem Chouf, linke Muslims aus dem Süden. Lastwagen und Jeeps versperrten die Gassen. Aus brennenden Häusern wurden Möbel und Geräte geschleppt, Stoffballen, Kisten, Teppiche. Sie wurden in ein kleines Haus mit flachem Dach geführt, eher eine Baracke. Welcome to Lebanon! Eine Szene. Ein Knabe mit harten kleinen Augen brachte ihnen Kaffee in Pappbechern.

Schreiben Sie, sagte ein Offizier, die Schlacht um Damur ist geschlagen, unsere Antwort auf die Massaker in Karantina und Maslakh, unsere Antwort an die Imperialisten, Faschisten und Zionisten. Jeder Tropfen Blut bringt uns weiter auf dem Weg in ein freies Palästina. Er machte eine Pause und fuhr fort, sie könnten sich hier überall umsehen, allerdings nur in bewaffneter Begleitung. Was jetzt noch kommt, sagte er, sind Säuberungen, Aufräumungsarbeiten.

Wie viele Tote hat es gegeben, fragte Laschen.

Der Offizier starrte durch das Fenster auf den Platz. Nach einer Weile sagte er, er hasse es, Geiseln zu nehmen, aber es sei die einzige Möglichkeit, eine Balance zu schaffen, ein Pfand in die Hand zu bekommen für das Leben von Kampfgefährten und nicht selten von Frauen und Kindern. Die Toten, Sir, die Toten waren

alle schwer bewaffnet. Laschen nickte. Hoffmann ließ den Jungen durch den Sucher nach draußen schauen. Der Offizier sagte, Hoffmann könne alles fotografieren, sie hätten nichts zu verbergen, die Welt solle ruhig sehen, was hier passiert sei. Daß die Toten es kaum verdienten, gezählt zu werden, Laschen verstand es, daß man kaum noch von ihnen Notiz nahm. Sie waren jetzt wertlos, höchstens waren die Leichen eine unangenehme Erinnerung daran, daß man sie würde beseitigen müssen. Laschen war entsetzt darüber, daß er so schnell und widerstandslos jede Notwendigkeit einsehen konnte, es war ein Sog, er verstand es und hatte doch nichts davon verstehen wollen; er sah die Notwendigkeit der Vernichtung der Feinde ein und hatte sie doch gerade nicht einsehen wollen. Diese monströsen tragischen Soldaten hier, halb uniformiert, hatten einen geraden, an die Gerechtigkeit wenigstens glaubenden Blick. Es hatte alles sein müssen, was geschehen war, insofern war alles geschehen. Zwischen einigen Überschriften wollte er sich entscheiden: Die Schlacht um Damur, Der Untergang von Damur, Das Massaker von Damur. Draußen wurden Bahren mit Verwundeten vorbeigetragen. Eigene Leute, sagte der Offizier, sehen Sie nur, allesamt gute Leute, aber wir gehen gestärkt aus diesem Kampf hervor.
Geschwächt und gestärkt also. Laschen dachte darüber nach. Es war wie mit der Ruhe und dem Lärm. Aus dem einen sprang das andere hervor, die unweigerliche Ruhe aus dem unweigerlichen Lärm, die unweigerliche Stärke aus der unweigerlichen Schwäche. Alles zerrt und stülpt sich um in sein Gegenteil. Eine gewaltige Chemie der Absichten oder die Absichten der Chemie.

Das Denken dagegen geschah abgeschirmt, unter Betäubung. Eine Empfindung für das Gedachte entstand nicht, auch keine Empfindung für das Erfahrene. Ein tot daliegender Körper hatte nichts mit dem eigenen Sterben zu tun, wie er auch nicht mehr als Geisel zu verwenden war. Auch er erwartete ja nicht, daß die Toten augenblicklich aufstünden und hinkend ihrer Wege gingen. Sie waren wirklich tot, und der Schrekken bei ihrem Anblick war lange vorbereitet und geübt worden. Auf die nackten rußgeschwärzten Füße hatten sich Fliegen niedergelassen. Der Offizier ging ihnen voraus und führte sie zu etwas, wie er sagte, Erfreulicherem, einem knisternden Gluthaufen, über dem ein riesiger Fleischspieß gedreht wurde.
Hoffmann fotografierte wenig, wenn, dann ging es sehr rasch, und kaum jemand wurde darauf aufmerksam. An den Füßen angefaßt, wurden Leichen von der Straße herunter hinter die Häuser geschleift. Die Arme, die Gesichter sahen wächsern aus. Die Brust- und Kopfbehaarung sah aus wie angeklebt, der Ausdruck in den Gesichtern war erstorben, zurückgenommen, so, als hätten sie im letzten Moment noch etwas für sich behalten wollen, an das nun niemand mehr herankam.
Die Verwundeten auf den Bahren waren ein geradezu aufmunternder Anblick. Beinahe getötet worden zu sein, das verstand Laschen. Ein Junge wurde im Laufschritt vorbeigetragen, sein Blut floß neben der Hüfte von der Bahre herab, und er hob ein paarmal den Arm, als wolle er winken, bevor er ihm wieder zur Seite herabfiel. Das Blut mußte rasch gestillt werden. Laschen wünschte es inständig. Hoffmann fotografierte, als die

Bahre auf einen Lastwagen geschoben wurde, heraus aus der Helligkeit und hinein in einen dunklen Raum. Laschen hätte am liebsten alle Beteiligten zu größerer Eile angehalten.
Kleine Gruppen von Eroberern trieben sich jetzt nur herum. Schwarze, weit auseinanderstehende Bartstoppeln. Es waren jugendliche Kämpfer der Fatah, die nicht plünderten, nichts anrührten. Sie stiegen hinten in einen Jeep ein, der Offizier, der seinen Kaffeebecher mitgenommen hatte, saß vorn neben dem Fahrer, der eine leicht ansteigende Straße hinauffuhr. Sie konnten dann wieder auf die Dächer von Damur schauen, und hinter den grünen Wänden der Bananenfelder lag das Meer gleißend in der Sonne.
Am Ende der Straße brannten mehrere Häuser, sie hörten die Flammen vom Wind fauchen und das Holz bersten. Wie schwarzer Schnee kam die Asche verbrannten Papiers die Straße heraufgeweht. Es waren lauter Leute in Zivil, die aus den Häusern im Laufschritt das Inventar herausschleppten, Kleider, Anzüge, Decken über Schultern und Arme geworfen, Kisten, Kühlschränke zu zweit angefaßt. Alles wurde in den großen alten Limousinen verstaut, auf den Dachgepäckträgern festgebunden. Unter welchen Gefahren waren sie überhaupt mit den Autos hierher gelangt? Der Offizier erklärte: people from Saida, they must pay an admission, to take those things away. Richtig, Laschen nickte, warum hätte auch das alles mitverbrennen sollen? Wenn Tote in den Häusern wären, würden sie mitverbrennen. Die Plünderer trügen bestimmt keine Leichen heraus. In Karantina, so war erzählt worden, hatten die Falangisten Tote in brennen-

de Häuser geworfen. An den Klippen und überall unter Brücken wurden Leichen verbrannt. Hoffmann fotografierte die Plünderungen und fragte ihn, ob er keine Notizen mache. Laschen sagte nein, und Hoffmann schüttelte, das Auge am Sucher, den Kopf. Er hatte recht, gewöhnlich machte Laschen Notizen, es fiel ihm sogar leicht, im Gehen oder sitzend im Auto, aber jetzt war wieder dieses starke Vergeblichkeitsgefühl da, das alle Möglichkeiten, etwas zu tun, schon in der Vorstellung lähmte. Er entschuldigte sich vor sich selbst damit, daß er seinem Gedächtnis vertraue, in Wirklichkeit vertraute er nur darauf, daß sein Gedächtnis möglichst schnell möglichst viel verlor, damit er nicht darauf zurückkommen müsse. Er kannte all die Lähmungen schon, die diesem Gefühl folgten, den völligen Mangel an Empörung gegen das hier Sichtbare. Gegen niemanden hatte er etwas einzuwenden, auch nicht gegen die Plünderer, nicht einmal Verachtung gelang ihm. Er wich den eigenen, nachsetzenden Blicken aus, auch den Gedanken darüber. Er spürte, wie instinktiv er schon jeder Möglichkeit aus dem Wege ging. Er beneidete die *Beat*-Reporter um ihre, wie er meinte, Unanfechtbarkeit, darum, wie sie mit zuverlässigem Mut ihre Arbeit machten, das hieß, wie sie bei der Sache waren, gleichgültig, was es war.
Sie waren ausgestiegen, der Jeep fuhr davon. Der Offizier verjagte zwei Männer mit ihren schwer beladenen, tief hängenden Wagen, die noch immer mehr Dinge heranschleppten und verstauten, ein Bündel Regenschirme, einen Samowar aus Messing, einen Trockenfön. Mit gekränkten, ja beleidigten Gesichtern setzten sie sich ins Auto und fuhren weg.

Als aus einem Haus Schüsse abgegeben wurden, zog der Offizier Laschen und Hoffmann hinter einen Mauervorsprung. Man sah nichts in dem Haus, dessen Fenster kaputt waren und schief in den Scharnieren hingen. Die anderen Plünderer sprangen in die Autos und jagten davon. Auf der Straße kniete ein Mann, an seinem roten, mit einem weißen Tuch umwickelten Tarbusch als Druse zu erkennen, und versuchte aufzustehen. Er war ins Bein getroffen worden. Seine Lippen bewegten sich. Schließlich ließ er sich auf die Seite fallen und robbte auf den Unterarmen weg in den Schatten eines Hauses. Hinter der Hausecke, neben Hoffmann und Laschen, wurde ein MG postiert und vorsichtig an die Ecke herangeschoben. Die Schüsse rissen in langen Reihen den Verputz auf. Ein junger Kämpfer rannte gebückt durch den toten Winkel unter den Fenstern und warf eine Handgranate hinein. Nach der Detonation, als Rauch und Staub aus den Fenstern quollen, hörte Laschen gleichbleibendes, wie für eine lange Zeit angestimmtes Klagegeschrei.
Der Offizier trat aus der Deckung hervor und gab arabische Kommandos. Eine Gruppe Uniformierter stürmte das Haus, einige im Hechtsprung durch die Fensteröffnungen. Sie hörten noch einen einzigen Schuß, dann nur noch die Wehklage einer Frauenstimme. Aus der Tür heraus traten ein Mann mit hinter dem Kopf verschränkten Armen, zwei etwa zehn- und fünfzehnjährige Jungen auf die gleiche Weise, schließlich die Frau mit einem toten Kind in den Armen. Die Soldaten gingen vor ihnen her, rückwärts, die Waffen im Anschlag. Es folgte ihnen der Mann, der sich immer umschaute, um die Frau mit dem Kind im Auge

zu behalten. Es näherte sich ihr ein Mann mit einem Arztkoffer, am Arm die weiße Binde mit rotem Halbmond. Die Frau hielt ihm das Kind mit ausgestreckten Armen entgegen, ohne ihren Klagegesang zu unterbrechen. Er horchte das Kind ab, steckte aber das Stethoskop sogleich wieder ein, drehte sich um und ging weg. Die Frau preßte das Kind an sich. Der Mann und der ältere Sohn wurden um die Ecke herumgeführt, wo noch das MG aufgebockt stand. Der Offizier gab den Soldaten ein Handzeichen, und einer nahm in etwa fünf Meter Entfernung Aufstellung, eine Kalaschnikow im Anschlag. Nein, rief Laschen und packte mit beiden Händen einen Arm des Offiziers. Der schüttelte die Hände ab und sah ihn mit Bedauern an. Nein, schrie Laschen noch einmal, als er sah, daß der Offizier dem Schützen zunickte. Dann gingen die Kugeln durch die beiden Körper, es waren sehr viele Einzelschüsse. Die Körper standen mit den Gesichtern zur Hauswand. In der folgenden Stille rutschten die Körper die Wand hinunter, man konnte das Schürfen hören und ein Geräusch, das wie ein tiefes Ausatmen klang. Schwer lag die Hand des Offiziers auf Laschens Schulter, und Hoffmanns Gesicht erschien vor ihm und sagte, sei ruhig, du kannst doch nicht durchdrehen. Ich habe die Bilder. Ich habe alles drauf. Das ist gut, sagte Laschen, und er sah, wie der gefallene Mann, eine Hand, die auf dem Pflaster lag, an sich heranzog. Ja, zum letztenmal, beide Körper lagen ganz still. Laschen sah das Gesicht des Jungen weich auf dem Pflaster aufliegen. Wie geistesgegenwärtig hatte er gerade noch ausgesehen, Laschen blickte auf die Beine, auf denen der Junge ge-

rade noch gegangen war, Schritte hinter dem Vater her, und er glaubte, endlich diesen Offizier, alle diese Leute hassen zu können.
Die Frau wurde daran gehindert, mit ihrem toten Kind und dem anderen Sohn in das Haus zurückzugehen. Das Haus brannte. Sie schien alles vergessen zu haben und beharrte nur darauf, zurückzugehen in das Haus. Dann stand sie wieder da und drückte das tote Kind an ihr Gesicht. Laschen ging zu ihr hin, der Offizier folgte ihm. Wie heißen Sie, fragte Laschen die Frau auf englisch. Ghorayeb, sagte sie und sprach sofort auf arabisch weiter, laut flehend. Der Offizier übersetzte: sie fragt, wohin wir ihren Mann und ihren Sohn gebracht haben und wann sie beide zu ihr zurückkehren dürfen. Laschen strengte sich an, seine Ruhe zu bewahren, diese verfluchte Gegenwart für kurze Zeit nur auszuhalten. Zwei Männer, die auch Armbinden mit dem roten Halbmond trugen, Sanitäter, versuchten, der Frau das tote Kind abzunehmen, doch sie ließ es nicht los, und die Sanitäter vermochten es nicht, das Kind mit Gewalt zu nehmen. Sie wurde, von dem Sohn gefolgt, zu einem Lastwagen geführt, und man half ihr beim Einsteigen und ließ ihr vorläufig das Kind.
Auch die beiden Leichen waren, als sie an die Straßenecke zurückkehrten, schon weggeschafft worden. Er erinnerte sich an einen Traum, von dem er einmal aufgewacht war: Er ist in ein Haus gegangen, dessen Räume alle leer sind, die Treppen unverkleidet wie in einem Rohbau. Auf staubigem Zementboden, in der Ecke, wo ein Streifen Wellpappe ausgebreitet ist, liegt ein Kind. Greta ist bei dem Kind, und zuerst ist es tot,

dann bewegt es sich, und Greta sagt, es ist eine schwere Krankheit, alles hängt jetzt von uns beiden ab. Ein kleines Mädchen, er kennt es nicht, aber die Züge sind ihm doch so vertraut wie aus einem anderen Traum, er hat keinen Zweifel, daß es sein Kind ist. Vom Fenster aus sieht er auf einen Platz. Zwei Straßen führen parallel zueinander auf einen anderen Platz zu, auf dem ein großes Denkmal steht, das er jedoch in seiner Bedeutung nicht erkennen kann.

Und als er mit Ariane über den Markt auf dem Platz der Märtyrer gegangen war, hatte sie ihm erzählt, die Katajebs hätten mit aufgepflanzten Bajonetten schwangeren Frauen die Bäuche aufgeschnitten, bei lebendigem Leibe, ja, viel zu lange bei lebendigem Leibe. Er hatte, während sie ihm das erzählte, einen Fisch betrachtet, der dalag mit jappendem Maul und ein paarmal hochschnellte. Die Augen hatten für ihn einen verborgenen Ausdruck gehabt, und er rätselte herum und konnte sich nur schwer von dem Anblick lösen. Es stimmte, was Ariane ihm erzählt hatte, eine Agenturmeldung, in der die Hauptsachen und am häufigsten vorkommenden Greuel aufgezählt waren, bestätigte es, und beim Lesen der Meldung hatte er wieder die Fischaugen gesehen.

Der Offizier machte ein persönlich betroffenes Gesicht. Sie hätten nun, wie beabsichtigt, einen Eindruck gewonnen, keinen angenehmen, das wolle er einräumen, doch es seien die Bewohner der Stadt oftmals vor sinnlosem Widerstand gewarnt worden. Laschen nickte schon wieder. Alles, was geschah oder was behauptet wurde, sprach für sich selbst, alles hatte mit einemmal eine Überzeugungsstärke, gegen die wenig zu machen war. Und er konnte auch alles einsehen, war einverstanden, fand das scheußlich, war aber einverstanden.

Sollte er die Ereignisse in das Präsens hineinschreiben, näher an die Leser heran? Ghorayeb, den Namen schrieb er ins Notizbuch. Der Himmel zwischen den Häusern war blau, der Rauch zog Strähnen und Adern hindurch, doch das Licht auf den Straßen war glasig weiß wie das Fleisch von Maden. Es konnte kein wirkliches Licht sein, wie auch der Ort kein wirklicher Ort sein konnte und die Zeit eine andere, absonderliche sein mußte. Alles schien eher das Ergebnis haltloser Beschäftigungen und heilloser mit dem eigenen Kopf und im eigenen Kopf zu sein, die Toten entsprangen seiner Phantasie. Auf die Palästinenser war er aber trotzdem wütend, weil sie ihn, der sympathisierte, vor den Kopf gestoßen hatten. Ihre Forderungen waren nicht mehr gerecht, sondern verwerflich, weil ihre Methoden verwerflich waren. Laschen meinte sowieso, es solle auf der Welt überhaupt kein erreichtes oder zu erreichendes Ziel mehr bewertet werden, sondern nur noch der Weg, die Art der Bewegung. Er hatte jetzt keine Lust mehr zu differenzieren, sondern alle, alle zu disqualifizieren. Was half es nun noch den Palästinensern, daß sie sich lange aus dem Krieg herausgehalten hatten? Es zählte nicht mehr.

Der Offizier fragte ihn, ob er die Greueltaten der Falangisten in Karantina gesehen habe. Nein? Dann haben Sie jetzt keine gerechten Gedanken.

Meine Gedanken, sagte Laschen, sind nicht so wichtig, aber ich habe hier etwas gesehen, was fürchterlich ist.

Sie haben also nicht gesehen, wie sie in Karantina und in Maslakh und in Dbaiye unsere Kinder abgeschlachtet haben, wie sie uns getötet haben nach den schlimmsten Folterungen, uns vergewaltigt und bespuckt und verbrannt und zu Tode geschleift haben und wie sie sich daran ergötzt haben?
Sie haben befohlen, den Mann und seinen Sohn zu töten! Er fühlte sich wanken, und es klang besserwisserisch, er begriff es nicht, und eigentlich war es nur albern, heute jemanden daran zu erinnern: du sollst nicht töten.
Das habe ich, sagte der Offizier, und dabei habe ich mich nicht gut gefühlt. Beide haben diese Bestrafung riskiert. Ich habe sie nicht quälen lassen, obwohl sie fanatisch Widerstand geleistet haben. Sie haben gekämpft gegen die Befreiung Palästinas.
Laschen winkte ab, er wolle solche Sätze nicht mehr hören. Ist es nicht wirklich komisch und tragisch, daß man solches Zeug *überall* zu hören kriegt. Alle Beteiligten haben etwas zu verbergen, zu entschuldigen, zu beschwichtigen. Alle sind falsch geworden und alles. Alle Rechtfertigungen sind nur noch tragisch und komisch. Was heißt es schon, irgendein historisches Recht zu haben und es zurückzugewinnen? Verwandelt es sich auf dem Wege nicht in sein Gegenteil?
Der Offizier sagte, Sie sind ein Fatalist. Einen solchen Standpunkt kann ich nicht verstehen. Ich habe mich entschieden, ein Recht wiederherzustellen, zu kämpfen für die Befreiung Palästinas, und insofern verstehe ich Sie nicht.
Laschen wunderte sich. Er fuchtelte mit seiner Meinung herum, als sei sie eine moralische Instanz. Er

konnte ja gar nicht leugnen, daß ihm entschiedenes, zielgerichtetes Tun gefiel. Er konnte nicht einmal einem Mann, der einen anderen töten wollte, überzeugend in den Arm fallen. Im entscheidenden Moment wurde er sich selbst unglaubwürdig, konnte nur *nein* schreien und alles geschehen lassen. Diese Palästinenser sollten getötet werden, es gab ein Komplott, ihr Problem aus der Welt zu schaffen, indem man sie aus der Welt schaffte – sie sollten getötet werden, also töteten sie. Recht und Unrecht rotierten als Begriffe so schnell, daß sie ununterscheidbar waren, Recht und Unrecht waren bis zur Unkenntlichkeit vertauscht worden, gab es nicht, schien es nie gegeben zu haben. Nur Räume und Zeiten sollten siegen über Räume und Zeiten, eine Behauptung sollte die andere besiegen, eine Geschichte die andere. Ein Tod in Fortsetzung sollte geschehen, damit eine einzige Wahrheit am Leben bleiben konnte, eine einzige Wahrheit und ihre Darstellung. Wenn nur dieses Licht nicht wäre, der schöne leuchtende Himmel, die Berge funkelnd in der Mittagssonne. Dieses Licht beruhigte ihn jetzt nicht, dieses akrobatische Blau beruhigte ihn nicht, gerade deshalb nicht, weil es ihm so unzerstörbar erschien, weil darunter alles geschehen konnte und dann auch immer eindeutig geschehen war.
Sie kamen an eine Straßenkreuzung, wo viele Frauen und Kinder auf engem Raum zusammengehalten wurden. Die Münder waren verschlossen. Die Kinder betrugen sich geduldig und hielten die Hände ihrer Mütter fest. Sie waren noch einmal sorgfältig angekleidet, doch ihre Knie waren schon aufgeschürft, sie trugen kleine Mullverbände, die Kragen und die Strümpfe

waren schmutzig und verstaubt. Man hatte sie schnell herausgerissen und in eine neue Situation hineingesteckt. Man sah, daß ihnen dieser Platz ihrer Stadt unbekannt war oder so verwandelt. Sie ahmten den Trotz in den Gesichtern ihrer Mütter nach.

Eine kleine Gruppe vorwiegend älterer Männer war von ihnen abgesondert worden. Sie wurden zuerst, die Hände um den Nacken verschränkt, vorangestoßen von Gewehrläufen zu einem Transportfahrzeug. Den Frauen und Kindern half man später beim Aufsteigen auf einen anderen Lastwagen, und es sah trotz allem nach einer Höflichkeit aus.

Laschen empfand einen Groll gegen sich, als er wieder nur zusah, wie einigen schwachen Personen beim Aufsteigen geholfen wurde. So empfindlich du auch geblieben bist, von Kindheit an, so bist du als ein Berichterstatter doch zu einem empfindungslosen Monstrum geworden. Dein Pech ist nur, daß du dich in jeder Lebenslage an die dazu passenden Gefühle erinnerst. Das macht dir zu schaffen, aber auch davon hast du ja etwas, nicht wahr. Wenn du ein Palästinenser wärst, würdest du als ein solcher handeln und so weiter, und das ist höchst wahrscheinlich. Wo nimmst du dich her? Als welcher handelst du? Und welche erstaunlichen Bestimmungen stecken erst in diesem Hoffmann, welch eine triumphale Neutralität des Blicks durch den Sucher, welch eine brutale Zivilisiertheit? Und erst Ariane. Das hatte doch auch alles mit ihr zu tun, die Gesichter, stumm und eingeschworen auf ein Töten und Getötetwerden. Das kränkte ihn alles so und machte ihn unentschieden und schwankend. Die waren ihm sehr nahe, die Gesichter, schön und verschlossen. Und die

Waffen, die sie trugen, waren, egal woher sie stammten und welchen Kalibers sie waren, die Waffen der Schwachen, der Abgeschriebenen.
Der Rauch brannte in den Augen, die klare Wärme der Januarsonne spürte er auf den Handrücken und am Hals. Es roch nach verbranntem Lack. Ariane mußte längst zu einem größeren, wenn auch stillschweigenden Einverständnis mit allen Ereignissen gekommen sein, zu einer passiven Beteiligung, die ihm um so unheimlicher war, als er sie bei ihr nur vermutete. Hatte sie ihn nicht in ihrer sanften Rücksichtslosigkeit aufgefordert, Araber zu werden wie sie? Er aber wies nur alles von sich, ließ die Mörder wie die Opfer aus dem Blick verschwinden, nachdem er sie beide rasch aus der Menschengeschichte hatte verschwinden lassen. Arianes Mann war doch maronitischer Katholik gewesen. Wer nicht kämpfte oder seine Söhne nicht zum Kämpfen schickte, der mußte sich freikaufen mit ziemlich viel Geld. Er lehnte alles ab, Laschen, pochte auf sein Entsetzen angesichts von Unmenschlichkeit. Es war das Entsetzen des Herrn aus Deutschland. Es entsetzten ihn vor allem solche Ereignisse, deretwegen er doch hergekommen war, um darüber zu berichten, solche Ereignisse, denen er, letztlich, seine Bezahlung verdankte. Er konnte gut leiden an unverständlicher Grausamkeit. Er glaubte doch wohl nicht, daß sein Bericht den Leser ermahnen würde. Glaubte er nicht vielmehr, daß er für Geld ein Entsetzen lieferte, für das es eine Nachfrage gab, eine unersättliche. *Immer mehr Leute wollen immer mehr wissen über ihren eigenen Stellvertreterkrieg.* Das war die Wahrheit, die ihn antrieb und die sich gleichzeitig als dicke Betrachter-

wand aus Glas vor sein Sehen schob, so daß sein Sehen verödete. Es war fortan ein bezugloses Sehen, er hätte auch sagen können, ein *reines* Sehen. Und wo waren die Gefühle, die Wahrheiten des eigenen Körpers geblieben, wo die Schmerzen, das heillose und untröstliche Mitgefühl, die, wenn schon, ohnmächtige Wut, die wütende Trauer um das Leben der Welt, um das Leben von dir selbst, Laschen, die dich niederwerfen müßte in den Staub. Er selbst hatte aufgehört wahr zu sein, wollte doch offensichtlich nicht mehr jemand sein, dann schon lieber ein Abgeschickter, ein ferngesteuerter Beobachter, ein *reines Sehen*, ein Werkzeug der Leser. Aber würde er dann noch so schöne Leidenssätze schreiben können für das Organ? Kaum. So mußte er weiter sein Berufsbild erfüllen und sich unter Aufbietung von Kräften an Gefühle erinnern und sie simulieren. Er beneidete den Offizier um seine Unfehlbarkeit, um seine Wirklichkeit, in der er für alles Erklärungen fand, ohne die Erklärungen zu benötigen.

Heute morgen – Hoffmann hatte ihn aus dem Bett geklingelt – hatte er sich wieder schwer auf die Beine gestellt gefühlt, so beladen von sich selbst, so geschwächt vom Fieber und mit schmerzenden Gelenken, daß er am liebsten sofort ins Zimmer zurückgekehrt wäre, um sich zu verdunkeln und zu verkriechen. Die Gedanken waren nichts anderes gewesen als beschränkte, sich dauernd wiederholende Erläuterungen seines beschränkten und sich auch dauernd wiederholenden Befindens. Er fühlte sich in seiner Gefühllosigkeit als Knochensack (die Gefühllosigkeit erschien ihm immer nachdrücklicher als das Instrument, mit dem zu fühlen

sei). Die Gliedmaßen, alles verdreht, lähmten sich gegenseitig. Das Licht hatte ihn, als er auf die Straße hinausgetreten war, gefällt, nur daß der Körper sich nicht fallen ließ, sondern den Schein des Gehens wie in einer anderen Wirklichkeit beibehielt. Er konnte den Kaffee im Magen schwappen hören. Alles sonst schien so weich, so eingepaßt in etwas gaumenhaft Weiches. Er war von vornherein, schon auf die bloße Aussicht hin, erschöpft. Das wahnsinnige, direkt in den Kopf hineinschlagende Gedröhn und Gehupe, Geschrei und Gehupe verstärkte noch den Wunsch zu entkommen und schnell, auf kürzestem Wege, bei Ariane zu sein.
Er war auf dem Wege zu einem kleinen Café in einer Nebenstraße der Rue Hamra gewesen, wo Hoffmann auf ihn warten wollte. Von hier aus hatte Laschen noch einmal versuchen wollen, Ariane zu erreichen, doch Hoffmann zahlte bereits und stand sofort auf, als er ihn kommen sah.
Der Offizier hatte sich entschuldigt und war von dem Jeep abgeholt worden. Laschen meinte, ihn zumindest leicht verstimmt zu haben. Sie können sich selbst weiter umsehen, allerdings auf eigene Verantwortung, hatte er gesagt. Laschen hatte schon eine Weile lang diesen Offizier verglichen mit den anderen Fatah-Leuten, die verschlossen aussahen und auf geheimnisvolle Art selbstgewiß, ganz ohne das Bedürfnis nach Anerkennung von außen. Dagegen war des Offiziers Zugänglichkeit anrüchig. Seine Verbindlichkeit war glatt, seine Diskussionsbereitschaft weichlich, und er hatte nur mit ihnen gesprochen, weil er sowieso geschwätzig war. Diesen Jungen hier waren er und Hoffmann gleichgültig. Keiner von ihnen fragte sie, was sie hier

zu suchen hatten. Nur einmal hatte einer sie gefragt: Do you want to see a family sleeping? Und dem waren sie gefolgt. Er führte sie ins Parterre eines Hauses, dessen oberes Stockwerk gebrannt hatte. Aus dem Dach stiegen noch immer dünne kleine Rauchfahnen auf.

Viele Orte verschmelzen manchmal zu einem einzigen, an dem sich dann das Geschehen krümmt zu einem verwunschenen Symbol, das fortan in der Erinnerung schwer und alptraumhaft einen festen Platz hat. Die Wohnung war noch nicht geplündert worden, vielleicht waren die Plünderer daran gehindert worden. Hier schien sich eine einmal angelegte Ordnung über das Ende hinaus erhalten zu wollen. Die dünne Staubschicht auf den Möbeln wirkte wie eine Versiegelung. Auf dem Kaminsims tickte eine in einen Marmorlöwen gefaßte Uhr. Das durch die Fenster einfallende Licht (im Flur war es farbige Bleiverglasung, in der Stationen der Kindheitsgeschichte Jesu dargestellt waren) schien von solider Festigkeit wie die Einrichtung, das gedrechselte Treppengeländer, die Wandtäfelung, die Schränke und Anrichten, die den festen Glanz von Kastanien hatten und Laschen erinnerten an die Holzaufbauten auf Schiffen.

Im Salon war ein Stück der Decke eingestürzt, das die Leiche des Mannes zur Hälfte verschüttet hatte. Auf einem Schachtisch mit Perlmutt-Intarsien stand eine ebenfalls mit Perlmutt-Intarsien versehene Kassette, in der die Schachfiguren lagen. Laschen hätte gern gewußt, ob der Deckel *noch* offenstand oder ob er später von Eindringlingen geöffnet worden war. Nichts war verwüstet, keine Kampfspuren. Auf dem Teppich, neben dem Kopf der Frau, war eine eingetrocknete Blutlache. Zwei tote Kinder lagen quer über ihrem Körper, neben ihr ein Säugling, der die Augen zu hatte, während ihre Augen offen waren. Es sah so aus, als hätte sie dem Säugling noch rasch einen Arm unter den Kopf schieben können.

Noch zwei andere Palästinenser waren ihnen ins Haus gefolgt. Keiner rührte etwas an, doch einer von ihnen zog einen Packen mit einem Gummiband zusammengehaltener Polaroidfotos aus der Tasche, den er Laschen in die Hand gab. Es waren Bilder vom Weihnachtsfest. Auf fast allen Bildern war im Hintergrund eine Tanne aus Plastik zu sehen, Geschenke, Spielzeuge auf dem Tisch und auf dem Teppich, auf dem jetzt die ganze Familie lag. Die Jungen stritten leise darüber, von welchen Positionen aus die einzelnen Bilder aufgenommen waren. Ein Foto zeigte die beiden etwa zwölfjährigen Jungen, deren Gesichter hier am Boden nicht wiederzuerkennen waren, ein anderes die Mutter, die den Säugling hoch in die Luft hob. Auf dem Bild trug sie mehrere Ringe an den Fingern der rechten Hand, die sie auch jetzt noch trug. Auf der Rückseite eines Fotos von dem Säugling war mit der Füllfeder geschrieben, das Baby könne schon den Kopf heben. Laschen wollte gar nicht wissen, woran die ganze Familie gestorben war. Am Kopf des Mannes waren keine Verletzungen zu sehen. Hoffmann machte von der Tür aus ein paar Fotos, wenn er die Haltung veränderte, sagte er, I‘m sorry. Er machte schnell. Laschen gab dem Jungen die Fotos zurück, sagte sich rasch von der Idee los, sie dem Jungen abzuschwätzen und etwas zu bezahlen. Später fragte ihn Hoffmann danach, aber er schüttelte nur den Kopf. Sie verließen alle das Haus,

und der Junge warf die Bilder zurück in den Korridor. Draußen hatte sich eine Plünderermeute angesammelt, die wütend einredete auf die Bewaffneten, von denen sie am Eindringen in bestimmte Häuser gehindert wurden. Sie waren empört, sie waren Betrogene um ihr Eintrittsgeld. Obwohl sie bezahlt hatten, durften sie jene Häuser nicht ausplündern, in denen sie die besten Brocken witterten. Dann rannten sie eben wieder in brennende Häuser, mit nassen Tüchern um den Kopf. Vielleicht würden die Häuser nach und nach alle brennen, und vielleicht würden sie dann auch hier eindringen dürfen. Eine Frau hatte vor sich einen Berg von Kleidern, die sie sich abwechselnd, indem sie den Kopf genußvoll wiegte, vor den Körper hielt. Die Männer in ihrer wütenden nicht nachlassenden Sammelwut, die Gesichter blaß vor Erregung, setzten weiter schwere Stücke auf dem Pflaster ab; sie sammelten weiter, auch wenn der Wagen überladen war. Sie türmten Waren auf, stapelten und zählten, warfen Blicke um sich von heiterer Eroberungslust.
Die Kirchenglocken läuteten schon lange nicht mehr. Es waren auch keine Schüsse mehr zu hören. Sorglosigkeit, ja Stabilität schien sich unaufhaltsam auszubreiten. Die Invasoren bewegten sich frei und ungedeckt auf den Straßen und trugen ihre Waffen nachlässig. Als sie in die Küstenstraße einbogen, hörten sie aufs neue das Prasseln und Fauchen des die Wohnetagen hinaufstürmenden Feuers. Es riecht nach verbranntem Fleisch, sagte Hoffmann. Meinst du, sagte Laschen, ich rieche es nicht, für mich riecht es nach Brand, einfach nach Verbranntem.
Warum mußte er sich sogleich wehren, wenn Hoff-

mann so etwas sagte? Was hatte er dagegen, wenn Hoffmann die Schrecken niederhielt, ganz beiläufig und klein? War er besser als Hoffmann? Hatten ihn die vorgebliche Moral und die vorgeschützten Skrupel besser gemacht? Hoffmann hielt sich nur fest an einer einmal erreichten Kondition. Er konnte kalt zusehen; sein Auftrag war seine Sicherheit, so wie andere Leute in der Ausführung von Befehlen ihre Sicherheit finden. Was sollte Laschen tun zu seiner Sicherheit? Er sah sich in Zukunft weitermachen wie bisher, aber immer heftiger angefeindet von sich selbst, immer gewalttätiger weitermachen.

XXI

Massenhafter Tod, Zahlen, ins Deutsche übersetzte Schreckensgesten. Nur keine Besinnung aufkommen lassen, lieber und besser den schnellen, alles schnell abführenden Mitteilungsstil schreiben, auf den Leser zu, damit die Schrecken nicht zu lange frei sich auswirken, sondern gebunden in der Sprache zu Sprache werden. Jeder Satz von brutaler Sachlichkeit, jeder Inhalt, auch der genaueste, eine völlige Anonymität. Er schrieb, «das Paradies, in dem das alles geschieht, seine Schönheit, wird noch lange an Vernichtung erinnern. An das, was Menschen einander antun!» Er schrieb, das Töten habe kein erkennbares politisches Ziel, allerdings politische Ursachen. Es folgte ein unmißverständlicher, unerbittlich geschriebener Angriff auf die christlichen Feudalfamilien.

Du kleiner, du fetter, du verkommener Sophist, was

du machst, das ist und bleibt Zerstreuung, da kannst du noch so konkret werden, es ist von Anfang an zerstreut. Du hast recht mit den Feudalfamilien, doch daß du damit recht hast, macht es nur noch schlimmer, weil du keine Kraft dagegen aufbietest. Dir stehen zur Verfügung ein paar zu Hause einstudierte Entrüstungsposen. Spesen. Du könntest auch gleich sagen: Entrüstungsspesen.

Er verbrachte fast den ganzen Tag im Hotel, hatte oftmals versucht, Ariane zu erreichen, immer vergeblich. Hoffmann ließ sich nicht sehen. Er war gestern abend so aufgeräumt und zufrieden gewesen, weil er sicher war, gute Bilder gemacht zu haben. Sie hatten sich noch in der Bar verabredet, wohin Laschen aber erst später nachgekommen war. Hoffmann hatte mit mehreren blonden Mädchen an der Bar gestanden. Er blickte auf, als litte er an Atemnot. Er mußte sich, bis Laschen hereinkam, in einer rasenden brutal-guten Laune befunden haben.

Im Zusammenhang mit der Serie, die er von der Erschießung der Ghorayebs gemacht hatte, war Hoffmann für das *Layout* eine Idee gekommen, die er unbedingt in Hamburg durchsetzen wollte.

Die Zeitung brachte über den Fall Damurs nur eine Agenturmeldung, in der von dreihundert Toten die Rede war. Ausführlicher wurde auf Seite zwei berichtet über ein Geisellager der Christen im Strandbad St. Simon, wo es gestern Erschießungen gegeben hatte. Am Schluß die Mutmaßung, Muslims und Palästinenser würden wohl mit denselben Mitteln reagieren. In den Mittagsnachrichten wurde tatsächlich von Geiselerschießungen der Palästinenser in Sabra gesprochen.

Um vier Uhr verließ Laschen das Hotel, und er überquerte rasch die Straße, um in den Schatten zu kommen. Die Augäpfel waren rot entzündet und angeschwollen. Wieder war das Gefühl da, im Körper würden schmerzende Membranen gezupft. Auch das Licht und der Lärm sandten in seine Richtung lauter kleine Stöße und Stiche aus. Das aus allen Richtungen ihn erreichende Gehupe war wie ein Lautgeben einzelner Organe eines großen Organismus. Die Läden hatten die Blechjalousien hochgezogen und sich auf Kunden eingerichtet. Ein Geldwechsler hatte seinen Kiosk nur einen Spaltbreit geöffnet, durch den Laschen im Halbdunkel dahinter die Augen glänzen sah wie die eines Schützen. An der Ecke der Rue Sadat waren Glasscherben zu einem Haufen zusammengekehrt worden. In den oberen Stockwerken des Hauses war kaum eine Scheibe im Rahmen geblieben. Auch in den Nachbarhäusern war hier und da an einem Fenster Pappe oder Plastikfolie befestigt worden. Ein kleiner Junge faßte ihn hart beim Arm und nötigte ihn, auf dem Schuhputzschemel Platz zu nehmen. Er nannte eigensinnig seinen Preis, fünf Lira. Laschen handelte ihn auf zwei herunter und gab ihm dann drei. Er ging weiter durch Nebenstraßen, unentschieden in der Richtung, vermied aber, die Rue Hamra zu berühren, in die er hier und da einen Einblick hatte. Es war ein hastiges Gewoge, das ihn an den früheren Betrieb im Hafen erinnerte. Alles schien hinzudrängen auf einen Höhepunkt oder Termin, und auch Laschen ging wieder schneller, nachdem er sich entschlossen hatte, ins Hotel zurückzukehren, zwar mit dem starken Gefühl, etwas Wichtiges nicht erledigt zu haben, aber drängend, weil er heraus mußte aus dieser stinkenden, lauen und auf der Haut festklebenden Luft. Dies alles erschien ihm mit einemmal als die Kehrseite dessen, was er gestern erlebt, als die betriebsame Nichtigkeit allen Geschehens. Diese Vorstellung war da, und sie war sehr deutlich, doch im nächsten Moment wie von sich selbst verschluckt.

Von der Bar her winkte ihm Rudnik zu, als hätte ihn der Hocker zufällig gerade herumgewirbelt. Laschen spürte seinen Widerwillen als einen Schmerz im Brustkorb. Wo haben Sie gesteckt, fragte Rudnik und antwortete schon selbst, ich weiß, ich weiß, Sie waren in Damur. Es ist so schade um Damur. Er sei einmal mit seinen Freunden dort gewesen, unbeschreiblich schön, die Gärten, die Häuser, die Plätze. Laschen entschuldigte sich, er müsse schnell weiter, habe nur kurz, um sich die Füße zu vertreten, die Arbeit unterbrochen.

Ja, sagte Rudnik, die Aktualität. Ein Freund von mir sagte immer, nichts ist so alt wie eine Zeitung von gestern. Aber vielleicht können Sie doch rasch ein Gläschen mit mir trinken.

Gut, sagte Laschen, ich nehme einen Martini. Im Moment war sowieso alles planlos, er wollte auch nichts konsequent entscheiden, bevor er Ariane doch noch telefonisch erreichte und sich mit ihr zum Abendessen verabredete. Rudnik sagte, er wolle nicht aufdringlich sein, und entschuldigte sich sogar für seine Frage, ob gestern die Damur-Sache sich gelohnt habe. Und er habe so ein unangenehmes Gefühl, ihm vorgestern zu nahe getreten zu sein.

Nun war es Rudniks vorgetäuschte Rücksichtnahme und Distanz, die ihn aufregte. Im Moment konnte er nichts mehr sagen, ohne grob zu werden. Auf Rudniks Frage nach der *Damur-Sache* hatte Laschen übertrieben und sarkastisch geantwortet, was Rudnik nicht aufzufallen schien. Ob es sich gelohnt hat? Und wie! Ein bißchen schwer liegt das alles im Magen, einfach zu massiv passieren die Dinge, zu dick aufgetragen, also, ein bißchen unbekömmlich im Naturzustand. Was tut also der versierte Reporter in solch einem Fall? Er dünnt die Ereignisse aus, er kühlt und kürzt sie, damit der Leser den Bericht als Tatsachenbericht akzeptiert.

Als er die Tür hinter sich zugemacht und die Jacke an die Garderobe gehängt hatte, spürte er in Kieferknochen und Zahnfleisch einen ziehenden Schmerz. Er dachte sofort an Ariane, dies sei der körperliche Ausdruck seiner Sucht nach ihr. Er konnte ihre Haut fühlen und wiedererkennen. Ihr Geruch war ihm so deutlich, als sei sie im Zimmer. Aber es beschlich ihn auch die Ahnung, sie wolle ihn nicht wiedersehen. Doch dieser Verdacht kam ihm schmutzig vor, weil es ihr so nicht ähnlich sah; sie würde ihm das klar gesagt haben. Oder noch sagen? Was war, andererseits, befremdlich daran, wenn sie eine Weile mit ihrem Kind allein sein wollte, wenn sie gar nicht fähig war in diesen Tagen, nebenbei auch für ihn noch dazusein. Sie arbeitete jetzt nur vormittags, das hatte sie gesagt, und daß sie ihr Kind dort in der Nähe haben wolle. Eine Frau hatte ihm aber am Morgen geantwortet, Ariane sei im Moment nicht zu erreichen, werde ihn aber sicherlich später anrufen. Er stellte sich vor, mit ihr zusammenzusitzen und ihr von seinen Befürchtungen zu erzählen. Dafür wies sie ihn aber lachend zurecht.

Er ließ sich auf das Bett fallen, erschöpft von Gedanken, meinte er, erreichte mit gestrecktem Arm das Radio und stellte es an. Er versuchte, Radio Monte Carlo zu bekommen, um in ein paar Minuten die Nachrichten zu hören, aber an der Stelle auf der Skala war nur starkes Rauschen und Knistern. Auch Tel Aviv war gestört, und so fand er einen wahrscheinlich syrischen Sender, in dem arabische Musik lief, eine unentwegt Schleifen ziehende und hinauf und hinab schluchzende weibliche Stimme, die von schnellen gezupften Musikeinsätzen immer weiter getrieben wurde, in immer unendlichere Windungen hinein. Alles, so empfand es Laschen, war in diesem Gesang Höhepunkt, alles der unvorhersagbare Weg der Stimme. Damit wurde alles gesungen, nichts blieb ungesungen, alle Stummheit wurde mitgesungen. Und der Beifall überraschte ihn, wenn doch ein Ende erreicht oder gesetzt worden war. Er fühlte sich danach niedergeschlagen und enttäuscht, ohne zu wissen, was alles zusammengenommen ihn so widerstandslos etwas fühlen ließ.

Wie immer stand die Tür zum Bad offen, und von Zeit zu Zeit horchte er, ob Hoffmann etwa sich im Schlaf herumwälzte oder das Badewasser laufen ließ. Oben, an einem Stutzen der Heizungsleitung, von dem die Farbe abgeblättert war, hing immer ein rostiger Wassertropfen. An allen Möbelstücken, am Kühlschrank, Tisch, Kommode, Bett waren an den Rändern kleine Stücke des künstlichen Furniers abgebrochen. Wenn der Kühlschrank sich ein- oder ausschaltete, klirrten drinnen die kleinen Fläschchen gegeneinander. Jedesmal, wenn er auf dem Bett lag, fragte er sich, ob er die Stimmen aus anderen Zimmern durch das spaltbreit geöffnete Fenster hörte oder durch die Wände. Einmal kreischte eine Frau, es klang lustig und erregt; ihr wurde jedesmal kurz und dumpf dröhnend geantwortet. Es mußte so sein, daß der Mann die Frau einfangen wollte (die Stimmen wechselten dauernd die Positionen) und sie ihm für eine Weile, um den Reiz zu erhöhen, zu entkommen suchte. Automatisch schlossen sich die Vorstellungen an von dem, was darauf folgte. Die Bilder fächerten sich in Laschens Einbildung auf wie ein Programm der Zwangsläufigkeit, und als die Frau sich von dem Mann niederwerfen und niederpressen ließ, nahm Laschen durchaus gelangweilt die eigene Erektion wahr.

Hoffmann rief an und fragte, kommst du mit nach Chtaura? Es gibt dort angeblich die beste Mezze. Rudnik kommt auch mit.

Laschen sagte nein, er sei schon verabredet für heute abend, und dadurch, daß er es sagte, war er wieder zuversichtlich, daß Ariane ihn doch noch anrufen würde.

Auch gut, sagte Hoffmann. Vielleicht klang Hoffmanns Stimme nur deshalb drohend, weil sie so stabil war, so einförmig im Ton. Von wo rufst du an, fragte Laschen.

Aus der Halle, sagte Hoffmann. Wieso fragst du?

Schon gut. Ich meinte nur, du hättest mich ja auch von draußen anrufen können.

Ja, warum nicht. Natürlich hätte ich das können.

Laschen hatte nur gehofft, die Leitung nach und von draußen sei wieder mal unterbrochen, dann hätte er eine plausible Erklärung dafür gehabt, warum Ariane bisher nicht angerufen hatte.

Wir haben schon einen Wagen bestellt, sagte Hoffmann, und die Frage ist eigentlich nur, kommst du mit oder nicht?
Und ich dachte, ich hätte bereits nein gesagt.
Laschen hörte Hoffmann schon zu Rudnik sprechen, bevor er auflegte.
Jetzt am Nachmittag hatte es zwar überhaupt keinen Sinn, doch Laschen rief trotzdem die Botschaft an und ließ es lange klingeln. Es meldete sich eine Männerstimme auf arabisch. Laschen versuchte, den Mann auf französisch und auf englisch anzusprechen, doch der antwortete auch darauf nur auf arabisch. Es hörte sich wie ein Fluchen an, wie heisere Verwünschungen.
Er wählte Arianes Nummer und sah auf den tiefliegenden Dächern noch kräftig purpurnes Sonnenlicht wie ein aufgesprühter Schleier. Ariane meldete sich, ach du, es klang ja eigentlich ganz erfreut, doch, sie sei sehr in Eile, habe noch eine Menge Dinge zu besorgen, weil sie erst soeben heimgekommen sei. Heute sind die letzten Reisewilligen abgereist. Nur der Presseattaché ist noch da und die Frau, mit der du heute gesprochen hast. Sie schwieg, und er atmete tief ein und versuchte, sich etwas zurechtzulegen.
Du, sagte sie, es tut mir leid, aber im Moment können wir uns nicht sehen.
Ich wäre aber gern mit dir zusammen, sagte er mühsam.
Ja, sagte sie.
Sehen wir uns überhaupt wieder?
Ganz bestimmt, laß mir nur etwas Zeit.
Wie geht es dem Kind?

Es hat nichts mit dem Kind zu tun, ich meine, es ist nicht die Arbeit für das Kind. Die mache ich ganz leicht, im Traum, im Schlaf. Es ist alles richtig so im Moment, aber ich will mich von nichts ablenken. Ich müßte mich zwingen, dich jetzt zu treffen, versteh doch.
Mein Gott, wie anstrengend muß ich sein, wie lästig.
Das ist nicht wahr. Nun willst du mich doch nicht verstehen. Bitte. Wir sehen uns auf jeden Fall noch.
Dieses *noch* brachte ihn vollends durcheinander. Er starrte zur Zimmerdecke hinauf und spürte einen Schmerz in sich ansteigen, bis dieser Schmerz das einzige Gefühl war, das er hatte, das aber auch nicht stark genug war, die meterdicke Betäubung, die ihn wie eine riesig aufgeblähte Schwimmweste umgab, zu durchdringen, so daß er hätte schreien können. Er konnte nicht einmal mehr sprechen. Doch, am Schluß dieser langen Pause sagte er etwas aus Leibeskräften: Ich muß dich wiedersehen, ja?
Ja, natürlich, sagte sie. Da legte er auf.
Er setzte sich an den Tisch und machte ein paar Notizen. Er schrieb mit der Füllfeder in die Kladde hinein, ein paar Beobachtungen von gestern, die ihm nicht wichtig genug erschienen waren. Er schrieb auch den Satz auf, den Ariane ihm von dem österreichischen Orientalisten wiedergegeben hatte: Ja, meine Christen in Achrafieh und Ain Rummaneh befinden sich in dem Wahn, sie seien nicht Araber, sondern Phönizier, daß ich nicht lache. Dabei tun und lassen sie alles wie Araber, weil sie Araber sind, vor allem an ihrem Lassen erkennt man sie, Christen wie Muslims, als Araber.

Diese Tüchtigkeit im Lassen verbinde sie und bezeichne sie wiederum und immer wieder als Araber und nichts sonst.
Laschen hatte die Vorstellung, Ariane und ihr Kind würden in der kommenden Nacht besonders gefährdet sein. Das Haus lag nur einen Kilometer entfernt von der umkämpften Rue Damas. Er würde sich in der Nähe aufhalten, ohne Arianes Wissen, um im Notfall helfen zu können. Sie legte ihre Arme um ihn. Das Kind hatte Fieber, und er versprach, ein Medikament zu besorgen. Dann bat sie ihn, nicht mehr zum Hotel zu fahren. Es sei zu gefährlich.
Er schloß die Kladde, knöpfte rasch das Hemd zu, nahm die Jacke über den Arm und fuhr mit dem Lift hinunter, wo er den Portier nach Hoffmann und Rudnik fragte. Sie waren vor etwa fünf Minuten weggefahren. Er bedauerte es kaum, wenn er auch wußte, daß er nun doch noch mitgefahren wäre nach Chtaura, das knapp vierzig Kilometer entfernt lag, an der Straße nach Damaskus. Auf diesem Wege konnte einem alles zustoßen, aber es war bekannt, daß Taxis nur selten angegriffen wurden. Doch auf der Rückfahrt würde es ganz dunkel sein in den Bergen, und in der Dunkelheit konnte *alles* auch irrtümlich geschehen. In der Halle saßen wie immer einige Araber in weißen und braunen Kaftanen. Unter den Kopftüchern blasse gepflegte Gesichter mit scharf ausrasierten Bärten. Laschen konnte sich bei ihrem Anblick nie etwas anderes vorstellen, als daß sie sich aus dem Vergehen der Zeit herausgeschlichen hatten und zu Monumenten des Wartens geworden waren.
Er überlegte, ob er hier im Hotel oder draußen etwas essen sollte, doch er fuhr wieder hinauf. Auf dem Bett

liegend las er die ganzen Eintragungen in der Kladde durch, alles, was er bisher aufgeschrieben hatte, auch noch einmal das Durchgestrichene, das er teilweise in den Artikel eingearbeitet hatte. Auf einmal empfand er einen solchen Groll gegen Ariane, daß er das Gesicht befremdet von sich selbst der Wand zudrehte. Dann fiel ihm wieder einmal ein, daß er kaum mehr an Greta und die Kinder dachte. Er hatte ja auch nicht mehr an Greta geschrieben. Er glaubte aber, Greta und die Kinder nur in dem Maße vergessen zu haben, als sie ihn vergessen hatten. Er liebte sie wohl, auch jetzt, in diesem Moment, konnte aber nicht bei ihnen sein, es war alles zu weit. Bei Ariane hätte er sein können, das war etwas anderes. Sie summte vielleicht gerade das Kind in Schlaf, trug etwas auf dem Tablett in den Salon. Sie wechselte auch über dem Eingang außen eine defekte Glühbirne aus. Sie ging durch die Zimmer, das Gesicht konzentriert schön, in dem geflochtenen Himmelbett lag das Kind und schlief. Bemerkenswert war, daß er in allen Bildern fehlte. Er dachte auch an den in jedem Fall bevorstehenden Zeitpunkt der Abreise. Hoffmann drängte zur Eile, die Rechnungen waren schon bezahlt, das Taxi wartete mit laufendem Motor. Aber dann wohnte er weiter im Hotel, ohne Abreise. Hoffmann allerdings war abgereist, und auch Rudnik tauchte nicht mehr auf. Er arbeitete tagsüber, und abends war er bei Ariane und dem Kind. Er erarbeitete täglich politische Analysen, was ihm Spaß machte, da er alle Bewegungen im gesamten Nahen und Mittleren Osten einbeziehen konnte, die Rollen der Großmächte selbstverständlich auch. Es war eine ganz andere Arbeit als die, die er jetzt tat. Ariane hatte

nicht viel zu tun in der Botschaft. Sie strickte und häkelte Sachen für das Kind. Er fotografierte sie beide mit der Polaroid-Kamera, die er Ariane geschenkt hatte.
Die Kladde war ihm vom Bett gerutscht, er hatte es nicht bemerkt, doch jetzt stand er auf mit dem Gefühl, anderenfalls sofort einzuschlafen. Aus dem Kühlschrank nahm er ein kleines Fläschchen Bourbon, das er im Stehen am Fenster leertrank. Es war schon dunkel. Alles lag draußen in Trümmern. Der blühende Garten der Villa gegenüber ein Trümmerfeld. Er öffnete das Fenster ganz, und sofort erreichte ihn der Duft der Gärten. Langsam standen aus der Versunkenheit die bekannten Formen wieder auf. Der Garten war unversehrt. Aber den Eindruck, die Gärten lägen in Trümmern, hatte er schon öfter empfangen, und er schrieb ihn flink, beinahe vergnügt, auf einen Zettel.
Zum erstenmal zog er die neue kurze Popelinejacke an, nahm Paß und Presseausweis aus der Brieftasche unter dem Wäschestapel und steckte beides ein. Auch das Messer lag unter der Wäsche, weil er es seit der Fahrt nach Ehden nicht mehr trug. Jetzt schnallte er es sich wieder über der Wade fest, ungeachtet der Lächerlichkeit, vielmehr machte er nun auf sich selbst keinen anderen als einen wohlgerüsteten, auf alles vorbereiteten Eindruck, unternehmungslustig sogar, und er kämmte sich sofort noch einmal.

XXII

In der Halle saß in einem Sessel ein junger Araber mit graublauem Haar, der sich gähnend nach ihm umdrehte, wahrscheinlich einer jener «Ölprinzen» aus Kuwait oder Saudi-Arabien, wie sie an der Amerikanischen Universität in Beirut studierten. Der Universitätsbetrieb war aber seit Wochen eingestellt.
Rudnik hatte erzählt, wie alles hinter vorgehaltener Hand, das Commodore werde von Palästinensern *kontrolliert*. Aber gestern und heute früh hatte es kein Brot gegeben. Selbst die dünnen Fladen waren rationiert worden. Vielleicht kauften PLO-Leute Kanonen anstatt Brot. Vielleicht hatten sie herausgefunden, daß es im Augenblick nicht so wichtig war wie sonst, die Gäste rundum zufrieden zu halten, ja, Laschen kam sogar der Argwohn, die Gäste seien, bis auf weiteres, nur noch der Vorwand für die Aufrechterhaltung des Betriebs, damit in dieser Tarnung ungestört die Waffenschieber ihre Kontrakte ausfertigen könnten.
Rudnik hatte ihn doch mit einem Waffenschieber in Jounieh bekannt machen wollen, doch er hatte Rudnik daran nicht mehr erinnert. Ihm war das Interesse daran vergangen, er hatte einfach keine Lust mehr. Er meinte auch, wenn es ihn nicht mehr interessierte, *dürften* auch die Leser nicht mehr interessiert sein, in deren Auftrag er also diese Geschichte unterschlug. Nach Damur erst recht. Aber gehörte nicht immerhin so etwas zu den Hintergründen, auch von Damur? Ja, aber

was gehörte nicht dazu? Es war ihm ganz egal, und auch die Leser sollten ihm gestohlen bleiben, selbst wenn sie schrien vor Unbefriedigung.

Er kannte inzwischen das gesamte sichtbare Personal vor und nach den Schichtwechseln am späten Nachmittag. Fast alle waren sie von der gleichen öligen Zuvorkommenheit, ob sie jemanden bedienten oder warten ließen, aber manchmal fing Laschen Blicke auf, die wachsam und entschlossen waren und mit denen sie *doch* die Halle kontrollierten. Auf niemandem ruhte ein besonderer Blick, niemand konnte sich besonders gemeint fühlen, und sie brachten es fertig, immer uninteressiert auszusehen, wenn man sie ansah. Die Behendigkeit der Kellner in der Bar, wo er einen türkischen Kaffee trank, hatte ihn von Anfang an mißtrauisch gemacht. Wenn er sie einmal nicht verstohlen beobachtete bei ihren Tätigkeiten, die sie zwar ausführten mit bekanntem Ergebnis, aber doch so, als geschähe dahinter noch etwas anderes, ungleich wichtigeres, fühlte er sich sofort alarmiert. Wenn er sie also nicht beobachtete, führten sie, unbeobachtet, etwas gegen ihn im Schilde. Er durfte nicht vergessen, daß sie Araber waren, und grundsätzlich blieb bei ihrem Anblick das Gefühl, sie wechselten selbst im eigenen Lager ständig die Front, Tücke und Intriganz seien ihr eigentümliches, unüberwindbares Verhalten.

Zum Essen ging er in ein kleines Restaurant in der Rue Manara, das aus nichts weiter als einer überdachten Terrasse bestand. Zwei Glühbirnen brannten neben den Stützpfeilern zur Straße hin und an der Decke ein Infrarot-Heizer. Es war noch früh, noch nicht sieben Uhr. Er war der einzige Gast und wurde schnell bedient. Er bestellte ein Beefsteak mit Backkartoffeln und eine halbe Flasche Beaujolais. Der Wirt stellte ihm mit dem Wein eine Schale mit Pistazien auf den Tisch, einen Teller mit einem Fladenbrot und eine kleine Schüssel mit Homos gefüllt. Daß er eine lange weiße, von der Küchenarbeit befleckte Schürze trug, erfüllte Laschen mit unendlichem Vertrauen. Endlich jemand, der ein Gewerbe betrieb, das nützlich ist, der es allein betrieb, selbst am meisten interessiert an der eigenen Zuverlässigkeit, deshalb auch nicht übertrieben höflich, sondern lieber besonders gewissenhaft. Endlich jemand, dem man etwas Bestimmtes ansah, im Gegensatz zu all den sorgfältigen Spurenverwischern mit ihrer taktischen Höflichkeit. Es schmeckte ihm sehr gut. Seine Besorgnisse hatte er wohl erfolgreich verscheucht, so zerstreute ihn hier gerade alles, und er fühlte sich frei genug, auch einen Zwischenfall, ein erschütterndes Ereignis zu bestehen. Es sollte ruhig etwas geschehen, ihm auch etwas angetan werden. Er war auch darin wieder sicherer geworden, Ariane doch noch und endgültig von sich überzeugen zu können. An Greta wollte er schreiben, diesmal anders, gleich morgen, freimütig und bestimmt und liebevoll ihr eine Regelung mit den Kindern vorzuschlagen, die ihm noch heute abend einfallen würde. Er wußte das alles in den Einzelheiten noch nicht genau, nur, daß er erst einmal auf alles Materielle verzichten wollte, auf das Haus und auf alles andere. In das Haus wollte er, wahrscheinlich, gar nicht mehr zurückkehren und damit auch die Landschaft ihr überlassen, die er von allen Landschaften am liebsten hatte. Das sollte auf jeden Fall, abgesehen von den Kindern, den Hauptteil seines

Verzichts ausmachen. Die Kinder wollte er künftig lieber anderswo besuchen, vielleicht in Hamburg, und sie sollten nach Möglichkeit auch ihn besuchen.
Das alles wollte er, sobald der Plan auch in den Einzelheiten fertig war, Greta mitteilen. Er wollte es auch Ariane mitteilen, ohne weitere Umschweife, von denen es bisher schon zu viele gegeben hatte, und ihr Verhältnis würde dadurch erst wirklich werden. Er konnte sich auch gleichzeitig um eine Korrespondentenstelle bemühen, um nach dem Krieg endgültig mit Ariane hierbleiben zu können, vielleicht auch in Damaskus.
Er wischte sich die Hände an der Serviette ab, rauchte und bestellte noch einen Kaffee. In einer Ecke der Terrasse auf einem Tisch standen übereinandergestapelte Vogelkäfige, geradezu eine Hierarchie aus Käfigen. Er hatte den Vögeln darin schon minutenlang zugeschaut.

XXIII

Schon in der Nähe von Arianes Wohnung blitzten Flekken am Himmel auf, tiefe Lichtkammern, gleißende Tabernakel, wie in versuchsweisen Selbsterleuchtungen. Granaten pfiffen und säuselten, die Detonationen hörten sich an, als fänden sie unterirdisch statt. Während es krachte und die Erde bebte, so daß weithin die Luft und das Sehen selbst mitbebten, saßen, so meinte Laschen, die Bewohner ruhig an ihren Tischen. Es fehle nicht viel, dann käme festliche Stimmung auf.
Er war trotz seines lustvollen Leichtsinns vorsichtig

gegangen, bei näherkommenden, oft ungenauen Geräuschen in Einfahrten und Hauseingänge getreten, bis er das nächste Stück Straße blank unter dem an- und abschwellenden Feuerschein liegen sah. Er blieb ganz ruhig, nur eine hohle Ungewißheit ging langsam in Magenschmerzen über; es war ein Kneifen wie von einem zahnlosen Tier. Und je näher er dem Haus kam, um so unpassender schienen vorhin die Überlegungen gewesen zu sein, und nach und nach nahm er in Gedanken alles zurück. Der Auftritt, die Aussprache mit Ariane würde viel kürzer, bestimmter sein *in der Sache*, sich höchstens ein wenig unentschieden drehen zwischen ja und nein. Die Granaten glaubte er knapp über dem Kopf fliegen zu hören, immer genau die Richtung der Straße beibehaltend, in der er gerade ging, doch gab es keine Einschläge in unmittelbarer Nähe. Seine Vorsicht war schon eine routinierte, kein reflexhaftes Zusammenzucken mehr, kein plötzlicher bodenloser Schrecken, nur eine langsame Nachgiebigkeit des ganzen Körpers; nicht jene Alarmiertheit in der von ihm selbst eingehaltenen Stille, jene sich aufschwingende und immer schneller vibrierende Nervosität, die ihn jedesmal hätte zerreißen müssen, vielmehr eine Art traumwandlerisches Sicherheitsgefühl, das mit der Gefahr direkt verbunden war.
Jetzt gab es nur die Ungewißheit mit Ariane. Weshalb wurde sein Gehen schon hier, ein paar Straßen weit entfernt, zu einer demütigenden Annäherung? Was wollte er eigentlich Ariane sagen, was wollte er erklären und behaupten, und wie sich entschuldigen, daß er ihren Wunsch, ihn nicht zu sehen, nicht respektierte beziehungsweise ein einziges Mal ignorierte? Und was

sollte sie ihm eigentlich noch glauben, wenn er so leicht und widerspruchslos auf ihre Bedingungen einging, denn das hatte er vor? Und es gab auch nicht ohne weiteres eine Korrespondentenstelle für die Zeit nach dem Krieg. Er hatte ja auch diese Möglichkeit nicht ganz ernsthaft erwogen, vielmehr rechnete er mit einem unvorhergesehenen günstigen Umstand. Im Moment allerdings, so sah es aus, bot er sich Ariane als ein Anfänger an, weil er sein Leben erst anfangen wollte. Zu aller Vergangenheit sollte eine knappe, vergeßliche Verbindung aufrechterhalten werden, für die Kinder eine große allgemeine Obacht, die einzige zuverlässige Position. Dazwischen schwammen die dunklen, abgetrennten Kapitel eines verwünschten Lebenslaufs.

Tiefer kam er in den Lärm der Spielzeugkämpfe hinein, und die Autos hingen schief, niedergesunken neben den Rinnsteinen, die Karosserien niedrig auf den platten Reifen hockend wie auf Schuhen. Die säuselnden Geschosse bedeuteten den Tod, aber sie bedeuteten ihn nur. Dabei erinnerte er sich an den Vortrag eines Schriftstellers in Hamburg, auf dem Höhepunkt der Kampagne gegen den Krieg der Amerikaner in Vietnam. Die Stimme des Schriftstellers war in einigen Sätzen in ein Heulen übergegangen, und besondere Verbitterung kam zum Ausdruck, wenn die Wörter *Betroffenheit*, *Wut* und *Empörung* fielen. Wenn Laschen sich richtig erinnerte, hatte das Wort Betroffenheit bei ihm wirklich eine Betroffenheit ausgelöst, während die Beschreibung der amerikanischen Greueltaten ihn eher verblüfft hatte durch den vorsätzlichen und pathetischen Wortaufwand. Auch jetzt empfand er *Betroffenheit* noch deutlich als eine solche, auch wenn die gestrigen Erlebnisse ihm nur noch fern und verblichen vorkamen, als habe er alles das nur in der Zeitung gelesen.

Um zu Ariane zu gelangen, war er eine Querstraße zu früh abgebogen. Er mußte sich also noch einmal nach links und wieder nach rechts wenden. Weil fast alle Fenster verdunkelt waren, wirkten die Lichter schäbig und funzelhaft. Zwei Autos jagten vorbei, das erste mit einem anhaltenden Hupton. Vielleicht war das ein Notsignal des Fahrers, mit dem er darauf aufmerksam machen wollte, daß er verfolgt wurde. Vielleicht sollte er gestoppt und getötet werden. Bevor Laschen wieder rechts einbog, blieb er stehen und drängte sich gegen die Ecke, weil ein Stück weiter vor einem Haus eine Gruppe Bewaffneter stand. Ein Scheinwerferkegel suchte langsam die ganze Fassade ab, und durch die Vorhänge und Verdunklungen hindurch erhellte das Licht auch einzelne Räume. Laschen erkannte Deckenlampen und Schrankteile. Er zog sich langsam um die Ecke zurück und nahm einen Umweg. Er hörte Rufe und Schreie, dann einen einzelnen Schuß in der Nähe. Als das Straßenstück vor ihm unter aufsteigenden Leuchtkugeln hell aufblinkte, rannte er schnell hindurch, bis wieder die Dunkelheit, viel dichter als vorher, sich zuverlässig um ihn ausbreitete.

Die Außenleuchte über der Tür brannte, und ein Fenster war schwach erleuchtet, als Laschen leise und gebückt die Treppe hinaufging. Als er geklopft hatte, fühlte er sich schwach werden, fand es dann aber gut, im Licht sichtbar zu sein, etwa für Scharfschützen drüben in dem Apartmenthaus. Von innen hörte er kein

Geräusch, aber die Tür wurde geöffnet, und Ariane lächelte ihn an. Ariane, sagte er, bitte entschuldige. Sie lächelte wirklich. Erst drinnen, als er sich hingesetzt hatte, machte sie ihm Vorwürfe, warum er denn ihren Wunsch, allein zu sein, nicht ernst genommen habe. Sie sagte sogar, sie habe sich doch klar ausgedrückt, das fand er nicht lieb und eigentlich unangemessen. Sie sagte, sie müsse aber gegenwärtig allein sein, nicht wirklich allein, du weißt . . . Und sie lächelte wieder.

Warum verhielt sie sich so, als habe alles sich geändert? Warum ließ sie es zu, daß er sich so überzählig, sogar lästig fühlte? Er spürte es doch, daß sie nur freundlich war, um ihre Gleichgültigkeit zu verbergen. Und als sie sagte, das Kind habe ihr Verhältnis zum Leben schon jetzt völlig verändert, es lasse so manche bisherige Gewohnheit in anderem Licht erscheinen, so manche Neigung, manches Gefühl erscheine auch nicht mehr so wichtig und ausschließlich, eine Ausschließlichkeit beanspruche jetzt nur das Kind, da bekam er einen roten Kopf, so wenig war er vorbereitet auf diese Deutlichkeit. Und es war auch eine Scham darüber, jemals etwas anderes und mehr erwartet zu haben von ihr und für sich, als sie ihm mit diesen Worten zugestand.

Vielleicht hatte sie keine Kraft mehr, weil das Kind ihre Kraft aufzehrte, und sie konnte vor seiner Zuneigung nur noch Angst haben, Angst auch vor dem Leben mit ihm, das er, wie sie wissen mußte, schon voraus plante.

Sie sagte, sie wolle die nächsten Tage über ihn und sich selbst nachdenken. Warum log sie? Darüber mußte sie längst und auch ausgiebig nachgedacht haben.

Sag mir die Wahrheit, sagte er, du willst mich am liebsten nicht mehr sehen. Aber wieso denn, sagte sie und schien sehr verwundert, wie kommst du darauf? Ich hab dich sehr gern und bin auch gern mit dir zusammen, aber was du eigentlich von mir willst, das begreife ich nicht.
Darauf konnte er jetzt nichts erwidern. Er wußte, daß er auf die Frage einige gute Antworten geben konnte, jederzeit, nur jetzt nicht. Sie stand neben ihm und legte ihm eine Hand auf die Schulter. Ich bin froh, daß wir uns kennen, aber ich fühle jetzt eine so gute Ausschließlichkeit zwischen dem Kind und mir, und ich freue mich so dabei, daß ich diesen Zustand noch eine Weile erhalten möchte. Danach wird es normal werden, sicherlich ganz normal, und auch darauf freue ich mich schon. Warum willst du das nicht verstehen? Wer bist du eigentlich, der du so eigensinnig und anspruchsvoll bist? Du bist doch beruflich hier, befristet. Willst du, daß ich mich auf diese Frist so vollkommen einstelle, als ob sie mein Leben sei? Was verlangst du also?
Er konnte diese Fragen jetzt nicht beantworten, er hätte ihr in allem widersprechen müssen, und das ging jetzt nicht. So schüttelte er nur den Kopf.
Siehst du, sagte sie, ich habe noch einen anderen Freund, der mir, wie du, etwas bedeutet, und der reist nicht ab. Versteh mich bitte richtig, ich werfe dir nicht vor, daß du wieder abreisen wirst, nur, ich möchte keine Angst davor haben.
Ja ja, sagte Laschen, aber du siehst es nicht ganz richtig. Vielleicht bleibe ich wirklich hier.
Das ist Unsinn, sagte Ariane, und was ich neulich ge-

sagt habe, du solltest Araber werden, das war ein Scherz.
Er sagte, er wolle gern das Kind wiedersehen. Er glaubte, wieder rot geworden zu sein, weil er verletzt worden war von ihr oder weil er sich dieser Verletztheit schämte. Und er ärgerte sich, weil er so verletzlich nicht sein wollte, sich nicht so verstoßen und gekränkt mehr fühlen wollte wie früher als Kind. Warum gelang es ihm nicht, Ariane zu gewinnen? Dann hätte er aber von Anfang an härter auftreten müssen. Andererseits, hatte nicht er das Kind mit adoptiert, war er nicht beteiligt gewesen? Mindestens so beteiligt war er doch an dem Kind wie ein x-beliebiger Erzeuger. Doch nun wurde er, ausgerechnet von Ariane, ausgebootet.
Sie ging ihm voraus, er solle bitte leise sein. Das Kind lag in seinem Gitterbett mit offenem Mund und ausgebreiteten Armen. Sie beugte sich über das Kind und horchte auf den Atem. Manchmal, flüsterte sie ihm zu, habe ich Anfälle von Angst, weil ich mir einbilde, es hätte aufgehört zu atmen. Sie hatte die Tür zum Korridor offengelassen, so daß etwas Licht auf die bestickte Decke fiel. Das kleine Gesicht lag im Schatten. Sie sagte, die Haut heilt ganz schnell, ich kann dir nicht sagen, wie froh ich bin.
Oft hatte er in den letzten Tagen fürsorglich und auch mit einer sentimentalen Rührung an das Kind gedacht. Er fühlte sich schon als ein Pate und glaubte, auch von ihm sei das Kind ein wenig abhängig. Er legte Ariane einen Arm um die Taille, und sie küßte ihn auf die Wange, nahm auch seine Hand in die ihre und drückte sie. Den Gedanken, das Kind stünde nun zwischen ihnen, hatte er als albern abgetan, auch als eine Intrige

gegen das Kind, aber jetzt war dieser Gedanke unwillkürlich wieder aufgekommen. Dieses schlafende, noch gedankenlose Etwas, dieses *Wesen* machte ihm Schwierigkeiten, diese fremdartige, ohne Bewußtsein anspruchsvolle und maßlos anspruchsvolle Kreatur war ihm im Weg, sog Arianes ganze Aufmerksamkeit auf, beschlagnahmte sie mit seinem x-beliebigen Erbgut, war gezeugt worden vielleicht kurz vor dem Tode, gezeugt worden von Leichen also, die bereits verscharrt oder verbrannt worden waren. Ihm fiel die Nonne ein mit ihren großen Schuhen, das fette Bronzegesicht unter der Haube, das nicht anders konnte, als diesen kleinen Niemand zu verachten, Ariane gleich mit, da sie zu der notwendigen Verachtung nicht fähig war.

Laschen entschuldigte sich vor sich selbst wegen solcher niedrigen Gedanken, die ihm unvorhergesehen gekommen waren. Was ist mit dir los, wo ist deine Balance? So, wie du jetzt bist, bist du ja zu allem fähig.

Sie zogen sich leise von dem Bettchen zurück, und Ariane machte die Tür zu. Auf der Küchenkommode sah Laschen die Fläschchen stehen, eines mit Tee gefüllt in einem Warmhaltegerät. Im Bad brannte das Licht, und auf der Leine, die über die Wanne gespannt war, hingen die honigfarbenen Plastikhöschen. Etwas übertrieben, meinte er, etwas wichtigtuerisch, diese Beflissenheit von ihr, rasch teilzuhaben an dem ganzen fadenscheinigen und gefühligen Getue von Müttern in aller Welt.

Er war zu früh zu sicher gewesen und überzeugt, sie seien sich einig, der Zusammenhalt sei fest und verläßlich wie bei einem *Gauner-Duo.* Sie standen sich im

Salon gegenüber, Ariane mit herabhängenden Armen überlegte sich etwas, er betrachtete ihre Fußgelenke, die Maserung des Parketts. Obwohl er mit seiner Zurückhaltung kaum Erfolg bei ihr hatte, wollte er sie doch beibehalten. Er hätte auch mit Gewalt gegen sie vorgehen können, allerdings ja nur einmal.
Auf diesem Fleck standen sie, und er mußte ihre Entscheidung fürchten, weil sie entschlossen schien, diese Bekanntschaft auszulöschen. Vielleicht war diese Liebe auch keine wahre, sondern die billige Liebe eines Menschen, der auseinandergebrochen ist, und da fliegt sein Mund durch die Verhältnisse auf Erden und beteuert ganz aufgebracht, daß er eine bestimmte Frau liebt und mit ihr leben will. Ein Krüppel, ein tief gedemütigtes, in Auflösung übergegangenes Wesen bildet sich etwas ein, nämlich die Gemeinsamkeit mit einer Auserwählten. Er war als Kind wie andere Kinder gewesen, und doch von vornherein disqualifiziert. Große Erschütterungen wie die einer großen Liebe waren für ihn schon damals ausgeschlossen worden. Das erkannte er auch jetzt wieder daran, daß sein Fühlen ihm schäbig und kleinlich vorkam, während er in der Angst, sie zu verlieren, sich am liebsten auf sie gestürzt hätte. Und alle Ereignisse seines Lebens waren «unmöglich» im Hinblick auf Ariane. Zu oft war er schon ausgeschieden aus dem Kreis der Bewerber um sie. Seine Ehe mit Greta zählte da schon kaum noch als weitere nichterfüllte Vorbedingung.
Von draußen waren Geräusche zu hören, die wie ein Läuten klangen, dann wie ein blechernes Gehämmere. Laschen hatte nicht die Nerven, jetzt über irgend etwas nachzudenken, fragte sich nur, ob sie ihn sogleich

vollständig fallenließ oder ihn rettete. Ein leichtes Angerührtwerden von außen hätte sicher genügt, ihn in den eigenen Augen wieder etwas besser zu machen. Immerhin hatte er den Entschluß gefaßt, sein Leben in eine neue Bahn zu bringen und nicht mehr beruflich zu fälschen. Und jetzt kehrte Ariane langsam zu ihm zurück, sie sah ihn an, entschlossen ihn zu beschützen in letzter Minute, und sie füllte vollkommen seine Hohlheit aus. Sie kannte ihn jetzt, wußte in diesem Augenblick mehr von ihm, als er ihr je würde erzählen können. In ihrer Wärme sammelte er sich.
Es ist doch gut, sagte sie, du mußt mir nur versprechen, nachher wieder zu gehen, und die Zeit, die ich brauche für das Kind und mich, du sollst da nichts unternehmen, es hätte keinen Sinn.
Die ganze Nacht hindurch wurde geschossen. Sie lagen außerhalb aller Schußlinien. Gegen Morgen, als sie das Kind wimmern hörten und Ariane aufstand, um es zu füttern, traute er sich wieder genug an Stärke und Frechheit zu. Er nahm sich vor, wieder einen *Kriegsschauplatz* zu besuchen wie eine Sehenswürdigkeit, und stark und wohltuend war der Gedanke und voller Hohn.
Auf dem Weg zum Hotel begegnete er keinem Menschen. Einmal hörte er Musik durch ein offenes Fenster. Da mußte er an Greta denken, morgens im Lampenlicht in der Küche, wie sie in einer Tasse Pulverkaffee mit Milch verrührte. Ratten kreuzten die Straße, und er rannte auf sie zu. Eine Balkonmarkise gab einen langsamen ächzenden Ton ab, er blieb stehen und schaute ruhig die Fassade an bis hinauf zum Dachgesims.

Er hatte Lust, heute etwas zu schreiben, wie hier in den Außenbezirken die Nacht war, wie er sie erlebte, als eine starke, sich durchhaltende Ereignislosigkeit, als die Ruhe vor der Auferstehung, als die Ruhe, wie es sie nur am Rande großen Getöses geben kann, nicht optimistisch, nur wie er die Nacht sah und fühlte, obwohl schon deutlich die Morgendämmerung klare Konturen um alle Bauten legte. Er hatte Arianes Körper zurückgelassen im Dunkeln. Heute konnte, wenn er arbeitete, nichts Falsches entstehen, selbst wenn er die Leser *bediente* und ihre Gier nach den Schrecken befriedigte. Er war fähig, ihnen skrupellos ihre Schlachten zu liefern, die sie eben täglich zum Frieden benötigten. Ich mach euch euren Realismus, mühelos mörderisch!
Er erreichte das Hotel, wo Hoffmann ihm nach dem Frühstück sagte, er werde abreisen. Bist du eigentlich verrückt geworden, du, mit dieser Frau? Aber der Ton war, Laschen irrte sich nicht, verständnisvoll.

XXIII

Über Damur gab es immer mehr zu schreiben – mit der Zeit, denn es sammelten sich jedesmal, nachdem er sie aufgeschrieben, noch mehr und immer mehr Eindrücke an, Brocken, die ihm, bevor er sie herausbrachte, die Mundhöhle füllten. Und die Mitteilungen von etwas, das er doch tatsächlich erlebt, schienen sich auszufalten zu einem Spektrum vieler anderer, auch möglicher Versionen, auch möglicher Ausdrücke. Laschen

mußte schon aufpassen und ökonomisch vorgehen, andererseits lieferte das Gedächtnis auch bisher noch unerfaßte Einzelheiten nach.
Er ließ alles geschehen in seiner fiebrigen, alle Tore öffnenden Schreibwut. Dieses Gespenst, der sogenannte Leser, hatte nicht mehr die geringste Kontrolle. Wenn er auch jeden Ausdruck in seiner Vorstellung durchstreichen und durch einen anderen hätte ersetzen können, so war dennoch diesmal alles schon von Anfang an und vom Ansatz her *richtig*, insofern, als er selbst endlich diese Ober- und Untertöne nicht mehr hörte, all das verstohlene und verschrobene, sich ja doch verratende Grimassieren. Er hatte es so verstanden, daß er oft und viele Masken ausprobierte, die rasch durchweichten und sogleich die Züge dieser fälschenden, alles herumdrehenden, journalistischen Weltbehauptung annahmen.
Dieses Geschriebene, sich noch immer weiter Schreibende war etwas gänzlich anderes. Es war alles das Erlebte, so als sei Laschen auf einmal und zum erstenmal an ein Ereignis, wie von einem Engel, *herangeführt* worden. Es war alles das Erlebte, allerdings in einem anderen Raum, in anderer Geschwindigkeit. Alles war seine Erinnerung, jede Einzelheit stimmte, aber er konnte sich nicht erinnern, es *so* auch in Damur erlebt zu haben. Diese Wahrheit, ein Gefühl und dann eine Gewißheit, erregte ihn. Der Text blieb in Bewegung auch nach wiederholtem Lesen. Die Schrift war beinah zu einer fortlaufenden Demutsbewegung geworden, unter dem Gewicht dieser, wie Laschen meinte, wiedergefundenen Wahrheit.
Das war nicht wie sonst eine Moral, die aus Meinung

bestand, keine abgestufte und abstufende Bewertungsmoral. Alles war in dem wörtlichen Ausdruck dessen, was er erlebt hatte, enthalten, auch Moral. Weit entfernt blieb er beim Schreiben von jener seltsamen, zwittrigen Erregung, die ihn bei der Erschießung der Ghorayebs erfaßt hatte, und doch war in den Sätzen ein gutes Gefühl für die Ghorayebs enthalten, deren Körper zugleich verkrampft und entspannt dalagen, seltsam in ihren verstaubten und abgeschürften Kleidern und in ihren absonderlichen Haltungen. Ihre Hosen hatten Bügelfalten, ihre Haare waren gescheitelt und kaum in Unordnung geraten, so als habe von ihnen übrigbleiben müssen die Sorgfalt, mit der sie sich zum letztenmal zurechtgemacht hatten. Pathetisch, aber nicht peinlich, erschien die Frau, die ein schwarzes Tuch über dem Kopf trug und in den Armen ihr totes Kind. Sie konnte nicht weinen, obwohl ihr die Tränen über Lippen und Kinn liefen. Sie wußte alles, was ihren Angehörigen geschehen war, hob aber das Gesicht, so daß es ein Antlitz war, vor Entschlossenheit, *das* weder zu glauben noch zu verstehen.

Er wußte nicht und verstand auch nicht, woher diese Wahrheit, diese Qualität des Schreibens gekommen war. Vielleicht nur aus dem Ekel an seiner gewöhnlichen Berufsausübung, die darin bestand, alles in eine ewige Ereignisfrische zu verwandeln und dieselbe in Artikeln Stück für Stück aufzubrauchen, bis endlich eines Tages kein Ereignis mehr stattfinden mußte.

Diese Kälte, diese Wärme! Nicht die behaupteten kalten und kaltschnäuzigen puren Fakten, nicht die kurz und trocken zuschlagende Grammatik, nicht die untertreibende Angeberei eines Nichtlings mit der Realität. In diesem Text deutete auch nichts mehr darauf hin, der Leser werde etwa gemahnt und entwickelt und verbessert durch sachliche Information.

Endlich wußte Laschen vor ruhiger Zufriedenheit nicht mehr, was er noch hinzufügen oder verbessern konnte. Er dachte schon daran, Hoffmann diesen Artikel in der ersten handschriftlichen Version mitzugeben, damit er in Sicherheit wäre, doch dann war es ihm ungleich wichtiger, ihn erst einmal Ariane vorzulesen. Der andere auf die gewohnte und verachtete Art zustande gekommene Artikel war fertig, und den mochte seinetwegen Hoffmann mitnehmen. Ariane hatte ihm gesagt, sie wolle heute nicht arbeiten. Er sah sie also jetzt das Kind auf dem Arm tragen, es mittragen auf all den geschäftigen Gängen durch die Wohnung und die Temperatur der Flasche an der Wange prüfen. Auf einmal sah er sie auch zu Hause, in der Küche, einfach an Gretas Stelle versetzt. Wo Greta war, das wußte er im Moment nicht, jedenfalls war sie mit den Kindern verschwunden. Dann stellte er sich vor, er schicke ihnen bereits Geld an eine feste Adresse. Er verabredete sich mit ihnen. Es regnete, es hagelte, die Kinder kamen aus Gretas Auto geklettert mit übergezogenen Kapuzen, kamen herübergerannt und stiegen bei ihm ein. Er war nicht erschrocken. Alles, auch die überraschenden und ihn ungeduldig-böse machenden Komplikationen, hielt er für möglich. Er bedauerte auch nichts.

Sein Zustand in der letzten Zeit war besonders kläglich gewesen, doch nun begann eine gute Phase, in der ihm auch alles gelingen würde. Es hatte mit Ariane zu tun, mit ihrer Kraft, ohne daß sie ihm ihre Kraft etwa geliehen hätte; die lag ganz in ihr und blieb in ihr. Doch war sie ihm von nun an immer ganz nah, auch wenn sie ihn nicht immer zu sich einlud und stattdessen – wie selbstverständlich – ausschließlich mit dem Kind beschäftigt war. Wer war der andere Freund? Wie war es möglich, daß es noch jemanden gab, für dessen Anwesenheit, Aussehen, Gedanken sie sich interessierte? Verglich sie ihn mit dem anderen, und wie konnte sie das, da er, Laschen, sich doch in seiner Eigenartigkeit beinahe aufzulösen drohte. Aber es war selbstverständlich, daß sie Freunde hatte. Vielleicht war es der Presseattaché. Er war entschlossen, nie wieder uneingeladen zu Ariane zu gehen. Alles mußte sich entwirren und in den Wiederholungen regelmäßig werden. Sie waren beide in derselben Stadt, nicht allzu weit voneinander entfernt, und die Stadt mochte er eigentlich. Die Kriegshandlungen störten. Auf dem Gang zum Lift freute er sich über seinen ihm plötzlich bemerkbaren festen Schritt und über dieses unnachgiebige, wie einheitlich zusammengefaßte Körpergefühl. Hoffmann sollte ruhig abreisen. Es war ihm gleichgültig, wie ihm auch Hoffmanns Erklärungen für sein Fernbleiben gleichgültig waren. Er erwartete, Hoffmann in der Halle zu treffen, aber er traf wieder nur Rudnik, den Allgegenwärtigen, der ihn wieder – das war es offenbar, was ihm jedesmal zu Laschen einfiel – zu einem Glas einlud. Er trug heute einen grauen Anzug mit flirrendem Muster, dessen Hose etwas zu kurz war, so daß die Socken und die bombastisch genieteten Sandalen auffällig waren. Seine Behendigkeit wirkte greisenhaft, zu beflissen, auf flinkes und wendiges Eindruckmachen geradezu bedacht. Und der vorherrschende Gesichtsausdruck war die dazu passende gespitzte Aufmerksamkeit, die allzeit umherhorchende Gespanntheit. Zweifellos jemand, dessen Aufmerksamkeit «gestreut» ist wie sonst nur werbende Information und der zugleich mit allem, was ihm ins Netz geht, was er aufschnappt, auch den Belohnungsbrokken mit aufschnappt. Er schien jederzeit präpariert zu sein, angesprochen zu werden. Auf Überraschungen gefaßt, würde er sich blitzschnell umdrehen und so manchem ein Gewährsmann sein auf Anhieb, oder notfalls einen Feind im Nu überzeugt haben von der eigenen Minderwertigkeit, damit der ihn fallenließ.

Laschen ging mit ihm halb um den Block herum, und obwohl ihn bereits die Aussicht auf die nächste halbe Stunde lähmte, war er doch auch zufrieden, hier nicht allein zu sein in der Sonne zwischen den ausschwärmenden Leuten. Als Rudnik ihm etwas sagte, hörte er nicht zu, lächelte ihn aber von der Seite an. Sie betraten eine kleine Café-Bar und setzten sich an einen der kleinen Tische vor dem mit Ornamenten bemalten Schaufenster. Laschen gefiel es nun, doch mit Rudnik zu sprechen, ihm zuzuhören und auch wieder nicht zuzuhören. Rudnik wußte schon, daß Hoffmann morgen früh abreisen wollte, mit dem Flugzeug ab Damaskus. Er habe eigentlich zusammen mit Hoffmann zurückfliegen wollen, es sich aber doch wieder anders überlegt. Er wolle noch eine Woche bleiben, oder auch noch zwei. Es gefalle ihm doch so sehr hier, und Hoffmann – bei aller Sympathie – den sehe er ja in Deutschland kaum wieder. Er sprach erregt, als wolle er Laschen überzeugen von der Notwendigkeit, noch länger zu bleiben.

Sie reisen ja auch noch nicht ab, wie Herr Hoffmann

mir sagte. Nun, Herr Hoffmann ist darüber nicht gerade erfreut, aber ich bin erfreut.
Wirklich?
Rudnik sagte, er blühe hier auf, es sei ihm lange nicht mehr so gut gegangen, obwohl ihn die Ärzte gewarnt hätten. Das Beobachten mache ihm große Freude. Vielleicht, sagte er, hätte ich auch Journalist werden sollen. Laschen solle verzeihen, zum Journalisten gehöre am Ende doch mehr als eine gute Nase. Was ich hier erlebe, Herr Laschen, damit fange ich nichts an, es hat für mich nicht die geringste Nützlichkeit, aber ich lerne – nie im Leben habe ich so intensiv und so begeistert gelernt wie hier. Es ist Kampf – was soll ich Ihnen sagen, ich habe dafür die Worte nicht bereit.
Laschen entschuldigte sich, als er einmal minutenlang nicht zugehört und Rudnik gestockt hatte. Er sagte, es sei aber doch sehr gefährlich, sich hier zu lange aufzuhalten, besonders gefährlich, viele Leute zu kennen und selbst immer häufiger wiedererkannt zu werden.
Sicherlich, sagte Rudnik, doch er sei ein kranker Mann und lebe – was er nimmermehr erwartet hätte – in einer Euphorie. Kein Tag vergehe ohne große Genugtuung über seine Teilhaberschaft an den Ereignissen, und manchmal könne er sich hier und da nützlich machen, wofür er selbst am dankbarsten sei. Und vor allem, sagte er, habe ich keine Angst mehr. Ich werde immer ruhiger, selbst der Lärm beruhigt mich. Und innerlich bin ich härter, als ich es in meiner Jugend gewesen bin.
Laschen fragte ihn, auf welche Weise er diesen Tony kennengelernt hätte. In einem Club in Ain Rumaneh.

Ein paar Tage später habe Tony ihn nach Ehden eingeladen und ihn seinem Vater vorgestellt, dem Staatspräsidenten, der gerade auf dem Weg von Beirut nach Tripoli von einer Bande Muslims angegriffen worden sei, der Fahrer schwer getroffen und später den Verletzungen erlegen, die beiden Leibwächter schießend in der Schlucht zurückgeblieben, habe der Staatspräsident selber das Auto durch die Berge gesteuert in einer wahren Höllenfahrt. Diese Alten, sagte Rudnik, auch Chamoun und Gemayel, Gemayel besonders, besäßen eine erstaunliche Härte und ließen sich lieber niedermähen, als daß sie auf einen Zipfel ihrer Macht oder ihres Geldes verzichteten. Selbstverständlich, sagte Rudnik, trügen sie alle den Dolch im Ärmel und die wahre Führung fehle. Jeder dieser Führer wolle auch der Führer der Führer sein, an Anspruch fehle es nicht, doch fehle es an allem anderen, was *einen* Führer ausmache.

Die Palästinenser hätten keine Chance, sie würden aufgerieben, wenn sie das Land nicht verließen, und wenn sie es verließen, würden sie dort aufgerieben werden, wohin sie gegangen seien, denn man habe die Palästinenser schließlich auch überall dort aufgerieben, weitgehend aufgerieben, woher sie gekommen seien. Rudnik erhob sein Glas. Ob Laschen schon gehört hätte, wie vernichtend die Vergeltungsschläge für Damur geführt würden. Laschen sagte, es sei ihm bekannt, daß überall Geiselerschießungen stattfänden.

Schrecklich, sagte Rudnik, aber vermutlich ist keine dieser Aktionen, selbst wenn man es beabsichtigte, aufzuhalten. Laschen sah in der dunklen spiegelnden Tischplatte, wie er mit düsterem Gesicht nickte.

Seltsame Welt, sagte Rudnik, auch zu Hause in Deutschland sei die Welt, und dort besonders, seltsam. Oder ob sich etwa die deutsche Regierung der Informationen bediene, wie Leute wie er und durchaus auch wie Laschen darüber verfügten? Nein. Stattdessen fliege hin und wieder ein christlicher Politiker ein, überbringe solidarische Grüße der deutschen christlichen Politiker, stelle gewisse Hilfsunternehmungen in Aussicht, die tatsächlich als Waffenlieferungen auch ausgeführt würden. Doch nach Hause zurückgekehrt, wagten es diese Herrschaften nicht, zu sagen, von wem sie eingeladen und bewirtet worden seien. Sie werden verstehen, sagte Rudnik, daß ich keinen Namen nenne. Sie sind Journalist, und ich weiß, was Verantwortung ist.

Laschen hatte bezahlt gegen Rudniks Protest. Er hatte die Vorstellung, zu Hause mit einem gezielten Artikel – ein paar Recherchen würde es kosten, zu wissen, was Rudnik wußte – einen mittleren Skandal auszulösen. Kleine Anfragen oder Große Anfragen, das übliche Gemauschle und Getue, der Interessenvergleich zwischen den Parteien, die übliche Langeweile. Diese Vorstellung schwand so schnell, wie sie gekommen war.

Er ging auf sein Zimmer und las noch einmal den ganzen, vierzehnseitigen Artikel durch. Er blieb zufrieden, wollte aber jetzt weder etwas korrigieren noch hinzufügen, obgleich ein paar Stellen ihm aufgefallen waren.

Er wunderte sich darüber, daß er Rudnik mit keinem Wort widersprochen hatte; vielmehr war in ihm ein Gefühl des Respekts aufgekommen für solch einen

grausig-normalen Augenzeugen, Respekt nicht, aber doch ein Interesse. Und war es nicht erstaunlich, wie ein solcher Mann die in der Jugend ihm eingehetzte Härte und Kälte durchhielt, die ihn auch noch vor dem zweiten Infarkt schützte und die keineswegs bedeutete, daß er den Ereignissen nicht wirklich beiwohnte. Wahrscheinlich war er daran viel direkter beteiligt als Laschen, sicherlich. Was hieß es schon, daß Rudnik ein scheußliches Fossil war, ein etwas heruntergekommenes, gebrochenes, schäbiges und schnüffelndes Deutsches Reich, das täglich und wohlgemut überlebt und täglich noch kleine Siege erringt, hier und da auf der Landkarte. Ein paar solche Monster, zäh und schnurgerade, liefen eben noch herum, ohne zu bemerken, daß sie kaum mehr in die Landschaft paßten, während die eigentliche, übriggebliebene Macht sich verwandelt hatte in große gewittrige Maschinenparks, in chemische Farbe, in Weltglanz. Mit denen verglichen war Rudnik klein, krank, tapfer, der kranke Mann einer kranken, zugrunde gegangenen Idee, umgänglich schon wieder in seiner verständnisvollen, weltläufigen Bosheit. Er nannte es Euphorie, verstand es nicht mehr so genau, aber es war doch nur irgendein umgeleitetes Interesse an Pornografischem. Laschen würde es einrichten können, ihm nicht wieder zu begegnen. Er konnte ihn vergessen oder auch wieder mal ein Glas mit ihm trinken, das war gleichgültig.
Laschen rief schnell Ariane an. Er war, ohne sich bewegt zu haben, atemlos. Er wolle sie nicht stören, nur würde er ihr gern etwas vorlesen, gespannt auf ihre Reaktion, und es sei wichtig. Ja, sicher, sagte sie. Warte, vielleicht in der nächsten Woche, Dienstagabend.

Ich wollte dich dann sowieso zum Essen einladen. Es wird auch noch ein Freund da sein, oder stört dich der? Ganz schnell sagte Laschen nein.

XXIV

Dienstagabend durfte er sie sehen, und heute war Donnerstag. Leer, attrappenhaft, ja, wie eine Reihe von Fußmatten lagen die Tage vor ihm, die Helligkeit, wenn er mit tief hinabgezogenen Mundwinkeln und vor Erwartungslosigkeit schon glanzlosen Augen zum Fenster hinaussah, die Dunkelheit, in der ihm nach Schlafen nicht zumute war, weil das Warten im Schlaf ihm noch quälender und aussichtsloser erschien.

Er ging in andere Räume, in Bars, fuhr mit dem Lift in die Halle hinunter und gleich wieder hinauf, aß hier und da etwas in einem Stehrestaurant und hätte es am liebsten sogleich wieder ausgespien, um noch ein anderes Lokal aufsuchen zu können. Mit dem Schreiben konnte er auch nicht fortfahren, aber nach dem Damur-Artikel, der für ihn die Bedeutung aller eingelösten guten Vorsätze auf einmal hatte, mußte doch für eine Weile der Atem angehalten werden. Sich sofort und erneut in neue Arbeiten über den Krieg hineinzustürzen, hätte bedeutet, unweigerlich zurückzufallen in die alte, falsche und tückische Blut-Berichterstattung. Eigentlich, so sagte er sich, störte ihn der Krieg selbst beim Schreiben über den Krieg. Dieses dröhnende Begriffs-Faktum war ihm im Weg und war zu groß für die sich verstreut ereignenden Gefechte, Meuchelmorde, Plünderungen. Der «Krieg» machte alles schließlich doch faßbar, über den Begriff gab es eine Einigkeit, auch zwischen den Lesern. Und das Wirkliche störte ihn. Gelegentlich war er überzeugt, er könne die Artikel auch ohne die authentischen Anlässe schreiben.

Wenn er nach längerer Zeit auch wieder an Greta und die Kinder inständig dachte, dann war auslösend ein besonderes Gefühl des Grolls gegen Ariane gewesen. Er sah sich die hellen Holzstäbe neben den Rosen in die Erde stecken. Das war immer ein heller, warmer Sonntagmorgen, und immer bereitete Greta das Essen vor. Die Kinder spielten auf dem Gartenweg mit Steinen in einer ruhigen, göttlichen Selbstvergessenheit. Das waren heitere, unabsehbare Zukunft versprechende Minuten an einem blauen tiefen Ort. Laschen war dankbar, daß er daran jetzt denken konnte.

Was band ihn so an Ariane (er versuchte, sich selbst dumm auszufragen), wenn nicht die Aussicht, an ihrer Seite der bleiben zu können, der er jetzt war, abgeschnitten von Voraussetzungen und Vorgeschichte, befreit von der schweren lädierten Haut, in der, wie in einem Gehirn, alles Wissen und Gewissen Rillen und Spuren hinterlassen hatte. Früher war er auffällig häufig in ungünstige Kombinationen geraten, so daß all seine ferneren Wege lange davon beeinträchtigt, beschattet blieben, und die jeweiligen Ereignisse, wenn sie nicht von vornherein «glücklich» waren, bauten seine Unternehmungslust, seinen Widerstand und guten Glauben immer rascher ab.

Als ein solcher Mann, der sich selbst nur anerkennen

konnte als ein gerade neu Geborener, als erwachsen Geborener, konnte er sich doch Ariane gar nicht anbieten? Er war ja nicht deshalb so, weil er so war, und er konnte ihr nicht verbieten, Fragen nach seiner Vergangenheit zu stellen und seiner Her-Kunft. Er konnte ihr nicht sagen, wie geübt er schon darin war, Kindheit und Jugend vor sich selbst zu verleugnen. Und wenn verstohlen Erinnerungen kamen, die gewöhnlichen, wußte er doch, daß seine Kindheit nicht unglücklich gewesen war, eher nichts Besonderes im äußeren Ablauf, eher jenem Ort vergleichbar, der den Ungetauften zugedacht war und an dem weder Freude noch Trauer «herrschten». So trüb. So wortlos erinnert von den Figuren seiner Eltern her, deren Gesichter immer entweder gelächelt oder zu Tode erschrocken ausgesehen hatten.

Jetzt schämte er sich für sich und für die Psychologie, die solche Bedingtheiten ebenso schlüssig wie unglaubwürdig erklärte. Konnte es noch eine schlimmere Abhängigkeit geben, als immerfort eine Wissenschaft zu bestätigen? Er schämte sich seiner Widerstandslosigkeit, dann wieder ließ er sich ganz durchfluten von dieser Schwäche, und im Niedersinken, wenn er sich zusah dabei, war er stolz und wollte gar nicht mehr anders sein, allein aus dem einen Grunde, weil er so geworden war. So gab er fortwährend auf, und die Ereignisse gab er mit Freuden auf, bevor er sie donnernd hinschreiben konnte. So war er auch eigentlich nicht in Damur gewesen, er hatte dort nichts erlebt als den eigenen Blick, der ihm vorkam wie der Blick einer nicht von einem lebendigen Wesen ausgefüllten Instanz. Die Menschenversammlung war rasch verkleinert, und die

Toten hatten keine Empfindung mehr, auf die einer als Augenzeuge hätte spekulieren können. Dann schloß schon wieder die nächste Zeit auf, in der ganz andere Dinge geschahen, in der er mit Hoffmann im Restaurant des Hotels saß, gebadet und mit noch nassem gekämmtem Haar. Dann kamen die Stunden, in denen sie tranken, nicht um mit einem Entsetzen fertigzuwerden, sondern, wie er meinte, um sich langsam wieder aller Welt zu öffnen, denn sie seien nicht in einem Entsetzen gewesen, er nicht und Hoffmann auf seine Weise erst recht nicht. Er hatte sich nur zu einem kleinen harten Kokon verschlossen, unfähig, sich mit jedem Körper, von Kugeln niedergerissen, *nicht* erst einmal zu identifizieren. So sei es mit ihm bestellt, meinte Laschen, vielleicht auch nicht ganz genau so. Und ruhig hatte er zu Hoffmann von dem Unbegreiflichen, «für mich noch immer Unbegreiflichen» sprechen können, wo denn die Gedanken, das Bewußtsein der heutigen Toten geblieben wären, wo das Erlebnis, ihnen ein paar Minuten vor dem Niedergerissenwerden ihrer Leiber in die Augen geschaut zu haben. Ach, Hoffmann wollte wohl eher nicht verstehen, als daß er nicht verstand. Er glaubte auch nicht, daß Ariane darüber nachdachte, und vielleicht war der Gedanke nicht nur sentimental, sondern auch ein Bestandteil der Fälschung, des angeblichen Gewissens und seiner Erforschung! Laschen konnte dem Aufbau seiner Verwirrung Punkt für Punkt folgen, ohne daß dadurch auch nur eine Fragwürdigkeit sich aufgeklärt hätte. Von nichts also konnte er sich befreien, wie dann von der eigenen Vergangenheit?

Als sein Vater den Tod herankommen ließ (zwei Jahre

lang war er über den eigenen Zustand genau informiert gewesen, über die Unabweisbarkeit des baldigen Todes), hatte er aufgehört, über alle, ihm früher als die wichtigsten erschienenen Probleme zu sprechen, höchstens noch kurze Bemerkungen über das Wetter, über Gewitter in den Bergen und im Flachland, über das, was ihm aufgefallen war, als er zum unwiderruflich letzten Mal sich aus dem Haus gewagt hatte. Auch diese Bemerkungen wurden immer kürzer und seltener; in den letzten Monaten mußte man ihm ausdrücklich Fragen stellen. Und Laschen hatte sich überlegt, ob sein Vater nicht plötzlich und deutlich den Wert des Nichtsprechens erkannt habe, den Wert der nicht gemachten Mitteilung. Es konnte doch wichtig sein, eine Mitteilung nicht zu machen, damit ihr Inhalt als eine erst noch zu machende Erfahrung für andere erhalten blieb. Indem sein Vater zuletzt alles Weitere verschwiegen hatte, war es ihm, Laschen, übriggeblieben als Bewegungsfreiheit.

XXV

Von nebenan hörte Laschen Geräusche, also wurde Hoffmanns Zimmer bereits aufgeräumt. Wasser rauschte, eine Frauenstimme sang, offenbar im Bad, und etwas Hartes stieß gegen die Fußleisten, immer wieder, es hörte sich in diesen bockigen Wiederholungen dumm an. Er öffnete die Tür und schaute auf den Gang hinaus, wo neben Hoffmanns Tür ein Berg Bettwäsche lag. Daneben auf dem Boden ein Tablett mit

vielen leeren Whiskyfläschchen. Er machte die Tür schnell wieder zu.
Das rieselnde Geräusch des Staubsaugers drang herüber oder drang durch die Wand wie ein feiner, durch nichts aufzuhaltender Staub. Er legte sich aufs Bett, hielt es aber im Liegen nicht aus, so daß er sich auf den Bettrand setzen mußte, die Arme auf die Knie stützte und hinabschaute wie von einem Berg. Sitzend hielt er die nervöse Spannung besser aus, alle Organe schienen langsam die normale Funktion wieder zu erfüllen, nachdem sie sich vorher, sperrig wie Maschinenteile, nur gegenseitig bedrängt hatten. Dieser «Hausputz» nebenan erweckte in ihm ein feuchtes klammes Gefühl, wie die Gefühlsbegleitung während der «Waschtage» in seiner Kindheit, als die klaren, von den Gardinen und Vorhängen befreiten Fensterscheiben einen unerträglich direkten Blick in eine endlose Eintönigkeit freigaben.
Die Jalousie war heruntergelassen, und es hätte jetzt wirklich Winter sein können, es war ja auch Winter, Januar immer noch, er hatte es beinahe vergessen. Aber zu Hause liefen «sie» jetzt dick vermummt umher. Kein Blatt mehr an den Bäumen, aber hier und da noch immer eine Nuß mit schwarzgefaulter Schale, ein paar winzige faltige Äpfel, die allerdings aussahen wie das übriggebliebene Allernötigste, damit man wußte, wo man war.
Laschen meinte, er hätte es sich auch zum Vergnügen machen können, auf Ariane zu warten. Auf jeden Fall mußte er ihr Zeit lassen, die Sache mit dem anderen Freund zu beenden. Inzwischen wollte er Greta den hauptsächlichen Brief schreiben, in dem er alles klar-

stellen, Punkt für Punkt alles durchgehen würde. Dieser Brief könnte vielleicht sogar, wie es öfter geschah, die anderen überholen und damit ungültig machen. Auch der Kündigungsbrief an die Herausgeber mußte bald abgeschickt werden. Möglicherweise würden die Herausgeber ihn telegrafisch bitten, die Kündigung «in dieser Situation» noch mal zu überdenken, zurückzunehmen oder wenigstens zurückzustellen, bis er wieder zu Hause wäre. Ebenso war es auch möglich, daß Greta den Brief beiseite legte, ohne auch nur einen Augenblick an *das alles* zu glauben. Er würde erst persönlich auftreten müssen, um sie an die Wahrheit zu gewöhnen, sie mit dem Kopf darauf zu stoßen.

Wie eine flüchtige Belustigung kam ihm der Gedanke, der Installateur Wolf könne ihn inzwischen verklagt haben, und Greta läse in diesem Moment den Brief von Wolfs Anwalt. Belustigend war auch der Gedanke, gegen Wolf vor Gericht zu stehen, wo er natürlich kaum Gebrauch machen würde von der Gelegenheit, dem Gericht das Geschehen aus seiner Sicht zu schildern. Wolf würde nur dastehen, stramm, um sein Recht schon betrogen. Laschen konnte sich weiter vorstellen, daß seine Personalangaben in der Gerichtsakte mit dem Zusatz versehen wären: . . . der inzwischen von seiner Familie getrennt und im Orient lebende Angeklagte . . .

Er zog die Jalousie hoch, mußte die Augen schließen und schob die Hände unter die Achseln. Nach einer Weile glaubte er unten in der Straße Mark Padnos zu erkennen, eine Gestalt, die unter dem Arm ein Bündel trug, etwas wie eine zusammengerollte Wolldecke. Auf der Rückfahrt von Ehden hatte Rudnik die beiden nicht abreisewilligen amerikanischen Journalisten überschwenglich gelobt, sie seien tüchtige Kerle nach seinem Geschmack und wagten sich vor bis in die jeweils vorderste Linie. Aber man konnte doch vorher nie wissen, wo die vorderste Linie war. Beide, Padnos wie auch der Fotograf, waren mindestens zehn Jahre jünger als Laschen und Hoffmann. Sie waren schon lange und ununterbrochen hier. Neben ihrer aktuellen Berichterstattung arbeiteten sie auch an einem Buch über den Krieg im Nahen Osten. Laschen hatte früher, noch im Phoenicia-Hotel, oft mit Padnos gesprochen. Vor ein paar Tagen, als er einmal sehr früh aufgestanden war und sich unten in der Halle um die neuesten Nachrichten kümmerte, hatte er sie zurückkommen sehen, starrend von klumpigem, an den Parkas und Hosen weißlich eingetrocknetem Dreck, durchgefroren trotz ihrer Pelzfütterung. Die babyhafte Zufriedenheit in ihren Gesichtern hatte ihn geärgert, gerade weil beide so unbekümmert in die Halle stapften und dabei doch so wenig auf sich aufmerksam machten, als kämen sie von ihrem normalen «Job» nach Hause zurück. Es war nicht nur die Zufriedenheit wohlgeborgener Babies, auch die von Goldgräbern, die sich ihr Glück hart erwirtschafteten. Sie hatten sich die Zimmerschlüssel geben lassen und waren im Lift verschwunden mit ihrem Biwakgepäck, Taschen und Stativfutteralen. Laschen hatten sie zugenickt, ohne ein Zeichen von Geringschätzung für einen Kollegen, der offensichtlich ohne Einsatz arbeitete, die Schlachtbeschreibung – so mußten sie es sehen – aus dem Bett heraus lieferte.

Laschen hatte Hoffmann von dieser überwältigenden

Rückkehr von der Front erzählt, in belustigtem Ton, und Hoffmann hatte nur gesagt, die seien okay. Und Laschen, etwas gereizt, hatte geantwortet, Padnos und auch der andere, der Fotograf, seien eben typische, amerikanische Zeiterscheinungen des Journalismus, *Beat-Reporter*.

Laschen rauchte hastig, stellte das Radio ein paarmal an und wieder aus. Er dachte an die tote Familie in Damur, auch an die Ghorayebs, die jetzt vielleicht auch schon eine tote Familie waren. Ein müßiger Gedanke inzwischen. Der Brief an Greta war wichtiger; wichtiger war auch die Tatsache, daß er schon wieder Hunger hatte. Bis er Ariane wiedersah, würde er gleich nach dem Essen immer sofort wieder Hunger haben. Er leerte zwei Fläschchen Bourbon rasch hintereinander und legte sich aufs Bett. Morgen wollte er den Versuch wiederholen, ein Interview mit dem Führer der PLO zu bekommen. Die Fragen, die er sich im Liegen zurechtlegte, kamen ihm dann, als er wieder aufrecht stand, haltlos und dumm vor. Ob er, Mr. Arafat, nicht das Seine dazu beitragen wolle, solche Gemetzel wie das von Damur auszuschließen für die Zukunft? Ob Mr. Arafat begriffen habe, daß jede Revanche, unabhängig von Recht und Unrecht, nur die Eskalation der Gewalt beschleunige? Andere Fragen klangen schmeichlerisch, so als sei Laschen Mitglied, müsse dies aber vor der Öffentlichkeit verheimlichen.

Laschen hatte wohl geträumt, und im Traum war es eben so, daß kein Gegenstand über sich selbst hinaus etwas galt, daß jedes Wort, jedes Bild nur für sich selbst Gewicht und Kontur hatte und sonst, sogar der Tod, alles von einer eigensinnigen und allgemeinen

Flüchtigkeit war. Und was bedeutete es, daß er Ariane liebte? Die Frage sollte er sich auch im Traum stellen. Oder er könnte sie Mr. Arafat stellen, der mit einem Lenin-Zitat darauf antworten würde. Vielleicht brauchte er Ariane nur jetzt und hier, war sie nur hier das, wonach er ständig gesucht hatte, eine Liebe, die nur dazu da war, alles andere in immer rätselhafterer Abgeschiedenheit zu erleben? Kein Mensch konnte ja mehr mit ihm vergleichbar sein. Wer hier getroffen fiel, sich an die Erde klammerte, konnte, solange er selber nicht derjenige war, nicht sein *wie* er. Er erinnerte sich aber ziemlich genau, daß er früher als Kind jeden Schmerz eines anderen als einen ganz nahen, annähernd eigenen empfunden hatte.

Die Fragen, mit denen er Arafat wirklich hätte provozieren können, müßte er schon vorher den Christenführern stellen. Sie waren die eigentlich «interessierte Seite». Er sah sich ihnen gegenübersitzen, in der Kommandozentrale in Achrafieh. Er zwang sie, sich die Fotos von Verstümmelten anzusehen, deren Gesichter im zuletzt durchlittenen Schmerz zu Glas erstarrt waren. Seine Stimme überschlug sich, Speicheltropfen schnellten ihm aus dem Mund. Seine Erregung steigerte sich noch für die Getöteten, für die Schmerzen der Opfer. Die Herren verstanden ihn nicht. In seiner Empörung wurde er lächerlich. Mit einemmal verfehlte jeder Ausdruck das gemeinte Gefühl. Er hatte kein solches Gefühl. Er hatte gar kein Recht, empört zu sein, weil er Empörung überhaupt nur zitieren konnte, weil er es einfach nicht schaffte, zu all den so fernen Leibern und Seelen eine Nächstenliebe zu unterhalten. Sein roter Kopf, seine sich überschlagende Stimme, sein Pathos für das Lebenlassen, du lieber Himmel, wie lächerlich er damit war. So wollte er nicht länger sein, dann lieber gar nichts mehr fühlen, vielleicht würde dann wieder etwas wachsen in ihm.

Aber das Gefühl zu Ariane fühlte er immer stärker werden, die Sucht, ihr nahe zu sein, ihr Gesicht zu sehen, ihre Haut im Dunkeln zu erkennen. Er dachte, es müsse ein Zusammenhang bestehen zwischen seiner Unfähigkeit, rasch den Brief an Greta zu schreiben, den alles entscheidenden und klärenden, und der Bestimmtheit, mit der Ariane ihn von sich fernhielt. Bisher hatte er ihr auch noch kein einziges Zeichen seiner Absichten gegeben. Sie mußte annehmen, er hätte keine Absichten.

Es wurde schnell dunkel, stählern schimmerte der Himmel. Er ließ die Jalousie wieder herunter, und sofort kehrte der Eindruck von vorhin zurück, einer lastenden trostlosen Erstarrung. Wieder schaltete er das Radio an, diesmal nur, um nicht der Geräuschlosigkeit anheimzufallen. Das Lampenlicht war gelb und warm, doch konnte er sich darin ebensowenig aufhalten, wie er vorher keine Sekunde länger mehr in die Dämmerung hätte hinausstarren können. Er mußte das Zimmer verlassen, und daß er es verlassen wollte, kam ihm jetzt so unendlich bedeutungsvoll vor. Er schob das Hosenbein hoch und schnallte das Messer unterhalb des Kniegelenks fest. Den Paß schob er unter die Wäsche zu den anderen Papieren, nahm ihn dann aber doch wieder an sich.

Wie praktisch. Das Messer lag fest an der Wade. Keine Ausbuchtungen an Hose oder Jacke. Knappe, unscheinbare Ausrüstung. Daß ihm jetzt so etwas gelang.

Paß, Portemonnaie und das Messer waren die einzigen Dinge, die er mit sich trug. Vor dem Spiegel legte er mit den Fingern die Haare über die Ohren. Er wünschte, fortfahren zu können mit solchen praktischen und wirklichen Verrichtungen. Von jeher war er unpraktisch gewesen und hatte das unterstützt mit immer größerer, immer unverschämterer Umständlichkeit, sehr eitel. Ein paar Versuche, etwas Kompliziertes selbst zu machen, waren mit Vorbedacht gescheitert; später scheiterten sie trotz guten Willens. Schwierigkeiten, die Kleidung ein wenig passend und bewußt zu tragen, gehörten dazu. Keinen Menschen konnte er aus mißlicher Lage befreien, keinem einfach, technisch, helfen. Er bedauerte dann glaubwürdig, daß ihm das nicht gelang. Er selbst ließ sich großzügig helfen. Besonders ungeduldig konnte er werden, wenn er auf einen gleich Unbefähigten traf, der sich wie er auf Glückhaben und Improvisation verließ und auf Intuition. Denn das glaubte er von sich, daß er vermeintliche Ereignisse nur knapp bewertete und mit Verständnis nur vortäuschenden Wörtern versah. Alles Wirkliche jedenfalls lag inzwischen weit außerhalb seiner Arbeit, selbst das Tippen in die Maschine konnte er nur noch bedingt als Tätigkeit verstehen, vielmehr trieb es die Nichtsnutzigkeit und den Hohn auf die Spitze.
Aber Berichterstattung – Ariane würde das einsehen – war notwendig. Einmal hatte er ihr von seinen Schwierigkeiten erzählt, seine Schwierigkeit sei es oft, das Geschriebene anzuerkennen angesichts der immer ungeschriebenen Realität der Ereignisse.
Sie stellte dazu aber keine Fragen, hatte wohl nicht genau verstanden, was er meinte, weil er auch dauernd

mit den Erklärungen zu konfus herumfuchtelte. Berichterstattung war notwendig, nur mußte er sich selbst auch ganz notwendig sein oder dahinter ganz verschwinden. Notwendig sein *und* verschwinden, etwa wie der Marathonläufer mit dem Ruf: Wir haben alle verloren! – tot zusammenbrechen. Das Kampfspiel der Interessen und Mächte wurde durchsichtiger und immer durchsichtiger, und immer öfter änderte das alles; und er und die Masse seiner Kollegen machten es allgemeinverständlich, eben immer durchsichtiger.

Wenn er sich getraute, einen spekulativen Artikel über sie syrischen Absichten im Libanon zu schreiben (es waren Spekulationen, wie man sie abends in der Hotelbar hören konnte), ob etwa in Damaskus eine neue Invasion geplant wurde, wie im Gegenzug Israel und die anderen westlichen Interessenten reagieren würden, dann war das nicht die Schreckensdosis für die Zivilisierten daheim, dann trieb das auch Illusionen aus über die Befähigung der Spezies, noch länger auf der Erde zu überleben. Dazu wiederum – Laschen gestand es ein – gab es laufende Ereignisse als Gegenbeweise, aktueller Art allerdings nur; so blieb auch hier in Beirut das Allergewöhnlichste sogar in seiner Mannigfaltigkeit erhalten, es wurde sogar ermöglicht von den dampfenden, schrillenden, niedersinkenden Menschenkörpern: es ging alles weiter, das knapp gewordene Brot wurde dennoch in ausreichender Menge beschafft, Feuer gemacht überall, Essen so rasch und gut als möglich darauf gekocht, viele setzten sich immerfort miteinander zu Tisch, gingen miteinander zu Bett. Es war das notorisch menschheitsgeschichtliche Weitermachen, der «Normalbetrieb» unter krassesten Bedingungen, wie er

aus den Konzentrationslagern berichtet worden ist, wie er das Leben der Stadt London während der großen Pest (Defoe) bestimmt hat. Es ist in allen langfristigen Katastrophen vom «Normalbetrieb» des Lebens berichtet worden. Das Erstatten von Bericht ist jederzeit so selbstverständlich wie der Normalbetrieb.
Also sollte auch niemand, der sich heute für einen Menschen hielt, zurückkehren können in die Unwissenheit, in die Ununterrichtetheit; vielmehr war alles richtig, wenn auch nicht gut, es war alles richtig, wenn auch alles tödlich war. Die Weltberichte waren notwendig, wenn sie auch mit ihrem Echo die Schlächtereien beflügelten: die Schriften gingen fortlaufend in Erfüllung, wurden oft noch übererfüllt. Und alles sollte berichtet werden, erst dann war es endgültige Vernichtung, und darauf konnte alles erneut sich ereignen, besser, weil gewußter, geplanter und berichteter. Er hatte einen guten Artikel geschrieben, allerdings im Hochgefühl, als er von Ariane kam. Das gab es also. Seltsam, derart im Hochgefühl der Wahrheit gewesen zu sein. Und wieso – vielleicht neigte er nur dazu – sollte seine Krise eine Krise der Berichterstattung sein?

XXVI

Auf dem Platz der Märtyrer rafften die Händler mit Frauen und Kindern die Habe wie die Ware in Körbe und in Tücher, um zu verschwinden. Ein neuer Waffenstillstand war am Vormittag ausgehandelt worden, unter gewissen Vorbehalten der Unterhändler, und sofort, am späten Nachmittag, wieder gebrochen worden von beiden sich gegenseitig beschuldigenden Lagern. Der Platz war nach der dem Stadtteil Bab Edriss zugekehrten Seite hin offen, nur noch von Trümmerhaufen begrenzt, aus denen dünne Rauchfahnen aufstiegen. Die Kinoreklame, ein gemaltes Transparent, das über die ganze Breite eines zerschossenen Gebäudes gespannt war und ein arabisches, märchenhaft kostümiertes Liebespaar zeigte, war von gezielten Schüssen in die Gesichter entstellt. Obwohl die Passanten gebückt rannten, die Taxen mit quietschenden Reifen in Seitenstraßen bogen, hatte Laschen doch den Eindruck, die Schüsse würden vorerst nur zur Probe abgegeben, eine allgemeine, noch ruhig vor sich hinspielende Intonation. In einer Toreinfahrt war ein Kaffeeverkäufer, umringt von fünf jugendlichen Bewaffneten, die Laschen seltsam gleichgültig entgegenblickten. Er hatte sich rasch wieder umdrehen und weglaufen wollen, war aber doch, weil es ihm plötzlich ratsam schien, auf die Gruppe zugegangen, die sich, daraufhin, nicht weiter um ihn kümmerte. Sie machten einen unausgeschlafenen und mürrischen Eindruck, als müßten sie eine einmal angefangene Arbeit durchhalten, ohne daran noch interessiert zu sein. Sie stellten die leeren Pappbecher auf den Wagen und trotteten davon. Laschen sah sie in ein verlassenes Haus gehen. Als er den letzten Schluck Kaffee nahm, waren im Dunkel hinter den Fensterlöchern des vierten Stocks undeutliche Bewegungen von Köpfen und Gewehrläufen zu erkennen. Er wollte rasch wieder aus dem Hof heraus auf den Platz, und auch der Kaffeeverkäufer hatte schon zusammengeräumt, deutete aber in die entgegengesetzte Richtung, auf das Haus hin, in dem die Bewaffneten waren, in deren Visier sie jetzt sicher gut zu fixieren waren. Es lagen verstreut Steine und verrostete Gegenstände auf dem Weg, der den Platz mit einer kleinen Wohnstraße verband. Der Mann bedeutete ihm, er solle ihm helfen, den Wagen über das Geröll zu heben. Laschen half gern, weil er sich dabei sicher fühlte. Er räumte auch ein paar eiserne Ofenteile mit dem Fuß beiseite. Die da oben hatten ihn im Visier, das wußte er genau und machte nur die *richtigen* Bewegungen, die dem Weiterkommen mit dem Kaffeewagen dienten.

Sie waren um das einzeln in den Trümmern stehende Haus herum auf die Straße gelangt, und Laschen wußte sich immer noch sozusagen in Schußverbindung. Er fühlte sich übertrieben agieren wie ein Laienschauspieler, der alles ganz deutlich machen will. Einmal bückte er sich und zog ein Stück Draht aus den Speichen eines Rades heraus. Als er dem Mann, der die Richtung zum Hafen einschlagen wollte, lächelnd die Hand gab, fielen ein paar Schüsse, die ihnen beiden, wie er bemerkte, nicht galten. Er hatte nur den Kopf ein wenig eingezogen und die Hand, herzlich, weitergeschüttelt. An der Ecke der Rue Nahr Ibrahim, in die er rechts einbiegen wollte, blieb er noch einmal stehen und winkte dem Mann hinterher, der aber ruhig, ohne sich umzudrehen, den Wagen weiterschob.

Er fühlte auf der Stirn die feinen Schweißtropfen kalt werden und ging schneller, als er außer Sichtweite der Schützen war. Sie hatten ihm nichts getan, vielleicht deshalb, weil er, beinahe, mit ihnen zusammen Kaffee getrunken hatte. Es war noch dunkler geworden, aber noch immer keine Finsternis. Nur manchmal – er machte einen weiten Boden – drang etwas Licht durch die Ritzen der Parterrefenster und ließ das Pflaster sanft schimmern, als sei es von Rauhreif bedeckt. Die Raketengeschütze «arbeiteten» noch nicht; was er hörte, waren trockene, kaum nachhallende Einzelschüsse, die um so spielender und harmloser schallten, je näher er dem Bachora-Bezirk kam.

In diesen Minuten erst wurde ihm bewußt, daß er unwillkürlich eine größere Nähe zu Ariane gesucht hatte, die Richtung aber nicht direkt, sondern auf Umwegen genommen hatte. Er konnte sie nicht wieder unaufgefordert besuchen, aber das Haus wollte er sehen, etwas Licht von ihrem Licht. Morgen wollte er den Brief an Greta schreiben, um ihr eine Trennung vorzuschlagen. Spätestens am Dienstag würde er Ariane davon erzählen. Dabei wollte er jede Aufdringlichkeit vermeiden und hinzufügen, diese Trennung sei erforderlich geworden aus vielen Gründen und habe nichts mit Ariane und ihm selbst zu tun. Er war ganz guter Laune und glaubte, es könne nicht schwierig sein, eine Trennung so zu vollziehen, daß auch die Kinder sie akzeptieren könnten. Das Haus wollte er Greta überlassen, wenn sie einverstanden wäre. Er wollte diese Entscheidung streng und direkt einleiten. Dabei hielt er sich zugute, daß ihm Greta nicht gleichgültig war. Aber das genügte nicht mehr. Er war bereit, das einzusehen und eine neugewonnene Stärke gegen schwächerwerdende Gefühle zu setzen, bevor sie ganz unscheinbar würden. Er bildete auch schon die Sätze, mit denen er es seiner Mutter erklären wollte.

Der Weg war ihm schwierig vorgekommen, so als hät-

te er sich hindurchbeißen, ja sogar -kämpfen müssen. Er hatte etwas «durchgemacht», das müßte ihm anzusehen sein, so wie den amerikanischen Kollegen, den Beat-Reportern.
Laschen näherte sich dem Haus diesmal von der anderen Seite, wo es morgens im Schatten des Appartementblocks lag und also auch von den Christen in Achrafieh kaum getroffen werden konnte. Er stolperte auf dem unebenen Boden unter den Balkonen, hörte auch von oben wieder gedämpfte Stimmen und ging dicht an der Wand, bis er vorbei war. In einem großen Bogen überquerte er das Grundstück, bis er weit unterhalb des Hauses die Begrenzungsmauer erreichte. Von dem Haus waren nur die hellen Amphoren an den Ecken des Dachsimses zu sehen. Gebückt kam er an eine Stelle, an der die Mauer durchbrochen war zu einer Rosette. In die Zwischenräume paßten die Schuhspitzen hinein, so daß er sich hinaufstemmen konnte. Er sprang auf den Rasen hinunter, fürchtete, gesehen zu werden von den Balkonen des Wohnblocks her, vielleicht sogar von Ariane. Ihre Jalousien waren aber geschlossen, und er sah erst beim Näherkommen Licht durch die Ritzen dringen. Die Lampe über der Außentreppe brannte nicht. Er blieb auch diesseits dicht an der Mauer und drängte mit den Armen die Zweige des Gesträuchs beiseite. Den Plattenweg, der ums Haus herumführte, stellte er sich als die Grenze vor, die er nicht betreten durfte. Das harmlose Geknattere hatte sich in den letzten Minuten etwas verstärkt, gut zwei Kilometer weit weg. Der Wind stand dauernd dünn und kalt auf seinem Gesicht und nahm immer rasch den hellen Atem weg. Was machte sie jetzt da drin? Er

konnte sie nicht belauschen und nicht beobachten. Er hätte es getan.
Undenkbar, daß jemand von den Schüssen getroffen wurde, undenkbar, daß niemand getroffen wurde. Für unmenschlich hielt er seine Gleichgültigkeit, aber sie tat wohl. So unbequem er auch dastand, mit dem Rükken gegen die Mauer gelehnt, die Blicke unverwandt auf das Haus, auf die Tür gerichtet, fühlte er innen doch ein großes Behagen, eine Lust, an nichts beteiligt zu sein. Er war nicht beteiligt, warum sollte er sich deshalb böse sein? Ariane betrachtete ihr Kind, an ihn jedenfalls dachte sie nicht. Einmal kämpfte er scheinbar mit sich, ob er nicht doch die Treppe hinaufgehen und klingeln sollte. Er hielt für möglich, daß sie doch, spontan, Lust haben könnte, ihn zu sehen. Sie würde ihm kaum böse sein, allerdings würde er schwach und rückfällig geworden sein, und das wäre nicht gut, das machte ihn nur billig und gewichtslos in ihren Augen.
Am Himmel war ein Widerschein von den Bränden. Die automatischen Gewehre wurden öfter von den hohlen rotierenden Detonationen der Raketen übertönt. Er träumte und ließ auch den Blick herumirren im Garten, dessen Einzelheiten er immer genauer erkannte. Jeder Anblick hatte mit ihr zu tun, und er wollte alles von ihr genau kennen. Sie verstand ihn nämlich viel zu gut, als daß er sich von ihr noch hätte entfernen können.
Eine halbe Stunde oder eine Stunde war vergangen. Er erwartete nichts, wartete aber doch. Ein paarmal, als der ferne Lärm etwas abebbte, glaubte er, Stimmen zu hören, einmal auch Musik, aber diese Geräusche

konnten ebensogut aus den Appartements gegenüber kommen oder eine Täuschung sein. Er mußte Kraft aufbieten, sich von der Stelle zu lösen, riß sich geradezu aus dem Boden heraus, damit endlich wieder etwas geschah. Also durchquerte er den Garten in immer gleichem Abstand zum Haus und kam zum Tor, das verriegelt war, aber innen stand ein altes amerikanisches Auto. Es war ein Schock für den ganzen Körper von Laschen. Das war eine gelungene Kränkung von dir, flüsterte er. Der andere Freund war bei ihr, diese Tatsache machte alles so stumpf. Das Auto war feindlich und sah auch so aus. Es hatte ein paar Beulen und Einschußlöcher. Auf dem Rücksitz lagen Papierknäuel und ein leeres Einkaufsnetz. Er sah zu dem Haus hinüber. Dann ging er langsam um das Auto herum. Es hatte hinten keine Stoßstange mehr, und das Nummernschild war mit dünnem rostigem Draht befestigt.

Als er gerade auf seinen alten Platz zurückkehren wollte, ging über Arianes Tür die Lampe an, und ihr Schein reichte weit in den Garten hinein. Ihre Stimme war zu hören, und auch die Männerstimme. Sie sprachen Arabisch, und er konnte sie beide nicht sehen, weil er aus dem Licht heraus mußte und seitlich hinter die Stämme der Zypressen trat, die parallel zum Zaun standen. Sie kam mit dem Mann die Treppe herunter. Sie blickten sich um. Er war ein paar Zentimeter kleiner als sie und hatte einen Arm um ihren Nacken gelegt. Sie gingen im Kreis auf dem Rasen und blickten hinauf zum Himmel, zu dem Wohnblock hinüber, dessen Lichter doch hier und da durch die Verdunkelung funkelten und der, dunkel und schwer, wie ein

Schiffsrumpf wirkte, auf dem alles für einen Moment den Atem anhielt. Der Mann trug Schnürstiefel, die Hose war in die Schäfte gesteckt, einen Rollkragenpullover und darüber einen halblangen Mantel. Über die Schultern und den Rücken hing ein gemustertes Tuch, das vorn am Hals verknotet war. Die rechte Hand lag leicht gewölbt an der Hüfte. Darunter schaute der kurze Lauf einer Pistole hervor. Als sie sich umarmten und küßten, sah Laschen, wie Arianes Körper sich an ihm wand und wie sie eine Hand auf die seine legte, in der die Pistole lag. Als sie auf das Auto zukamen, sah er das Gesicht des Mannes sehr deutlich; sein Gesicht war breit und hatte den Ausdruck einer gerade verlorengegangenen heiteren Jugendlichkeit. Es war nicht zu erkennen, in welche Richtung genau seine Augen blickten, und Laschen hielt sich vorsichtshalber dicht hinter dem Baumstamm und bewegte sich nicht. Sie wechselten noch ein paar Abschiedsworte. Ariane lachte auf, und natürlich trafen sie die nächste Verabredung. Ariane schaute, als der Mann eingestiegen war, zu Laschen hinüber. Dann beugte sie sich noch mal durch das Fenster zu ihm hinein, richtete sich sogleich wieder starr auf und schien zu horchen. Sie ging zum Tor und zog die Flügel auf, deren Eisenstäbe über den Boden schürften.
Die Scheinwerfer jagten links herum um die Gartenmauer in Richtung Maazra. Ariane ging langsam mit gesenktem Kopf zur Treppe zurück. Sie sah ganz gesammelt aus, als horche sie noch immer auf Nebengeräusche. Aber er hätte ruhig auf einen Zweig treten können – die Hauptgeräusche waren gleichmäßig und laut genug, alles andere zu tarnen. Das Messer fiel ihm

ein, die Lederscheide lag dicht und warm an der Haut. Der Tragriemen schnitt die Haut unter dem Kniegelenk etwas ein. Er wollte heraustreten aus dem Versteck, ihr in den Weg treten, und dann? Was hätte er zu sagen gehabt? Das würde sich schon ergeben. Vielleicht konnte er sich nicht beherrschen und schlug sie ins Gesicht, auf die Narbe, auf diesen kleinen harten Steg in ihrem Gesicht.

Jetzt Abschied zu nehmen von ihr, endgültig, das wäre gut. Er sah sich auf sie zugehen, hörte, wie er ihr zurief, sie solle stehenbleiben, aber doch war er es, der still blieb und sich nicht rührte. Würde sie erstaunt sein oder nur peinlich berührt, würde sie ihm offen etwas zu erklären versuchen oder nur alles beschönigen? Sie ging langsam die Stufen hinauf, er schloß die Augen und spürte, wie sich in ihm ein Gewicht auf die andere Seite verlagerte. Sie war ihm fremd, und sie konnte ihn nicht verstanden haben, sonst hätte sie sich von diesem Araber nicht berühren lassen. Wie konnte sie es überhaupt aushalten, sich von diesem Araber *und von ihm* berühren zu lassen? «Ein anderer Freund», hatte sie gesagt, das klang jetzt in seinen Ohren hinterhältig komisch. Sie hatte sich oben mit den Ellbogen auf die Brüstung gestützt und schaute über den Garten hinweg. Er hatte ein siedendes Geräusch in den Ohren, als dränge sich alles Blut auf einmal im Kopf und als sei die Gurgel zugleich auch das Herz. Sie war so ruhig, ein Bild versonnener Ruhe, und er könnte mit einem Schrei hinstürzen, der Körper würde ihm sofort gehorchen und ohnmächtig werden. Wenn es nur nicht so dramatisch wäre – und dumm. Und er merkte schon, daß er die Enttäuschung und

Niedergeschlagenheit, die er sich eingeredet hatte und die ihn auch wirklich ergriffen hatte, nicht durchhielt. Es erregte ihn, was er vorhin gesehen hatte, daß sie die Hand gestreichelt hatte, die die Waffe hielt. War dies Gefühl in ihm nun Empörung oder die Sucht nach ihr? Du Nutte, du Nutte, du verfluchte Sau – es war ein zärtliches Geflüster.

Am Dienstag, nahm er sich vor, bleibe ich, bis der andere Freund gegangen ist. Er würde Deutsch reden mit ihr, kein Wort Englisch oder Französisch. Aber: wie lächerlich, blöder Nichtsnutz, du taube Nuß, die du bist, du alberner, herumraunzender und -beißender Deutscher. Sie war Araber geworden, da hatte sie recht. Weder ergriff sie irgendwie richtig Partei, noch war sie deshalb gleich eine Unparteiische. Sie kannte solche deutschen Gegensätze gar nicht mehr, hatte jedes Entweder-Oder verlernt.

Er füllte sich auf mit ihrem Anblick, wollte nichts mehr für oder gegen sie denken, was ihm auch halbwegs gelang, bis sie sich umdrehte, um hineinzugehen, wobei ihre Bewegungen etwas schlotternd waren, wie die einer großen Puppe, die geschüttelt wird, um sie «zur Vernunft zu bringen».

Er war froh, sich nicht bemerkbar gemacht zu haben. Das Tor war nicht ganz geschlossen, so konnte er sich durch den Spalt drängen und endlich wieder gehen und tief atmen. Auch jetzt wollte er nicht nachdenken über die Richtung, die er einschlug. Er wußte nur, wenn er sie beibehielt, würde er auf kürzestem Weg Bab Edriss oder die Souks in der Altstadt erreichen.

XXVII

Jede Nacht gerieten im Holiday Inn ein paar Zimmer in Brand und wurden rasch gelöscht. Die Rue Damas lag streckenweise unter Dauerbeschuß, am heftigsten der Abschnitt am Museumsplatz, der die Grenze zwischen Maazra und Achrafieh bildet. Die Front verlief im Zickzack und war jede Nacht woanders; so war jeder auf seinen Instinkt und seine Beweglichkeit angewiesen, wenn er nicht plötzlich in gegnerische Linien geraten wollte.

Laschen wollte sich nicht töten lassen, wollte aber unvorsichtig sein wie die amerikanischen Kollegen. Die Granaten hörte er über den Dächern surren, sie flatterten, meinte er, wie einsame, eine Beute suchende Nachtvögel. Irgendwo hockte der andere Freund von Ariane, das Auge am Zielfernrohr, in dessen Fadenkreuz Laschen bald auftauchen würde. Nein, nein, der Freund war nach Maazra gefahren, wahrscheinlich ein Palästinenser, jedenfalls war er kein Maronit wie ihr verstorbener Mann. Arianes Würde war dadurch nicht befleckt. Aber hatte er nicht im Gesicht des anderen Freundes Zeichen von Überdruß entdeckt? Was hatte sie von dem zu erwarten, der zu jung war, übererregt jederzeit, der sich die ständige Überreizung und Überspannung eben auch auf diese Art vom Leib schaffte. Eine todeseuphorische, eine Todesgeilheit, das war es, was er ihr zu bieten hatte, seine Bewaffnung, seine Abstecher in Feuerpausen. Der konnte Ariane nicht dazu bringen, ihn zu lieben, nur sie erobern und ausplündern und besudeln mit seinem Dreck und Sperma.

Laschen trat in eine Toreinfahrt, in der die berstenden Einschläge gedämpfter klangen, sich aber inzwischen dem Pflaster unter den Sohlen mitteilten als ein Nachbeben. Er war stehengeblieben, um eine Zigarette zu rauchen. Der Hof war dunkel, und die Häuser rundum schienen aufgegeben worden zu sein. Er konnte nicht erkennen, in welchem Zustand sie waren, vielleicht ausgebrannt, denn hier roch es nach dem beizenden Rauch von Schwelbränden. Zur Straße hin verdeckte er die Zigarettenglut mit der Hand, und trotz der Unruhe, der nervösen Angst, empfand er beim Inhalieren eine samtene Behaglichkeit. Nachdem er die Kippe ausgetreten hatte, bekam er einen heftigen Durst, der als Gefühl viel deutlicher und stärker war als vorhin die Angst, die er ja immerhin mit einer seltsamen Dankbarkeit registriert hatte, wie eine vom Körper nicht mehr erwartete Leistung. Er ging rasch weiter. Noch schien ihn eine schallschluckende Barriere vom eigentlichen Kampflärm zu trennen, die Dunkelheit ihn noch beinahe vollkommen zu tarnen. Einmündende Seitenstraßen passierte er erst, wenn er vorsichtig um die Ecke geschaut hatte. Er wich verstreut umherliegenden Trümmern und Gegenständen aus, die er nicht genau erkennen konnte. Das Pflaster war von Granateinschlägen aufgerissen. Zerstörte Maschinen hatten Öl verloren, es stank danach, und in den Lichtgarben, die für Sekunden aufzuckend alles so beinern weiß erhellten, als solle es zugleich geblendet und gelähmt werden, waren Steine und Schotter mattschwarz, von poröser und körniger Oberfläche. Alle

Autos Wracks, löchrig und niedrig, als seien sie vom Himmel gefallen, die Polster von Rauch und Öl geschwärzt, voller Glassplitter. Keine Menschen, nur diese schon entrückt und vergangen wirkenden Spuren. Vielleicht hatten hier die Kämpfe einfach deshalb aufgehört, weil es keine Betroffenen mehr gegeben hatte, da alle schon geopfert, vertrieben oder geflohen waren.

Noch immer fühlte Laschen sich sicher, glaubte, die Angst allein werde ihn schon schützen. Er mußte dem Zentrum schon nahe sein, der Place Riad el Solh. Jeder Knall, jede Schußserie aus Maschinengewehren war jetzt schon von erschütternder Heftigkeit, verursachte ungewohnte Schwingungen, prallte an, wurde langsam Geschmettere.

Im Kopf war alles ebenso ungelöst wie unentschieden. Das, was er dachte, war so leicht und schwadenhaft, daß es sogleich sich in Nichts auflöste. Und in all diesem Ungenauen, Verfliegenden war nur Ariane etwas Bestimmtes, das er unbedingt doch noch erreichen mußte. Hinter einem verrammelten Fenster hörte er ein hartnäckiges Husten, und sofort hatte er die Vorstellung von einem Mann, der liegend in einem Buch las, obwohl kein Lichtschimmer zu sehen war. Es konnten auch nicht alle das Viertel verlassen haben. In manchen Zimmern mußten noch alte Leute sein, die von ihrer Weigerung lebten, ihre Wohnungen zu verlassen.

Er bog rechts ab in die Avenue Fouad Chehab, und sogleich sah er in den dunklen Fenstern der oberen Stockwerke Mündungsfeuer. Hinter der Place Riad el Solh stand niedrig über den Dächern ein schweflig erhellter Rauchpilz. Bei dem offen auf ihn einwirkenden

Lärm fühlte er sich klein werden, und sein Zurückweichen in die Straße, aus der er gekommen war, erschien ihm selbst wie der ruhige, stimmlose Reflex eines Insekts. Kaum zurückgetreten hinter die Hausecke, betastete er sich unwillkürlich und kam sich wieder nachweisbarer, vorhandener vor. Wenigstens war hier der Luftdruck nicht zu spüren, von dem er vorhin gerempelt worden war. In Richtung des Platzes fuhr ein Panzer, das Turmgeschütz geradeaus gerichtet. Bei jedem Schuß rumste der ganze Stahlkörper, als hätte er sich aus seinen Eingeweiden befreit. Laschen blickte ihm nach um die zugige Ecke und sah, daß er schlingernd weiterfuhr und röhrend richtiggehend hängenblieb, schräg zum Gehsteig. Die Turmluke wurde aufgeklappt, und aus dem Qualm stieg eine geschwärzte, vermummt aussehende Gestalt, die absprang und in seine Richtung rannte, auch wirklich einbog und vor ihm stehenblieb. Das Gesicht war schwarz bis auf die hellen Augenhöhlen. Er sah Laschen von oben bis unten an, um etwa doch die auf sich gerichtete Waffe zu sehen, und rannte dann weiter in die stillgelegte Straße hinein. Als Laschen wieder zu dem Panzer hinübersah, hing der Oberkörper eines anderen Mannes aus der Luke heraus. Er schien leblos, obwohl ein Arm hin und herbaumelte. Laschen wollte unbedingt die Nerven behalten, nicht mehr wie neulich blindlings losrennen. Daß er ruhig war, das bewunderte er; wenn er schluckte, spürte er den kalten Triumph. Die Einschläge der Granaten konnte er mit dem Platzen von Seifenblasen vergleichen; da spritzten sicherlich Splitter und Gestein auseinander, aber wen traf das schon? Außer dem aus dem Panzer Geflüchteten hatte er noch keinen Menschen gesehen, und den Platz konnte er unter dem Feuerschein fast ganz überblicken. Wie überall in der Altstadt waren die Fassaden löchrig, aufgerissene Häuser, Schutthalden bis auf die Fahrbahnen, verbrannte und zerrissene Einrichtungsstücke. Dahin wollte er nicht gehen, weil da auf ihn gezielt würde. Am Rauch und am Feuer konnte er ungefähr den Frontverlauf dieser Nacht erkennen: von dem Platz zog er sich hin über die doch schon weitgehend zerstörten Souks zum Hafen hinunter. In der Gegend der großen Hotels, nahe der St. Georges-Bucht war es heute ruhig. Und Karantina, ein Lagerviertel armer Muslims und Palästinenser unweit der Brücken, die in östlicher Richtung über den Fluß führten, war ausgeräuchert, leergeschossen, niedergebrannt, weggeschliffen von der Erde, ebenso wie Dbaiye, zehn Kilometer nördlich an der Straße, die Beirut mit dem christlichen Stützpunkt Jounieh verband. Dafür war *Damur* die Revanche gewesen.

Nach Achrafieh hinüber mußte man die Rue Damas überqueren, und das konnte man nicht, ohne dabei zu sterben. Wer lebendig die gegnerische Linie passieren konnte, der war auch ein Gegner und deshalb auch ein Ziel. Eine solche, beinahe logische Begründung dafür, daß jemand nicht am Leben gelassen wurde, gab es in anderen Kampfzonen nicht. Da genügte den Schützen der Umstand, daß einer lebendig war, um auf ihn zu schießen.

Er schlug einen Bogen, sah zu, daß immer ein paar Wände zwischen ihm und den umkämpften Punkten waren. Als er von der St. Georges-Bucht langsam, so weit wie möglich, die Gassen hinaufgehen wollte, hörte er aus einem Kontor- und Lagerhaus, das noch zum Hafen gehörte, eine Frau schreien, immer gellender, und vor Entsetzen ging er auf Zehenspitzen weiter. Das Schreien ging in einen gurgelnden Laut über, der rasch verstummte, und er fühlte sich erleichtert, daß etwas vorbei war, so oder so. In der Nähe der Place d'Étoile sah er einen toten Jugendlichen auf der Straße sitzen, den Rücken gegen einen der umherliegenden Sandsäcke gestützt, den Kopf auf die Brust gesunken, endgültig. Zu seinen Füßen im Sand eine kleine dunkle Lache, er trug schwarze löchrige Socken, die Schuhe hatte man ihm, wahrscheinlich zusammen mit der Waffe, weggenommen.

XXVIII

Laschen war erst um zwei Uhr in der Nacht wieder im Hotel gewesen. Er hatte noch gebadet und in der Wanne eine fünfzehnseitige Dokumentation gelesen, die ihm der Nachtportier zusammen mit dem Schlüssel gegeben hatte. Es waren hektografierte Blätter, an der oberen Ecke zusammengeheftet. Auf dem Umschlag war der Stempel der Pressestelle des PLO-Quartiers. In einem kurzen Editorial war die Rede von einer Untersuchungskommission, die noch einmal die Fakten und Hintergründe von drei christlichen Massakern an Palästinensern und libanesischen Muslims zusammenfaßte, nämlich die der Ermordung des Personals eines Elektrizitätswerks im Stadtteil Medawar am 6. Dezember durch maskierte Katajeb-Leute, dann die der

Massaker in den Lagern Dbeye und Karantina vor gut einer Woche. In der Schilderung der grausigen Einzelheiten hatte sich die Kommission auf wenige Beispiele beschränkt, erwähnte diese Selbstbeschränkung allerdings auch gebührend. Laschen bemerkte, daß er einige Informationen noch einfügen konnte in seine Artikel. Insgesamt sollte die Dokumentation den Zweck erfüllen, das Damur-Massaker zu rechtfertigen oder es doch als eine Notwehrmaßnahme darzustellen.

Er hatte sich danach ins Bett gelegt, und weil er glaubte, das Fieber sei zurückgekehrt, zwei Chininkapseln mit Bier hinuntergespült. Erst am Morgen, nachdem er von den Geräuschen auf dem Gang mehrfach aufgeschreckt worden war, der Körper derart schmerzte, als sei er im Schlaf gefesselt gewesen, sank er tief hinab in eine entspannende Ruhe, von der er hinterher den Traum nicht mehr wußte, sondern nur ein vages Erinnerungsbild von einem unendlichen schlammigen Grund, den er wie ein dickes jappendes Fischmaul nach etwas abgesucht hatte. Das Bild kam ihm so flüchtig und fiebrig vor, noch beim Essen am Mittag, und doch auch so zäh und eigentlich, als solle es in Zukunft immer wiederkehren wie eine Melodie aus der Kindheit.

Zum Mittagessen gab es erstmals gar kein Brot, obwohl das Restaurant bei weitem nicht voll war. Er trank etwas Arrak mit Wasser und bemerkte mit leichter Verärgerung, daß er auf Rudnik wartete, um mit ihm ein paar Belanglosigkeiten auszutauschen. Nützliche Hinweise oder Gefälligkeiten erwartete er nicht mehr von ihm. Mit Neuigkeiten hätte er auch nichts

mehr anfangen können, obwohl er immer noch in der Halle routiniert die abgeschnitten auf dem Wandbord liegenden Telex-Fahnen überflog.
Er hatte die Idee, daß alles, was er gestern erlebt hatte, in den Augen der «Beat-Reporter» zusammenschmelzen müsse, denn Padnos und der Fotograf hätten die letzten zwei Nächte oben in den Bergen biwakiert, Schneebrillen getragen und fortwährend das eigene Leben verachtet und ungerührt Notizen und Fotos gemacht. Er sah sie selten, wahrscheinlich schliefen sie, wie die Kämpfer, bis in den Nachmittag hinein, weil sie des nachts *mitschrieben*. Wieso waren sie eigentlich nicht in Damur gewesen? Rudnik hatte sie neulich abends in der Bar getroffen. Sie wohnten im zweiten Stock, und er hatte sie schon ein paar Tage nicht mehr gesehen. Vielleicht waren sie auch abgereist. Laschen nahm sich vor, den Portier nach ihnen zu fragen.
Nach dem Essen ging er auf der Rue Hamra zu dem kleinen Kiosk des Geldwechslers, bei dem er auch im Dezember schon gewesen war. Er war ein junger Mann, den Ariane ihm empfohlen hatte, weil er immer einen günstigeren Kurs gab als die Hotels. Damals hatte die kleine Tür offengestanden, heute war in der Tür ein handbreiter Schlitz, durch den alles abgewickelt wurde. Laschen wechselte drei Travellerschecks à 100 Mark um. Es war kühl und sehr hell, und die Luft flirrte über den Autodächern! Behend wechselten Leute die Straßenseite, beinahe lebenslustig sah es aus, ein Hüpfen und Gurren wie in Käfigen. Von Jounieh aus verließen täglich ein paar Hundert Leute das Land, aber hier sah es nicht so aus, als ob auch nur einer fehlte, auch nur einer kein Dach mehr über dem Kopf,

auch nur einer Angehörige verloren hatte. Türme von Whiskyflaschen auf dem Gehsteig zum halben Preis, Zigaretten stangenweise zum halben Preis. Handkarren, auf denen Maronen geröstet, Pistazien und Sonnenblumenkerne verkauft wurden. Ein Mann zog die Hände aus dicken Pelzhandschuhen, um die Zeitung umblättern zu können. Unmöglich langsam spitzte die Zeit sich zu bis auf jenen Dienstagabend hin, an dem er Ariane wiedersehen durfte, und heute war erst Sonnabend. Er spürte genau, daß es nicht die Zeit war, die sich zuspitzte, auch nicht die Ereignisse, vielleicht war es seine Erfahrung, vielleicht spitzte sein Leben sich zu und er läge tot mitten in den Ereignissen, unbedeutend tot wie die Leiche eines anderen. Aber das war es nicht. Vielmehr glaubte er an einen Durchbruch zum wahren Schmerz, zum wirklichen Sehen, zur Wahrheit und Wirklichkeit selber, glaubte sogar schon zu fühlen, wie das wäre. Er wollte endlich etwas aushalten, nicht mehr nur seine Weltferne mitten in Ereignissen. Der Sinn sollte zurückkehren, notfalls auch als schreiende Sinnlosigkeit. Die Vorstellung von anderen, besseren Schmerzen war unklar, aber doch ein heftiges Verlangen. Und gleichzeitig verteidigte er die unerfaßbaren und widerstandslosen Leiden, mit denen er sich bisher herumgeschlagen hatte, denn das war doch auch wirklich, sowohl sein Kriegserlebnis als auch die große Unfähigkeit, die Lähmung der Gefühle zwischen Greta und ihm, in der jede gegenseitige Berührung ein sich gegenseitiges Verfehlen war.

Er ging ins Hotel zurück und schrieb an Greta. Er tippte den Brief in die Maschine mit Durchschlag.

Liebe Greta, ich weiß nicht, ob es Ratlosigkeit ist oder eine Schwäche, die uns in den letzten Jahren bestimmt hat. Ich möchte, daß Du den Mut hast, mit mir zusammen unser Voneinanderweggehen zu beenden, denn je näher wir zusammen waren, um so weiter entfernt voneinander waren wir. Jetzt, wo ich Dich nicht sehen und nicht berühren kann, bedeutest Du mir wieder soviel, aber diese Bedeutung verschwindet ja sofort, wenn nur die geringste Wirklichkeit inbegriffen ist. Alles verfärbt sich und wechselt die Gestalt. Ich möchte nicht, daß etwas Gemeinsames verlorengeht, von dem ich nicht mal mehr sicher weiß, ob es überhaupt noch da ist. Unser Zusammenleben ist doch falsch, eine Fälschung, so empfinde ich es. Karl und Else haben wir in die Fälschung eingebaut, irgendwie gewissenlos als Sicherungen und Faustpfänder, aber das will ich so nicht sagen, wahrscheinlich konnten wir das damals noch nicht so sehen. So erscheint es nur jetzt, gemein. Wir können, wenn wir uns Mühe geben, alles regeln, werden auch schwere Mängel fühlen, gut so. Trennen wir uns, das schlage ich Dir in aller Liebe vor.
Eine Frau habe ich hier kennengelernt, Deutsche, das hat mich etwas mitgenommen, daß sie mich ein Stück weit angeschleppt und angetrieben und mich dann am Wege hat liegenlassen. Ich habe sie an einen anderen verloren. Das ist schon gut so, und deshalb kann ich Dir schreiben in einer luftigen verbindungslosen Stimmung. Es geht mich vieles nichts mehr an. Ich verstehe Dein Leben. Arbeiten will ich schwer, wie, weiß ich noch nicht. Vielleicht bin ich auch nur krank geworden. Ich habe keine Angst davor, mein Leben zu fälschen, nur Angst davor, daß ich es eines Tages nicht

mehr bemerke und weitermache, Angst, daß es so zum normalen Leben wird, zu einem langen bedeutungslosen Stoffwechsel, angesichts dessen ich nicht mehr erschrecke. Das will ich Dir sagen, lieber sähe ich mein eigenes Blut fließen, ohne darüber noch ein Wort zu verlieren.

Und was soll aus den Kindern werden, wenn wir alles Falsche weiterschleppen und verschleppen als Krankheit, wenn wir ihnen nicht eine klare, schmerzhafte Entscheidung vor Augen führen, an die sie sich ihr Leben lang erinnern können, damit sie wissen, man kann einen Zustand, bevor er zur Gewohnheit und Agonie wird, verändern oder beenden. Verändern können wir ihn kaum noch, das Trägheitsgesetz (wir haben zusammen zuviel angesammelt an schwer beweglicher Masse), aber beenden, damit wir uns nicht mehr schämen müssen. Verzeih die pathetischen Wörter, ich schreibe das schnell, weil ich es langsam abwägend gar nicht könnte. Vielleicht sind die pathetischen Wörter hier die genauesten.

Mein Entschluß steht fest, ich werde Dich nicht verlassen, aber laß uns getrennt leben. Möglich ist, daß wir dann mehr miteinander zu tun haben als jetzt. Wir müssen, sobald ich zurück bin, alles miteinander besprechen. Von mir gibt es keine Bedingungen. Alles Liebe . . .

P.S. Wann ich zurückkomme, weiß ich noch nicht. Ich versuche immer, mir vorzustellen, was Ihr gerade macht, wie Ihr Euch wärmt aneinander, daß Ihr im Schnee herumspukt oder auf dem Eis wie Flämmchen hin und herwischt.

Er adressierte zwei Umschläge, die er, nachdem er Brief und Kopie hineingesteckt hatte, noch nicht zuklebte. Einen steckte er in die Innentasche der Jacke neben den Paß, den anderen stellte er gegen den Sockel der Lampe.

Noch einmal setzte er sich an die Maschine und versuchte, einen Brief an Ariane zu schreiben. Da war aber eine Verspannung in ihm, eine Kränkung, die auch, wie er meinte, die Wörter ansteckte. Es kam nichts weiter heraus dabei, und die Schnipsel lagen auch schon im Papierkorb. Er mußte sie sehen. Dann wollte er sprechen, wenn sie ihm ein paar Minuten ruhig zuhören konnte. Auch ihr könnte er sagen, er stelle keine Bedingungen, er wolle nur dasein für sie und mit ihr. Keineswegs hatte er sie an einen anderen verloren. Sie war nur unsicher geworden, weil er sich nicht erklärt hatte. Er verstand längst.

Heute abend wollte er aber auf gar keinen Fall ihr nachspionieren – was hieß spionieren –, das hatte er auch vorgestern nicht gewollt; es war darauf hinausgelaufen, eine Zuspitzung, die ihn allerdings eine Weile niedergedrückt hatte in ein flaues Gefühl von allgemeinem Schwund, von Verschwinden. Er verstand aber längst. Er hatte ihr ja nicht den geringsten Hinweis auf sich selbst gegeben, daß er für sie zu allem bereit war. Und das würde ihr schließlich mehr bedeuten als diese kleine lächerliche Affäre mit einem jugendlichen Kämpfer, der zu klein für sie war und einfach geil, von ausdünstender Geilheit, ganz abgesehen von der infantilen Männlichkeitssucht, die eben arabisch war und eine Frau wie Ariane andauernd verletzen mußte. Das Verhältnis akzeptierte sie nur deshalb noch, weil er sich ihr entzogen hatte. Und dieser Strolch konnte jederzeit fallen, nein, er wollte es so nicht sagen, eher, daß dieser andere Freund ein Fanatiker sein mußte, ja, fanatisch für seine Sache einstand. So arabisch war sie doch wohl noch nicht geworden, arabisch würde sie nie sein, ob ihr daran lag oder nicht. Sie mußte auch bleiben, was sie gewesen war, trotz aller Veränderungen, trotz der Ehe, trotz des Kindes und trotz des Liebhabers.

Er wollte ihr jetzt auch nicht mehr schreiben, so aus der Nähe, ihr lieber, wenn er sie wiedersähe, alles sagen, alles restlos, daß er sein Leben hinter sich bereinigt habe, mit ihr leben wolle, ohne eigene Bedingungen. Er wäre auch bereit, im Libanon zu bleiben oder mit ihr in ein anderes, auch in jedes arabische Land zu ziehen. Er traute sich zu, überall zu verdienen, seine Ausbildung und seine Erfahrung garantierten das. Er konnte schreiben, er würde noch besser schreiben, wenn er erst mit ihr lebte. Es gäbe auch kein Erschlaffen, keine Gewohnheit; wenn er von ihr fortgehen würde, beruflich, dann immer nur, um zu ihr zurückzukehren.

Vielleicht könnte er sie auch von sich überzeugen, indem er selbstbewußt aufträte (er war alles andere als selbstbewußt, aber selbstbewußt aufzutreten, das traute er sich schon noch zu), ihr sagte, du mußt nur das wollen, was du ja eigentlich auch willst. Aber was denn, er brauchte keinen Plan, nur seine Überzeugung brauchte er und seine Sicherheit, nichts anderes zu wollen als mit ihr zusammen zu sein, dann fänden sich die Worte von selbst und erklärten sich auch von selbst.

Greta hatte ihn nur belogen (ihre Eskapaden!), um mit der Verachtung, die sie für ihn empfand, fertig zu werden; sie hatte sich damit planmäßig ein paar Schuldgefühle zugelegt. So etwas sollte sich nicht wiederholen. Mit welchem Recht verachtete sie ihn? Insgeheim hatte er immer den Verdacht gehabt, daß sie ihn für sein Schreiben verachtete. Früher hatte sie seine Artikel noch gelesen, mit einem besonderen Interesse an ihm selbst. Später interessierte sie nur noch der, wie sie es nannte, Informationswert, trist. Er hatte sich durchschaut gefühlt, meinte, sie registriere seine Wiederholungen genauso peinlich wie er selbst, die Gestik seiner Sätze, die Posen, die ja auch allesamt, für Eingeweihte, wie eine Kette sich gegenseitig bedingender Haltungsfehler erscheinen mußten, lauter verunglückte Sprünge, Stürze, Verrenkungen und Grimassen. Plötzlich war er so von ihr gesehen worden, so von sich selbst zum Idioten gemacht, so korrupt und niemals anwesend, so unecht und von Selbstverrat durchsetzt, Stümper, *Clown* wäre geschmeichelt, matt, so matt. Solche Gedanken genügten ihm, sich ermüdet zu fühlen und sich erst einmal wieder hinzulegen. Es war noch nicht dunkel. Am aktivsten fühlte er sich tatsächlich im Liegen. Alle seine Möglichkeiten kamen dann dicht an ihn heran und lösten sich, wenn er sie ganz deutlich vor sich sah, auf in Bedeutungslosigkeit, die so furchtbar stark war, viel stärker als er. Aber es hörte nicht auf, es war eine Brandung, lauter Guthaben an Bedeutung, Großtaten, lauter selbständige Zukünfte. Als er sich umdrehte, drückte der Knauf des Messers in die Wade. Er wartete auf die Feindseligkeiten von heute, auf das Sperrfeuer, an dessen Peripherie er wie-

der gewinnen würde an Kraft, zumindest an Kraftgefühl.
Er blieb liegen, bis es ganz dunkel geworden war. Wie gut, daß er in Momenten größter Niedergeschlagenheit und Ausgehöhltheit gut abgekapselt war vom Menschenbetrieb. Es war ein Gefühl von Gleichmäßigkeit und unerträglicher Dauer, das ihn auf dem Bett niederhielt, von verrinnender Zeit in Sanduhren, von säuselnden Ventilatoren. Als er endlich aufstand, kam ihm die Idee, ein Paar kleine Schuhe für Arianes Kind zu kaufen und sie ihr am Dienstagabend mitzubringen, die ersten Schuhe für das Kind. Es war schon im voraus ein Triumph über den anderen Freund, auch wieder nicht. So wollte er ihr die Schuhe schön beiläufig geben.

XXIX

Eine Rotte Bewaffneter kam ihm entgegen, die zu den Dächern hinauffeuerten und dabei in gebückter Haltung hintereinander herrannten. Sie gaben sich Mühe, selbst kein Ziel abzugeben, indem sie sich hinknieten und gegen die Waffen schmiegten, mit ihren Salven für ein paar Sekunden Feuerschutz sorgten und weiterrannten. Sie versuchten auch eine Garagenjalousie mit vereinten Kräften hochzuschieben, was aber nicht gelang. Die Häuser in dieser Straße waren zum größten Teil zerstört und ausgebrannt. Der Mörtel spritzte bis zu Laschen herüber, und nun, da er sich um die Straßenecke in die Rue de Phoenice zurückgezogen hatte, schlugen in der Nähe Granaten ein. Die Bewaffneten waren schon sehr nahe und fanden noch immer keine Deckung, weil die Hauseingänge verschlossen, verrammelt oder von Trümmern versperrt waren. Sie würden auf alles schießen, da ihnen alles im Augenblick als Hindernis im Wege war. Laschen ging schnell den Hügel hinauf, wobei er es nur schwer vermeiden konnte, zu rennen.

Schwerer Beschuß des amerikanischen Hotels setzte plötzlich ein. Vielleicht war es das Ziel, das die acht oder zehn Bewaffneten anstrebten, vielleicht waren sie auch schon getroffen. Heulende Artillerieraketen in rascher Folge, das hatte er bisher noch nicht erlebt. Er sah die Einschläge unten auf der Kreuzung vor dem Hotel, wo er sich gerade noch befunden hatte. Der abgewrackte dunkle Turm schien zu wanken, Blitze stoben aus den Fensteröffnungen heraus. Er ging schnell weiter, die Straße stieg immer noch an, und er wünschte sich so, sie möge hinabführen in ein Tal, in eine Grube oder Höhle. Die Bucht, die er soeben noch hinter dem Feuerwerk hatte schimmern sehen, war verschwunden in der allgemeinen roten und weißen Blendung. Mit einemmal glaubte er, der Beschuß folge ihm langsam, die Rohre seien abgeschwenkt worden von dem Hotel und suchten ihn. Er rannte, und oben, vom Höhepunkt aus, führte die Straße eben weiter, was ihm aber schon als Gefälle erschien. Erleichtert ließ er sich in die Arme zweier Männer fallen, die den Weg in den Kellereingang wiesen. Scharen Unbewaffneter kamen entgegengelaufen mit Taschen, Körben, Wolldecken, die Kinder hinter sich herzerrend und unter den Armen tragend. Alle wurden hineingestopft und -geschoben in den kleinen Eingang, stolperten die

Stufen hinunter in ein Kellergewölbe von unerwarteter Geräumigkeit, in dem einige Kerzen auf Flaschen gesteckt brannten und eine Lagerszene wie auf dem Deck eines Schiffes beleuchteten. Gegen eine Wand gelehnt saßen ein paar Jungen, die Maschinenpistolen neben sich auf dem Boden, mit seltsam verlegenem Ausdruck, so als seien sie nur durch einen üblen Streich in den Zustand von Schutzbedürftigen versetzt worden. Sie waren still und vermieden es, die Hereinkommenden anzusehen. Um sie herum blieb auch noch lange ein Halbkreis frei, obwohl in anderen Ecken und an den Wänden die Leute sich dicht zusammendrängen mußten. Ein ernstes dunkelhäutiges, sehr schönes Mädchen beschäftigte sich mit dem Auswechseln abgebrannter Kerzen. Vereinzelt kamen auch Leute mit Kindern durch den Hofeingang in den Keller. Es gab also noch Bevölkerung, die sich nicht bewaffnet hatte, wenige, ältere Männer nur, die sogleich in beratschlagenden Gruppen beieinander standen, während die Frauen versuchten, die Decken auszubreiten, und die Kinder stumm herumliefen und sich drängten, die Leute beobachteten, ein paar kleine dunkle Seitennischen untersuchten. Es wurde auch sogleich Proviant ausgebreitet und zum Essen aufgefordert, als wolle man sich mit dem Zeug nicht länger belasten. Ein paar Säuglinge wurden an die Brust gelegt. Nur die größeren Kinder schienen sich für Laschen besonders zu interessieren, die Erwachsenen ließen ihn allein mit seiner anderen Meinung von sich: er sei hier fremd. Das drang nicht durch, höchstens hier und da ein flüchtiger, beinahe auch sogleich wieder flüchtender Blick. An einer Stelle hatte sich eine Pfütze gebildet, wo nämlich aus der Wasserleitung eine nadeldünne Fontäne herausschoß und ohne Geräusch da hinein regnete. Eine Frau stellte einen Plastikeimer darunter und erklärte dabei den Zuschauenden ihre Absicht. Die alten Männer saßen an der Wand. Sie hatten die Schuhe ausgezogen und schauten in eine Ferne, die es nicht gab und die so leer, so umfassend leer war wie ihre Augen, in denen das Weiße die Iris und selbst die Pupille überzog und alles zu einem mattglänzenden einheitlichen Gallertkloß geworden war. Die Lippen wurden bewegt, es sah synchron aus zu den Bewegungen der Finger, durch die die Kugeln ihrer endlosen Ketten liefen. Es war ein Lazarett, so war Laschen zumute. Das Grauen, mit diesen Fremden ein gemeinsames Grab zu finden in einem so fremden arabischen Nichts, ließ ihn nur unschlüssig umhergehen, wo es noch möglich war, und ständig mußte er dabei lang hinwegschreiten über Decken, Taschen, über Köpfe und Beine. Die Tatsache, daß hier nur wenige Bewaffnete waren, Knaben, bedeutete gar nichts. Es gab weder Freundlichkeit noch Unfreundlichkeit. Wenn Granaten in der Nähe einschlugen, senkten alle die Köpfe, das Gewölbe bebte, und Laschen fühlte das Gewicht des Hauses. Ein Junge kam auf ihn zu und bot ihm einen Fladenbrot an. In der anderen Hand hielt er einen kleinen Steintopf mit Homos. Laschen lehnte ab und hatte damit eine unliebsame Aufmerksamkeit erregt. Beim nächsten Einschlag direkt in das Haus, erwartete er, jetzt mit diesen Fremdgläubigen, Fremdsprechenden, begraben zu werden, und übrig blieb nur das sichere Gefühl, das Haus habe zum endgültig letztenmal die Balance und

den Abstand zu den Körpern gehalten; die nächste Erschütterung von solcher Stärke müsse unweigerlich den Zusammenhalt der Steine lösen.
Nach einer halben Stunde gerieten einige Kinder in Panik und schrien, unerreichbar geworden sogar für ihre Mütter, die sie an sich ziehen wollten. Sie wollten sich in ihrem Schreien nicht mehr anfassen lassen. Als bald darauf die letzte Kerze heruntergebrannt war, teilte sich Laschen eine völlige, ihn unter ihrer Gewichtslosigkeit fast erstickende Angst mit. Er zitterte, und es blieb ihm dennoch nichts anderes übrig, als auf allen vieren kriechend, den Boden abtastend, einen Platz zu suchen, ständig unterbrochen in diesem ebenso notwendigen wie sinnlosen Vorhaben von neuen Detonationen, dem danach wieder anschwellenden Gekreisch und den Rufen der Mütter. Er berührte überall Stoffgewebe und Gliedmaßen, Nasen, Füße, die ihm rasch, erschreckend rasch entzogen wurden. Er ertastete ein freies Stück Wand, wollte die Begrenzung erkunden und seine Hand senkte sich langsam auf einen menschlichen Körperteil. Es war nicht das Gesicht und nicht die Brust; diese Körperpartie konnte er sich nicht vorstellen. Seine Hand tastete weiter, es war der Schoß eines Mannes, über dem lappig der Burnus hing. Der Mann rührte sich aber nicht. Endlich gelang es Laschen seine Hand wegzuziehen, sich herumzudrehen, so unendlich vorsichtig, damit es ja nicht wieder zu einer Berührung käme, die tödlich sein müßte, ihn niederschmettern. Vorsichtig setzte er sich auf den Boden. Man mußte möglichst nahe der Wand sitzen. In der Mitte des Raums würde das Gewölbe niederstürzen, rundum an den Wänden aber Hohlraum bleiben,

keine Chance eigentlich, aber noch etwas Atem. Sehnsüchtig dachte er an den jetzt sicherlich friedlich ausgebreiteten Garten vor Arianes Haus. Sie war in der Nähe, und er konnte nicht rufen, denn sie hatte Besuch, zufällig, ein Freund. Greta und die Kinder, der Abschied war ja gar nicht so schwer. Sie hatten keine Vorstellung davon, wie dicht er an alles heranmußte, wie er arbeitete, und wie wirklich ein Schuß war, wie wirklich er das Gewebe zerriß.

Wenn er später erwachen würde, dann wäre er nur verwundet. Es wäre wie nach einem Selbstmordversuch. Hatte man ihm, noch auf der Bahre, eine Morphiumspritze gegeben? Er lag unter allerhand Vermummten, Tücher wogten. Was ihm so fremd war, das war Gesindel, nichts Menschliches war deshalb auch mehr in ihm. Er brauchte das nicht mehr. Keiner war da, der ihn so verdient hatte. Es war eine gute, wirklich gefürchtete Angst, die ihn wispern ließ, zu sich selbst, gefühlvoll und unbarmherzig. Verbände gewechselt, Knochen gesägt, die Front rückte näher, er war Journalist, und erntete nachsichtiges Lächeln, was denn, kein Gegner, Feind? Wo ist deine Waffe? Hast du keine? Es wurde geraucht ringsherum. So manche Glut bewegte sich auch, wandelte, Machenschaften im Dunkeln, eine Extrawurst, allerdings gar kein Licht. Er hatte keine Zigaretten mehr. Er rief viel zu schwach nach Ariane, wollte ja auch nicht von ihr unterm Fenster etwa erwischt werden. Es ist so drekkig der Keller, wäre er nicht besser oben in der Wohnung geblieben? Wann kommen sie endlich, die Amerikaner, die Engländer, die Israelis, die Syrer, die Sau-

dis? Seinetwegen konnten sie ihn ausräuchern. Der Artikel, der für ihn wichtig war, wo hatte er ihn versteckt und die Briefe an Greta, wo waren sie alle nur hingekommen?
Jetzt war er wieder ruhig, auch äußerlich. Er hockte auf einem Bein, und es zitterte schon von der Anstrengung. Er saß fett auf einem stumpfen Bein. Er fragte sich, ob er es so bis in den Morgen aushalten könnte zwischen Pluderhosen und lang auf die Brust herabhängenden Tüchern. Die Mundhöhle weitete sich aus, immer weiter, wie ein Gähnen.
Der Beschuß hörte nicht auf, es war noch solch ein Wille darin, in dem Abfeuern, in dem rollenden Nachschub an Munition. Die Geschosse schlugen ein rundherum, fraßen und rüttelten an allem Festen mit nicht nachlassender Gewalt. Alles bebte, die Druckwelle warf ihn hin, Masse stürzte ab vom Gebäude; er spürte alles körperlich, jeden Riß. Nahe dem Hofeingang war der Einschlag gewesen, und es schütterte und rieselte noch lange. Er hörte nichts, keinen Schrei, nur der Schutt polterte weiter, das fand im Kopf statt, draußen mußte es schon wieder still sein. Er wollte sich aufrichten, versuchte sich aufzustützen, die Hand in der kalten Pfütze, aber ein fremder Körper belastete ihn schwer, eine Hand fiel ihm ins Gesicht. Er kippte wieder ganz hin, die Schulter war naß, vielleicht war es Blut, ein Granatsplitter konnte ihm in die Schulter oder in das taube Bein gedrungen sein. Mit der linken Hand zog er das Messer heraus und stach zu, glaubte, im Liegen nicht genug Kraft zu haben, weil das Messer nicht weich eindrang, es war, als ob er der Wand Stiche beibringen wollte. Endlich stak das Messer tief im

Fleisch, so daß er den Griff nicht mehr bewegen konnte, auch keine Kraft mehr hatte, es herauszuziehen. Er drehte sich auf den Rücken. Jetzt waren ein Ellbogen und ein Gesicht über ihm, er roch das Gesicht, stemmte mit beiden Händen den Ellbogen beiseite, wodurch der fremde Körper noch schwerer wurde. Halb warf er ihn ab, halb kroch er darunter hervor. Er hörte einen tiefen Seufzer, dann klatschte etwas, vielleicht wieder die Hand, ins Wasser.

Er mußte hier heraus, ganz gleichgültig, was ihn draußen erwartete. Hatte er eine Leiche getötet, einen Betenden? Er versuchte, sich an die Gestalten zu erinnern, die er vorher im Kerzenschein gesehen hatte. Ein Mann, ein alter Mann mußte es gewesen sein, aus dessen Umarmung er sich befreit hatte. Er fühlte sich schon befreit, konnte sich aber nicht an das Gesicht erinnern, es war jetzt auch gleichgültig.

Als er die Stahltür öffnete, wurde er von starken Armen zurückgerissen, die Tür hart, mit einem Fußtritt wieder geschlossen. Er drehte sich um und hatte die Arme wieder frei. Er schlug mit den Fäusten ins Dunkel, und wieder versuchte jemand, ihn in den Griff zu kriegen. Wie gerade erst aus dem Schlaf erwacht, schlug er blind. Es war egal, was er traf. Leider hatte er das Messer nicht mehr.

Beim zweiten Versuch gelang es ihm, sich durch den Türspalt hinauszudrängen; unmittelbar hinter seinem Fuß flog die Tür wieder zu. Sie hatten ihn entlassen, aufgegeben. Er rannte los, weg von der Altstadt, schaute sich noch einmal um und sah Flammen aus den oberen Stockwerken schlagen. Kein Mensch begegnete ihm, bis er die Rue Rebeiz erreichte. Einmal blieb er stehen und schnallte das Messerfutteral ab. Im Vorübergehen warf er es auf einen Müllhaufen.

Von seinem Fenster aus waren die Detonationen noch lange zu hören. Der Abstand war sicher. Überall im Osten waren die aufsteigenden Rauchsäulen vom Feuer aufgehellt und neigten sich und bildeten horizontal eine dunkle Bank, die aussah, als würde sie sich nicht mehr fortbewegen. An den Fingern seiner rechten Hand waren Blut und Dreck miteinander verschmiert. Ein Schuh war vom Wasser durchweicht. Auf dem Mantel war der Schlamm noch nicht eingetrocknet, vorn ebenfalls Blutspuren, auf der Hose auch, in Kniehöhe.

Alles, was er getragen hatte, außer dem Mantel, knüllte er in eine Plastiktüte. Über die Wanne gebeugt, bearbeitete er die Blutflecken im Mantel mit warmem Wasser und Seife und hängte ihn zum Trocknen auf.

Beim Einschlafen dachte er ruhig an Ariane, die ihn nicht mehr länger zurückweisen würde. Es war unmöglich, ihr etwas von seiner Tat zu erzählen, aber sie würde es spüren, seine neue Kraft und seinen berechtigten Anspruch. Für ihren Freund, den Araber, konnte er sich so etwas wie Verständnis schon leisten. Er schlief ruhig, traumlos, wie er am Morgen meinte.

XXX

Er kaufte die Schuhe für das Kind, von dem er nicht wußte, ob Ariane ihm schon einen Namen gegeben hatte, kleine schwarz weiße Lackschuhe, über die er sich freute, als er sie sich im Laden auf die Zeigefinger stülpte. Es gab weder Geschenkpapier noch Packpapier, den Karton wollte er nicht mitnehmen. Die Verkäuferin wickelte sie in Silberfolie und band eine grüne Schleife darum, was ihm gefiel.

Obwohl erst gerade die Sonne untergegangen war, wurden sofort hinter ihm die Stahlrollos heruntergezogen. So hielt man überall einen Sicherheitsabstand zur Nacht ein, auch in der Hamra, in der immer nur wenige Granaten einschlugen, die selten größeren Schaden anrichteten.

Am Morgen hatte er das Messer vermißt und zuerst noch nicht wahrhaben wollen, was damit passiert war. Beim Frühstück unten im Restaurant hatte er versucht, klar und vernünftig über den Vorfall nachzudenken. Daß er wirklich zugestochen hatte, blieb dabei sehr schemenhaft, während er sich an die Umstände, den Ort und die Geräusche genau erinnerte. Aber das einzige, was als Tatsache weiterbestand, war der Verlust des Messers. In den Nachrichten hatte er, etwas übelgelaunt, die Anzahl der gestrigen Toten gehört, vierunddreißig, und, beinahe unwillkürlich, *seinen* Toten davon abgezogen, so, als hätte er ihn in Sicherheit gebracht. Immer deutlicher kehrte das Gefühl zurück, das gestern viel zu flüchtig gewesen war, daß nämlich durch die Welle des Luftdrucks eine Leiche auf ihn gestürzt war, ihn bedeckt, ihm die Luft genommen hatte. Undeutlich erinnerte er sich auch nur noch an die Greise an der Wand, die er einander für ziemlich ähnlich hielt, wie sie auf den Märkten zu Dutzenden zu sehen sind, nur ihre Augen, wie graues Wasser, erloschen, die sah er deutlicher. Solche Mumien, die starben eben anders, so daß man ihnen die Veränderung gar nicht ansah. Man berührt jemanden und stellt fest, der ist ja tot. Kurz war nur die Erwägung gewesen, umzuziehen in ein anderes Hotel. Einen Anlaß gar, abzureisen, gab es nicht. Statt dessen sich wiederholende Momente händereibender Genugtuung über seine «Einmischung», ausgekochter Freude darüber, nicht wieder nur empört zu sein und befremdet über die Ruchlosigkeit der Menschen, sondern endlich heimlich dazuzugehören, eingemischt zu sein, ein verzweifeltes Interesse am Tod eines anderen gehabt zu haben. Der nicht zu fassende, unerkennbare Druck, der so lange auf ihm gelastet hatte, war geringer geworden. Und seine Absichten, die er mit Ariane hatte, waren jetzt viel «normaler» und frei von Anmaßung und Kleinmütigkeit. Er fragte sich, wie egal es ihm wäre, wenn er einen Muslim getötet hätte, und wie egal es ihm wäre, wenn er einen maronitischen Christen getötet hätte. Wenn dieser Mann keine Waffe getragen und ihm nicht nach dem Leben getrachtet hatte, dann nur, weil er zu alt war. Diese Greise hielten Frieden aus Altersgründen, waren daran gehindert, Schurken zu sein wie alle anderen.

Laschen wollte nicht mehr, bevor er zu Ariane ging, ins Hotel zurück. So setzte er sich in ein Café und bestellte ein Bier. Wieder hoffte er, Rudnik zu treffen, worüber er verwundert war. Rudnik wäre jemand, dem er vielleicht den Vorfall von gestern nacht erzählen würde. Er glaubte, Rudnik würde das alles auf Anhieb verstehen, andererseits wollte er für das, was er getan hatte, keine Rechtfertigung aus Rudniks Mund hören. Also würde er es keinem Menschen erzählen.

In der Rue Bliss nahm er ein Taxi. Dem Fahrer sagte er, er sei gerade aus Deutschland gekommen und wolle sehen, was alles zerstört sei. So wurde er kreuz und quer durch die Bezirke Maazra, Bachora, Zokak el Blat, Bab Edriss und Minet el Hosn gefahren. Am Platz der Märtyrer ermunterte er den Fahrer, weiter östlich, ins christliche As Saifi und weiter nach Achrafieh zu fahren. Er bot ihm ein Extrageld von zehn Lira an, aber der weigerte sich, indem er nicht mehr antwortete, sondern anhielt und mit laufendem Motor stehenblieb. Der Fahrer hielt das Lenkrad fest und blickte nur geradeaus. Laschen sagte schließlich, er respektiere das, sei auch so zufrieden und wolle nun zurück, durch das Hotelviertel gefahren werden. Sogleich kam wieder Bewegung in den Mann, und als er Gas gab, fing er auch sogleich wieder zu sprechen an.

Am Holiday Inn, dessen Beton wie von Ausschlag befallen aussah, sagte Laschen, er möge einbiegen in die Rue Phoenice, nein, nicht hinunter an die Bucht, links einbiegen. Frauen, Kinder, alte Männer traten zurück in den Schutt, als sie den Hügel hinaufjagten. Er erkannte niemand wieder. An dem Haus sah er nur, daß es oben gebrannt hatte. Der Kellereingang war geschlossen. Er sah klein und unscheinbar aus.

XXXI

Mit dieser Liebe zu Ariane hatte er nicht mehr gerechnet, denn der Verschleiß war ihm selber ganz offenbar gewesen; mit jedem Gefühl, jeder kleinen Affäre war auch die Fähigkeit zu Wiederholungen abgestorben. Das konnte er sich anders gar nicht vorstellen. Und nun sollte er alle Verluste zurückkriegen, verzinst? Wahrscheinlich hielt er nur deshalb so fest daran, denn sonst neigte er mehr dazu, sich von allem zu lösen, alles hinweggleiten zu lassen auf Nimmerwiedersehn. So bemerkte er schon, wie er alle Spuren, die zurückführten zu Greta, zu den Kindern, dem Haus und der Landschaft, verwischen wollte, wie er schon verzichtete und alle Gegenstände ungeduldig verabschiedete, die allesamt handgreifliche Bestätigungen ihres Zusammenhalts gewesen waren. Auch mit dem Rest der Gefühle für Greta wollte er so schnell wie möglich fertig werden, hinter sich haben, vergessen können wie eine lästige Angelegenheit. Die Kinder allerdings warfen kleine urtümliche Schatten auf seine pure Gegenwart. Auf sie würden sich alle Erinnerungen konzentrieren. Sie mußten ihn künftig suchen, und er würde sich von ihnen finden lassen.

Er brach diese Gedanken ab, weil er sie nicht zu Ende denken konnte. Das Tor zum Garten stand offen, und drinnen war der alte Buick geparkt, eine Unvermeidlichkeit wie der Kampflärm, der in der Altstadt wieder eingesetzt hatte.

Ariane öffnete die Tür, legte die Hände auf seine Schultern und küßte ihm beide Wangen. Daß ihr Gesicht gerötet war, erkannte er an der sehr blassen, vertieft liegenden Narbe. Im Fernsehen liefen Reklamespots. Der andere Freund saß mit lang ausgestreckten gespreizten Beinen davor in einem Sessel und blickte nur kurz um die Rückenlehne herum. Er trug ein Khakihemd, die Hose war olivgrün, und diesmal trug er

sie nicht in den Schnürstiefeln, sondern hatte sie hochgekrempelt an den Schäften entlang. Ariane stellte sie einander vor, der Mann war auch aufgestanden, die Pistole steckte im Futteral. Auf Laschens offensive Freundlichkeit reagierte er stumm, aber doch mit einem interessierten Blick in seine Augen. Ariane sah verlegen aus und nannte den Vornamen des anderen Mannes, von ihm jedoch den vollen Namen, Georg Laschen, from West Germany. Sie gaben sich die Hand, und Laschen hatte große Mühe, seine einladende strahlende Miene nicht einfach fallenzulassen. So war er, nein, eigentlich war er ja nicht so, aber er übertrieb und hielt den Druck der Übertreibung selber nicht aus, verunglückte dabei. Ohne es zu wollen, schaute er flehend zu Ariane hinüber, die ihm seine Freundlichkeit anstelle des anderen zurückgab. Endlich sagte Laschen auch noch, nice to meet you, und Ahmed sagte okay und setzte sich wieder in den Sessel. Er war nicht so jung, wie Laschen geglaubt hatte. Bestimmt war Ariane vorhin noch mit ihm im Bett gewesen. Andererseits war es in der Küche sehr warm, und sie konnte auch vom Kochen erhitzt sein. Laschen war ihr gefolgt. Er faßte ihr Handgelenk und sagte, er müsse sie dringend sprechen, es sei ganz wichtig.
Heute abend, fragte sie.
Wenn es geht, heute abend.
Ja, ich weiß nicht, sagte sie, und schien schon wieder an anderes zu denken. Gibt es denn so Wichtiges?
Das weißt du ganz genau, sagte er. Es hörte sich dramatisch an.
Wenn es heute nicht geht, können wir doch morgen telefonieren.

Meinetwegen, sagte er.
Oder warte, vielleicht muß Ahmed früher gehen. Dann hätten wir noch Gelegenheit. Allerdings kommt noch ein Ehepaar, sie heißen Talhar. Sie ist eine Deutsche und arbeitet auch in der Botschaft.
Dein Freund – hast du immer solche Finsterlinge?
Was meinst du mit ‹immer›?
Entschuldige bitte.
Bist du nicht auch ein Finsterling, sagte sie, auf deine helle Art?
Du schläfst mit ihm.
Ich weiß.
Warum hast du mir das nicht gesagt?
Früher war er nur ein Freund, ein guter Bekannter.
Und jetzt ist er wohl plötzlich der Vater deines Kindes, was? Brauchst du denn hier jemanden für deine Ehre? Ich verstehe dich überhaupt nicht!
Was willst du von mir?
Dich will ich, überhaupt, dich! Er war aufgeregt. Er zog den Brief aus der Tasche. Hier ist ein Brief an meine Frau, es steht alles drin, daß ich mit dir leben werde, alles über uns.
Das hast du dir so ausgedacht, sagte sie.
Weißt du eine Möglichkeit, ihn nach Deutschland zu kriegen?
Im Moment gibt es keine.
Das ändert nichts.
Bitte, beruhige dich, sonst verderbe ich das Essen.
Wie wichtig dabei alles blieb, die Töpfe, der Holzlöffel, mit dem sie die Sauce rührte. Sie müßte doch eigentlich alles sich selbst überlassen, die Schürze losbinden und fallenlassen.

Er erkundigte sich nach dem Kind, gestört von schmetternden Musikeinsätzen der Werbefilme. Sie sagte, das Kind habe schon gelacht. Ihm wurde warm bei dieser Vertraulichkeit. Das Kind hatte jetzt auch einen Namen, Amne, ob er ihm gefalle. Und die Haut heile erstaunlich schnell.

Du, ich bin ganz froh, sagte sie und sah ihn mit vollkommen gelöstem Lächeln an. Er dagegen schaute eher bekümmert aus. Die Erfolgsmeldungen sagten ja allzu deutlich, wie ausgeschlossen er war. Er stellte sich vor, wie sie zusammen mit diesem Ahmed den Namen «ausgeheckt» hatte, *unter einer Decke.*

Ach ja, ihm fielen die Schuhe ein. Beinahe kopflos schlich er in die Garderobe und kam mit den Schuhen zurück. Sie wischte sich die Hände an der Schürze ab und schnürte das Päckchen auf.

Die sind schön, sagte sie und stellte die Schuhe auf den Tisch. Sie gab ihm einen Kuß und freute sich so unverblümt lange, daß es ihm weh tat. Warum war das für sie eine solche Überraschung? War es nicht klar, daß er etwas mitbringen mußte für das Kind, welches er schließlich mit ihr zusammen *gefunden* hatte?

Ich hab dich sehr gern, sagte Ariane.

Will er dich heiraten, fragte Laschen.

Das ist dumm, sagte sie. Sie wußte nicht genau, ob sie die Frage empörend oder langweilig finden sollte. Ob du es glaubst oder nicht, ich habe kein Interesse daran, daß ihr, Ahmed und du, in einen Wettstreit tretet.

Warum nicht, fragte er. Wieder war er versucht, den Brief aus der Tasche zu ziehen, aber sie war schon beim erstenmal nicht sehr beeindruckt gewesen. Er

legte den Kopf an ihren Arm und sagte, du hast dich ja schon entschieden.
Ich habe mich nicht entschieden, ich sehe auch überhaupt keinen Grund, mich für irgendwen gegen irgendwen zu entscheiden. Ich glaube, du mißverstehst mich. Ich will hier leben, im Libanon, mit meinem Kind. Das ist die einzige Entscheidung.
Und nimmst dir einen passenden Vater für das Kind.
Und wenn es so wäre? Ich könnte mir auch einen unpassenden Vater nehmen. Hör bitte auf, deine Vorhaltungen machen mich nur traurig. Aber ich will jetzt nicht traurig sein. Ich will auch Ahmed nicht heiraten, auch dich nicht.
Für den Moment war er zufrieden mit ihrer Auskunft, aber die Frage beschäftigte ihn weiter, nachdem sie ihn gebeten hatte, sie in der Küche alleinzulassen und wenn es klingle, den Talhars die Tür zu öffnen. Er solle auch ruhig versuchen, mit Ahmed zu sprechen.
Ist er Palästinenser?
Nein, Libanese.
Vielleicht sagte sie die Wahrheit, was ihn anbetraf, und belog ihn über das, was sie mit Ahmed vorhatte. Warum balgte der sich nicht an der Front, aus Feigheit oder aus Geilheit nicht? Laschen sagte nichts mehr, schaute ihr nur verwirrt zu. Erst als es klingelte, verließ er die Küche, aber Ahmed hatte die Tür schon aufgemacht und begrüßte freundlich die Talhars. Sie waren also schon miteinander bekannt. Ahmed hatte die Bekannten von Ariane schon früher kennengelernt. Sicher waren sie schon öfter zusammen gewesen, sicher, die Talhars hatten eingeladen, und sie hatte nicht ihn,

sondern Ahmed mitgenommen. Und er hatte nichts gegen Ahmed, wenn er es genau überlegte. Sie lebte schon so lange in Arabien, warum sollte sie nicht ein paar arabische Freunde haben? Laschen stellte sich vor. Die Frau war schmal, sah etwas zu rasch gealtert und sorgenvoll aus. Von Laschen wollte sie erst einmal wissen, wo er wohne in Deutschland, und er erzählte ihr von *seiner Gegend*; sie hatte einmal davon gehört und fragte, ob das die Lüneburger Heide sei. Die linke Gesichtshälfte von Mr. Talhar war stark verunstaltet von einer Hautübertragung, deren Ränder gekräuselt vernarbt waren. Die Nadelstiche waren noch zu sehen, schwarz, als hätten sich unter der Haut Zecken angesiedelt. Laschen ging nach der Begrüßung Ariane entgegen und nahm ihr das Tablett mit den Aperitifgläsern ab. Er meinte, sie müsse ihn plötzlich für einen fürchterlichen oder doch für einen lästigen Menschen halten. Er reichte das Tablett herum.

Wer hätte das gedacht, sagte Frau Talhar, wir leben ja noch alle. Ariane wandte sich Laschen zu, mit gekräuselter Stirn. Was hatte sie nur?

Brigitte und Bashir, ihr Mann, wohnen in Ras Beirut. Da passiert einem nichts, wenn man nicht vorwitzig ist.

Sie sagte es auf englisch, und alle lachten, nur Bashir Talhars linke Gesichtshälfte blieb starr, ein hartes unbewegliches Fleischkissen. Laschen schien es kaum faßbar, daß er selbst hier war: viel neutralisierende Ahnungslosigkeit zwischen ihm selbst und seiner Tat. Er stand zugleich abgebrüht und wehleidig-verlegen herum, und alle schauten ihn an.

Wir sprechen am besten alle englisch, sagte Ariane.

Bashir Talhar fragte ihn, wo er wohne, welche Berichte er zu geben habe für welches Blatt in Deutschland, und Laschen antwortete auf alles, sagte auch, notgedrungen fühle er sich wie ein Tourist, der bestimmte Sehenswürdigkeiten aufsucht. Er suche die Kämpfe auf.
Ich weiß, wer er ist, sagte Ahmed und fuhr mit dem Finger über den Rand des Glases. Laschen lächelte ihm zu, während der Schreck ihm fast die Luft nahm.
Das hast du mir nicht gesagt, sagte Ariane. Sie legte eine Hand auf Laschens Arm, dem ganz kalt wurde nach dem Hitzeschock. Wahrscheinlich war er auch blaß geworden. Er schwenkte den Martini im Glas, und hatte das dringende Verlangen, den Kopf zu schütteln, um eine Verkrampfung im Nacken loszuwerden. Wenn die anderen auch weiterredeten und woanders hinschauten, so wußte er doch, daß jeder auf eine Erläuterung von Ahmed wartete. Er, Laschen, habe einen Glaubensbruder ermordet, nachdem er Schutz gefunden hatte in einem Keller von Glaubensbrüdern.
Ahmed sagte ohne jeden Kommentar, er habe einen Artikel von Laschen gelesen, in dem er den Irrsinn und die Bestialität des Krieges gleichmäßig auf beide Seiten verteile.
Der Meinung bin ich nicht, sagte Laschen. Gemayel und Chamoun habe ich als die eigentlichen Kriegstreiber dargestellt.
Er atmete auf. Er sagte, in Deutschland sei er heftig kritisiert worden wegen angeblicher Einseitigkeit seines Artikels, was hätte sein können, aber gelogen war. Er könne selbstverständlich nicht die Propagandablätter der PLO abschreiben.

Warum verteidigen Sie sich, fragte Ahmed.
Ich verteidige mich nicht, sagte Laschen, aber Sie haben mir einen Vorwurf gemacht, und darauf werde ich wohl noch antworten dürfen.
Sie sind ein Deutscher aus der RFA, also habe ich Ihnen keinen Vorwurf gemacht.
Bitte, streitet euch nicht, sagte Ariane. Nehmt bitte am Tisch Platz. Ich bin sofort mit dem Essen fertig. Sie ging zurück in die Küche. Brigitte Talhar ergriff pro forma Laschens Partei. Die Muslims, Drusen und Palästinenser hätten auch abscheuliche Morde begangen.
Das bestreite ich nicht, sagte Ahmed.
Ich habe Damur noch nicht erwähnt, sagte Laschen, möchte auch nicht, daß wir darüber sprechen, nur sagen möchte ich, daß ich dort gewesen bin und mehr gesehen habe, als ich aufschreiben kann.
Da Sie das ja ohnehin nicht zum Vergnügen tun, kommt's auch nicht darauf an, wieviel Sie aufschreiben.
Laschen hätte am liebsten mit geschlossenen Augen zugeschlagen, konnte nur nicht wegen Ariane, der er nicht die geringste Schwierigkeit machen wollte. Sie wies auch den anderen Freund zurecht.
Sei bitte nicht aggressiv, Ahmed, sagte sie, ihr seid keine Feinde, ihr seid nicht einmal Konkurrenten, merkt euch das bitte beide. Es sei denn, ihr wolltet auf mich keine Rücksicht mehr nehmen.
Sie zündete die Kerzen auf dem Tisch an, an dem schon die Talhars Platz genommen hatten.
Beim Essen dachte Laschen daran, daß er Ahmed reizen könnte, bis er die Pistole zöge.

Beim Essen wurde viel über das Kind gesprochen. Es gab Lammbraten und dazu einen Beaujolais. Frau Talhar schien sehr vertraut zu sein mit dem Kind, Ahmed auch, der erzählte, es hätte einmal seine Nase festgehalten und dabei gelacht. Laschen wurde immer sogleich verlegen, wenn jemand, Einzelheiten von Amne berichtend, ihn ansah. Er aß nicht viel, und war froh, als er fertig war. Zumindest Frau Talhar und Ahmed hatten also die ganzen Tage sozusagen freien Zutritt gehabt. Herr Talhar nur deshalb nicht, weil er entweder keine Zeit oder keine Lust dazu gehabt hatte. Nur Laschen war dringend gebeten worden, sich fernzuhalten.
Es gab einen Anlaß zu allgemeiner Heiterkeit und zu amüsiertem Gelächter, als Frau Talhar ganz ernsthaft sagte, sie glaube, das Kind habe schon nach den paar Tagen eine große, auch äußere Ähnlichkeit mit Ariane. Ariane wischte sich mit der Serviette Tränen aus den Augen. Lacht nicht so, sagte sie, ich glaube, daß Brigitte irgendwie recht hat, oder meint ihr wirklich, Ähnlichkeit sei rein und bloß vererbbar. Ich glaube, ganz bestimmt, daß Amne mir immer ähnlicher wird. Nicht etwa, daß ich es wünschte aus Eitelkeit, nein, ich glaube nur, daß es so ist.
Herr Talhar, der nur Mineralwasser trank, sagte, Brigitte sei betrunken. Sie hatte nämlich auch gesagt, Amne sähe auch Ahmed sehr ähnlich, sich dafür aber sofort entschuldigt. Darüber hatte Ariane auch nicht mehr gelacht, sondern ernst und besorgt zu Laschen hinübergeschaut. Entschuldigung, Entschuldigung, sagte Frau Talhar noch einmal, als sei sie nur unter diesem Druck bereit, das Gesagte, sowieso eine Wahrheit, zurückzunehmen.

Wie unbefangen und sorglos Ariane war. Sie brauchte ihn nicht; sie brauchte auch Ahmed nicht. Ihren verstorbenen Mann hatte sie nicht verraten. Er war kein Kämpfer gewesen. Jetzt hatte sie allerdings kaum noch Kontakt mit christlichen Libanesen, seitdem die Rue Damas als Demarkationslinie galt, und die überschritt man nicht ohne Risiko und auf keinen Fall ohne Auto und ohne Vollgas zu geben. Sie hatte ihm erzählt, wie sie ein paarmal Fahrten nach Achrafieh unternommen hatte, um Brot zu besorgen. Einmal hatte sie einen deutschen Kollegen in Ain Rummaneh abgeholt, dessen Wagen in Brand gesteckt worden war. Sie hatten das Auto vollgepackt mit dessen Habseligkeiten und in wilder Fahrt den Platz der Unabhängigkeit überquert.
Ahmed erzählte, selbst die Christen bekämen aus dem «befreundeten Ausland» kein Blutplasma mehr. Sie hätten fortlaufend Medikamente, Blutplasma und Waffen angefordert, doch die Frachter, die in Jounieh entladen würden, enthielten nur Waffen. Selbstverständlich sagte Ahmed, machen sie, auch die Deutschen aus der RFA, mit Medikamenten und Blutplasma kein Geschäft. Er wandte sich an Laschen: Wissen Sie das? Die Waffenhändler arbeiten mit dem Segen Ihrer Regierung und Ihres Geheimdienstes. Darauf gibt es auch politische Sonderrabatte, wissen Sie das?
Wieder ergriff Brigitte Talhar seine Partei, indem sie sagte, so verführen doch alle Länder. Und Laschen war verärgert.
Ariane sagte, was soll das? Wir sind doch alle gleich gut informiert. Der Krieg ist subventioniert, von allen

Seiten, von Israel, den USA, der Bundesrepublik, den meisten arabischen Ländern.
Syrien hilft einmal der PLO, dann wieder den Falangisten, es geht kreuz und quer. Keine Seite hat doch nichts unversucht gelassen, die Palästinenser in den Krieg zu ziehen, und es ist gelungen. Und ihr, Ahmed, bekommt Waffen über die Saika, und manchmal auch unerwartet von der anderen Seite. Und die Palästinenser haben auch amerikanische Waffen, wer weiß, vielleicht über Israel. Es gibt keine unmögliche Konstellation, die nicht schon Wirklichkeit gewesen wäre.
Laschen wischte sich mit der Hand den Schweiß von der Stirn. Nichts daran war ihm neu. Die Interessen hatten hier keine Eindeutigkeit wie in orthodoxen Kriegen. Das ließ sich nur als die undurchschaubare unberechenbare Folgerichtigkeit von Wahnsinn darstellen. Ariane war gerecht. Ahmed schwieg. Sie tranken Kaffee und Whisky. Die Gedanken waren wirr, und Laschen hatte das Gefühl zu stolpern dabei. Ein paarmal rief er sich zurück und wollte gern an den Gesprächen interessiert sein.
Ahmed erzählte, gestern abend hätten wohl ein Dutzend Panzer von Chamouns Tigermiliz das Palästinenserlager Tal Al-Zaatar beschossen. Laschen wunderte sich, daß er davon noch nichts gehört hatte.
Bald nach dem Essen kam ein Anruf für Ahmed. Er zog sich an und verabschiedete sich. Diesmal blickte Laschen ihm fest in die Augen und lächelte nicht. Ariane begleitete ihn nach draußen, während Mr. Talhar versuchte, Laschen, der den beiden nachsah, in ein Gespräch zu ziehen. Mr. Talhar sagte, er habe nichts gegen die Christen, denn lange habe der Libanon ge-

blüht und die Mitglieder aller Religionen hätten partizipiert am Wohlstand. Doch nun seien die Falangisten und die Mörderbanden von Abu Arz, die sich *Wächter der Zeder* nennen, entschlossen, die Palästinenser auszurotten. Und inzwischen sei es auch den interessierten Mächten gleichgültig, auf welche Weise das Problem gelöst werde, Israel ist es egal, den USA, der Sowjetunion und den Syrern auch, alle auf ihre Weise unterstützten den Massenmord, den Völkermord.
What the fascists did to the Jews . . . exactly.
Laschen ließ sich nicht ablenken, seine Vorstellungen schweiften ab, und er behielt die Tür ganz unverhohlen im Auge, bis Ariane zurückkam. Ahmed hatte wieder den Revolver in der Hand gehalten beim Abschied, und sie hatte die Hand gestreichelt.
Er wollte ihr in die Küche folgen, um sie zu schlagen, blieb aber sitzen und nickte Talhar zu. Warum fühlte er sich so stark, ohne aber Ariane davon überzeugen zu können? Er spürte, daß er abtrieb, sich immer weniger in der Gewalt hatte, in sich selbst keinen Halt mehr fand, keinen Willen, einen unheilvollen Ablauf der Ereignisse aufzuhalten. Allerdings hatte er auch keine Angst mehr, höchstens noch davor, von Ariane ganz abgewiesen zu werden. Aber auch das ließ ihn schon beinahe kalt, auch darauf würde er mit einem verrutschten Lächeln antworten. Verwundert erinnerte er sich seines Entsetzens (war es überhaupt ein Entsetzen gewesen?) in Damur, der Wut und Empörung. Das war jetzt weit weg von ihm. Und vielleicht war das Unheil, das er erwartete, gar kein Unheil, sondern der Anfang seiner Selbständigkeit, einer herrischen und schmerzlosen Kälte, die ihn zum Handeln befä-

higte, zum Hinsehen, zur Analyse, zur Beschreibung. Seine Reportagen könnten zukünftig ohne seine eingebaute persönliche Fragwürdigkeit entstehen, jede eine gelungene Fälschung. Aber das alles glaubte er nicht von sich, wollte eine solche Veränderung auch nicht kommen sehen. Auf dieser Reise verlor er vieles endgültig, aber ohne zu gewinnen. Er verachtete sich stärker denn je, ohne sich aber entschließen zu wollen, ein anderer zu werden. Was draußen passierte – das Getöse veranlaßte am Tisch niemanden den Kopf zu heben oder gar zu verzweifeln –, das passierte, und man war dagegen, daß es passierte. Er hatte keinen alten Muslim ermordet, aber irgendwo war jetzt ein lebloser Körper, und darin steckte sein Messer. Es war auch nicht sein Messer, obwohl er sich an das Gefühl an der Wade noch genau erinnerte. Alles war wie ein Wetter. In ihm war eine bodenlose, allzeit bereite Freundlichkeit, mit der er jedem ohne Unterschied begegnen konnte und für die er nichts erwartete.

Du hast ja das Kind noch gar nicht gesehen, sagte Ariane.

Ja, sagte er, aber ich will jetzt gehen.

Schon?

Ja, entschuldige.

Wann kommst du wieder?

Wann du willst.

Er nahm den Mantel und verabschiedete sich von den Talhars. Es machte ihm das Befremden auf den Gesichtern nichts aus. Wenn er am Ende wäre, wollte er allein sein. Das Mißverständnis zwischen ihm und Ariane war ein endgültiges, das er auch nicht mehr auflösen wollte. Oben um die Dochte herum glänzte

das flüssige Wachs. Ratlos hielt Ariane die kleine Breischüssel in der Hand. Sie machte keinen Versuch, ihn zum Bleiben zu überreden. Er dachte, hier sind so viele Einzelheiten, die ich alle nicht mehr sehe, nicht mehr sehen kann, nicht mehr sehen will. Jetzt bin ich verrückt und werde, wenn ich hinaustrete an die frische Luft, sofort getroffen, tödlich oder nicht tödlich, das macht keinen Unterschied. Ich lebe wie einer, der mit dem Leben abgerechnet hat. Aber ich habe nicht abgerechnet.
Ariane begleitete ihn zur Tür. Er hörte das Kind gleichmäßig schreien, Amne. Er wollte die Tür anfassen, griff aber nach Arianes Arm. Er ging langsam die Treppe hinunter wie einer, der hofft, zurückgerufen zu werden – aber er wäre nicht mehr stehengeblieben. Jeder sollte in seinem Teil des Mißverständnisses weiterleben. Es machte nichts aus. Etwas wie ein Stolz war da, weil er sich fallenließ, weil er es zuließ, daß er unbrauchbar wurde, weil er nur noch wegging, auch von seinem letzten Anfall von Liebe.

XXXII

In Hamburg bekam Laschen sofort das Gefühl, wieder in der richtigen Zeit zu leben. Er hatte sich vorgenommen, ein paar Tage hierzubleiben, endgültig ruhig zu werden und zu überlegen, was zu tun ihm übriggeblieben sei. Greta wollte er anrufen und sie fragen, ob sie die Briefe erhalten hatte. Ariane in Beirut hätte so manche andere Frau sein können – in jedem Fall hätte

er sich in sie verliebt. Das Bewußtsein von Gretas Nähe aber verwirrte ihn schon wieder. Was hatte er ihr geschrieben?
Er war sich des Gefühls sicher, sie bereits, vor einiger Zeit, verlassen zu haben und deshalb, eventuell, zu ihr zurückkehren zu können. Er konnte auch, ebensogut, die Trennung erneut vorschlagen. Und, warum nicht, es konnte auch alles so bleiben wie bisher. Nein, nicht. Er wollte ganz entschieden, daß sich etwas in ihm grundsätzlich verändert habe.
Im Autoradio, auf dem Weg vom Flugplatz zur Wohnung, hatte er Glatteiswarnungen gehört. Die Wohnung war so, wie er sie verlassen hatte; Greta war inzwischen nicht hiergewesen. Er drehte die Heizventile ganz auf und öffnete die Fenster einen Spaltbreit. Draußen war schon dunkle klare Nacht. Hoffmann anzurufen, war jetzt sicher kein guter Gedanke, auch dann nicht, wenn Anna sich melden würde. In der Küche trank er einen Schnaps, rauchte und zögerte noch lange, Greta anzurufen. Laschen erkannte, daß er wiederum enttäuscht sein würde, wenn Greta nicht zu Hause wäre. Die Erinnerung an diese Situation saß so fest, wie er auf den Knien den Koffer auspackte. Else warf bereits das mitgebrachte Stofftier von sich und weinte in der Küche. Verena nahm sie auf den Schoß, tröstete sie und versuchte sie zu füttern.
Es ist kalt, sagte er zu Verena, ich bin gleich wieder da. Er zog einen dicken Pullover an, schob die Ärmel hoch über die Ellbogen und ging hinaus, über den Hof und den Dorfplatz den Deich hinauf. Vor dem Blau lag jetzt ein Dunstschleier, der die Sonne kleiner und zugleich näher erscheinen ließ. Das kurze Gras sah

hart und widerspenstig aus. Er ging auf dem hellen festen Pfad und spürte an der Seite den Aufwind an sich hochziehen, klamme harte Böen, die sich schnitten und manchmal plötzlich aussetzten. Er legte die Arme gekreuzt um die Schultern und lachte im Gehen vor sich hin. Innen fühlte er sich wohl, da war ihm warm und froh. Die Kopfhaut sirrte. Die Kälte war durchdringend, hatte auf der Haut etwas Polierendes, stahlhart. Als er den Karrenweg, schräg am Deich entlang, hinunterrannte in die Wiesen, stolperte er über einen harten Buckel. Am Elbufer trat er das dünne Eis ein. Langsam trottete er zurück. Greta wäre zufällig gerade zurückgekehrt.

Die Unruhe da, wo er hilflos an den Lieben sich abmühte, ohne verstanden zu werden, die Sinnbildlichkeit der vorbeijagenden Wolken. Alle Türen offen. Die Kinder am Boden spielten und redeten mit sich selbst. Der Himmel blau, ja aufgeklärt, kein Gedanke dahinter, nichts dahinter. Und da saß er. Wie angenehm, zu rauchen, dazusitzen und nichts zu wissen, keine Nachforschungen, auch in die Spiegel nicht schauen. Er fand, daß er gleichgültig aussah, wie einer, der entspannt ist vor purer Willenlosigkeit; er sah sich in einem weiträumigen Ruhezustand. Greta war da, oder sie war nicht da. Es gab nichts Wichtiges. Er hatte das Wichtige überwunden, nein, nicht überwunden, es war vorbei. Früher war alles wichtig, heute war alles vorbei.

Er erinnerte sich auch genau an das tief ohnmächtige Gefühl, gar nichts mehr tun zu können, nichts abwenden und nichts herbeiführen zu können, zu einer Statue zu werden, und diese Erstarrung fühlte er beginnen als Verhärtung und Erstarrung der Kieferknochen. Jede Anstrengung gegen die unvermeidlichen nach und nachrollenden Situationen wäre sofort in Lachen übergegangen. Sprechen hörte er (es waren die Nachrichten), ohne ein Wort zu verstehen. Die unsympathische Schreibmaschine – er steckte dahinter, hinter jedem der listigen Buchstaben, aber auch deren Bedeutung hatte nichts mehr mit ihm zu tun. Er wollte gern weit gehen und ging weit, gedrungen, in Wirklichkeit feist, in den grasbewachsenen Feldrändern, er *ging* über Zäune, die Wolken kamen herunter, der Wind war warm. Auf der Fensterbank seines Zimmers lagen in einem Umschlag die letzten Fotos von seinem Vater. Gut sah er aus. Sein Vater war, wenn er auch auf den Bildern schon todkrank aussah, zu einer wirklichen, mit anderen vergleichbaren Person geworden, und er hatte ihn geschlagen vor zehn Jahren. Das flache Land erschien ihm unter anderem auch eng manchmal, rundum konnte er dann den harten dünnen Horizont, wie einen Messerrücken, sehen. Er hockte als harter Körper auf dem Fahrradsattel. Was sollte das silberne Zigarettenetui auf dem Tisch? Die ausgewaschene, von Kieseln bedeckte Mulde, in die bei Regen das Wasser aus der überlaufenden Rinne hineinklatschte. Er zeichnete mit dem Filzstift eine Kuh mit starken Verdikkungen der Kniegelenke knapp überm Gras. Er träumte weiter, in Zigarettenrauch gehüllt. Ein engagierter Bericht, er schrieb doch gerade an so etwas; er wies Bestechungsgelder zurück. Jetzt konnte er sich lächelnd einer Angst erinnern. Wann war «jetzt»? Hatte er das erreicht? Er verkroch sich in einen betonierten Winkel, wo in der Hocke alle Muskeln rasch verhärteten und er auch nicht mehr zittern mußte. Es war eine Zelle, er befand sich in Schutzhaft? Es war die Tiefgarage des Hotels Phoenicia in Bab Edriss, blasse Arabergesichter, die Kinder still. Der amerikanische Journalist wollte mit ihm sprechen, aber er winkte nur ab und wartete, gierig, auf den nächsten Einschlag in der Nähe. Er meinte, jetzt sind sie alle gezwungen, einander zu vertrauen, sie können nicht vertrauen, aber jetzt sind sie gezwungen. Er hatte als einziger draußen vor einem Café gesessen, obwohl es kalt war. Er hatte sich gezwungen, nach dem Bezahlen und nachdem längst die Jalousien heruntergelassen waren, länger sitzen zu bleiben und noch länger, als er die Schüsse schon aus größerer Nähe hörte. Dann ging er langsam zum Hotel, um sich dort mit den anderen zu verschanzen. Eine sterbende Frau hielt ihm eine Stange Zigaretten hin; er nahm sie ihr ab, es war eine Last, eine Aufopferung.

Laschen stopfte sich ein zweites Kissen unter den Kopf. War er noch in der Hamburger Wohnung –? Er hatte doch die Kinder nach ihm rufen hören. Er steckte Stäbe in den Boden und band die Rosen daran fest. Die finsteren Flugplätze wie Krematorien. Das Gras wuchs stellenweise aus, in großen Büscheln, das Sensenblatt fuhr in einen Maulwurfshügel. Er rauchte im Liegen, hatte aber das Gefühl, in der Dunkelheit sitzend zu rauchen. Um ihn her erleuchtete Vitrinen, Schaukästen mit Kinobildern in ausgebleichten Farben, ein durch den Schutt schwer erreichbarer Bareingang, ein paar wie Ratten huschende dunkelgekleidete Körper.

Er war in seinen Fleischringen eingeschlossen. Alles wuchs hinüber ins Unförmige. Die alten Liebesgefühle waren eingeschlossen, und neue gab es nicht. Aber das Fleisch, das dicke Fleisch schützte ihn auch. Greta saß mit ihren Gedanken auf der Terrasse und las in «Ada» von Nabokov. Ein paarmal ging er zu ihr hinaus, um sich an ihrem Feuerzeug die Zigarette anzuzünden. Sie schaute belustigt zu ihm auf, ohne Ahnung, ohne Rücksicht, wie eine Frau, wie seine oder irgendeine Frau, die es zufällig an seine Seite verschlagen hatte. Manchmal waren sie beide in Hamburg, ohne sich zu sehen. Sie hatte gesagt, er bleibe ihr sowieso undeutlich. Dafür blieb sie ihm um so deutlicher, was nicht *verständlicher* hieß.

Er fragte sie also nie nach ihren Liebhabern. Und mit Schweigen zahlte sie ihm etwas heim, was eigentlich sie ihm antat. Die Kräfte schwanden, seine, Gretas, alles wurde zunehmend kraftloser. Niemand schien auch die eigentliche Kraft mehr zu brauchen. Um tüchtig und effektiv zu sein, brauchte man die eigentliche Kraft nicht mehr, die eigentliche Kraft war hinderlich. Wenn er mit dem Fahrrad durch die Kreisstadt fuhr, sah er die weißen Rahmen der Kippfenster. Manchmal war die Krankheit ganz flach und gewöhnlich, eine Gesundheit beinahe, wenn er nämlich las und der Text ihm erschien als poröse, wabenartige, geraffte und gekürzte Wirklichkeit, als *die Wirklichkeit*, und das, was wirklich geschah oder geschehen war, war die Illustration davon. Laschen träumte von einer schweren Verletzung am eigenen Leibe, auf eine Bahre geschnallt ausgeflogen zu werden. Und das Geschriebene stürzte ein, der Maschinensatz stürzte, Schwelbrände in den Papierlagern. Greta wickelte ihm nasse kalte Tücher um die Waden. Er war operiert worden und schlug die Augen auf. Er würde nie mehr durch die Archive wandern, um Erfahrungen zu sammeln. Ratten wohnten da. Wenn er tatsächlich zu Greta etwas sagte, dann zu sicher und zu unbeirrt, so daß sie verwundert aufblickte und er sich am liebsten den Mund zugehalten hätte. Er redete aber weiter und machte damit etwas schlimmer, und schließlich redete er nur weiter, aus Angst, damit aufzuhören. Wahrscheinlich war es immer, daß er nichts sagte oder nur wenige vorbedachte Wörter. An der Seite, an der sie neben ihm ging, war er fast tot, alt jedenfalls oder taub, darauf bedacht, nicht informiert zu sein über ihre Ausflüge, Neuigkeiten und Mitwissen zu vermeiden. So konnte er ganz schön gleichgültig sein, in Zukunft noch gleichgültiger. Aber das alles, Reue und Vorsatz, gehörte der Vergangenheit an, darüber hatte er zu siegen, es sollte etwas ersichtlich neu sein, bewußt festgehalten. Deshalb meldete er sich jetzt auch noch nicht bei ihr, wollte sich zusammennehmen, sich verändert haben und die Veränderung auch definieren können, vorher.

Einer der schlimmsten Abende mit Greta, kaum drei Wochen war das her. Sie sahen fern und tranken dabei eine Flasche Wein nach der anderen leer. Während des späten Films, eine mäßige Mordgeschichte, deren Aufklärung aus Wendungen und Überraschungen bestand, gegen alle Wahrscheinlichkeit ebenso wie gegen alle Unwahrscheinlichkeit, wollte er dauernd mit Greta sprechen, konnte nicht, es war so, als erschiene vor seinem Mund bloß eine dicke Blase, zudem waren die besten Momente besonders ungünstig, weil gerade dann der Film Stichwörter lieferte, die peinlich genau zutrafen auf ihre eigene Situation. Er erinnerte sich an den Satz der Frau: Ich werde dich noch heute verlassen! Dabei hatte er schnell zu Greta hinüberschauen müssen, die jedoch starr und unerreichbar an dem Bild hing. Als der Film zu Ende war, tranken sie überstürzt und ohne den Grund dafür noch zu verheimlichen, die gerade angebrochene Flasche leer. Er wußte nur noch, daß er zu ihr hinübergegangen war, sie stand halb ausgezogen neben ihrem Bett, und er kniete vor ihr und hielt ihre Beine umklammert. Für seine Not und Gespanntheit gab es keine Erlösung. Daß sie ihn nicht verließ, konnte er sich nur noch mit ihrer Verachtung erklären, vielleicht mit ihrem Mitleid, schlimm. Ein andermal hatte sie einen Teller fallenlassen und die Scherben so kränkend unaufmerksam zusammengefegt, als seien nun auch die Dinge, die sie beide benutzten, verächtlich geworden.

Wenn er sich an Greta klammerte, selten, oder die kleinen Narben an den Handgelenken nachdenklich betrachtete, in den Augen der Kinder etwas so Erstaunliches wie eine Meinung über sich sah oder Wolfs Schädel in seinen Händen fühlte, dann war das immer eine Verurteilung, in ihn eingeritztes Vorzeichen, Orakel, überdeutliches Zeichen, unübersehbarer Wink. Was für eine irrationale Existenz er doch geblieben war, die auf der Lauer lag, einen Hinterhalt bildete für den Tatsachenberichterstatter.

XXXIII

Im Verlagshaus, auf dem pompös schlicht ausgelegten Gang, in der gleichmäßig bewegten Luft, fühlte er sich wenigstens wieder in etwas eingespannt. Obwohl es schon nach zehn war, stattete er doch seinem Büro noch einen kurzen Besuch ab (in diesen Worten dachte er sich das, was er tat). Nur für einen langen befriedigten Blick über den Schreibtisch und die Bücherwand. Er atmete ruhig, verließ das Büro wieder und fuhr mit dem Lift hinauf. Als er oben auf dem Gang von rascher eilenden Kollegen überholt wurde, die ihn auch wie einen Nachzügler aufmunternd angrüßten und große DIN-A 4-Notizblöcke unter den Armen trugen, wurde ihm erst bewußt, daß er nicht einmal daran gedacht hatte, dort könne es etwas geben, was man sich aufschreiben müßte. Aber er genoß es gleich darauf wieder, mit leeren Händen aufzutauchen, an dem langen Tisch keinen Platz mehr zu finden und in einer Ecke Platz zu nehmen wie ein Gast mit Sondereinladung. Ein paar Kollegen nickten ihm zu, als ob sie sich durch sein Erscheinen auserwählt fühlten. Er nickte freundlich zurück, so rasch, daß damit alles erledigt war zwischen ihnen und sie ihm nicht mehr näher rükken konnten. Laschen hörte den «Ressortleiter Ausland» sagen, die Aktualitätsspitzen hätten sich verlagert von . . . nach! . . . Die Tür ging noch ein paarmal auf, und auf Zehenspitzen näherten sich Kollegen einem leeren Stuhl; sie schienen aufgewühlt oder gerade noch einer wilden Rauferei entkommen, aber all ihre entschuldigende Behutsamkeit verhinderte nicht, daß sie von allen bereits Anwesenden angestarrt wurden. Jemand hätte schon hereinpoltern müssen, um unbeachtet zu bleiben.

Dieser Bau mit Liften, langen Gängen und großzügigen Büros, erfüllt von Quirlluft und dünnem gelblichem Kunstlicht, die klaren Linien, der lange Konferenztisch, das Arbeitsgesprächsmobiliar, war eine Bundesrepublik für sich. Der Ekel vor allem Neuen war durchdringender als der Ekel vor allem Verschlissenen. Laschen genoß aber diese neue Situation an diesem Morgen. Er brauchte hier nichts mehr zu sagen, brauchte die Überraschung der anderen nicht. Hoffmann kam herein, und der stieß wirklich mit dem Fuß gegen ein Stuhlbein. Laschen duckte sich bei seinem Eintritt, aber mehr aus Gefälligkeit für Hoffmann. Der Schwung der Ereignisse in den Redaktionsräumen. Die ganzen Weltereignisse geschahen eigentlich erst hier. Wo nichts explodierte, keine Arterie. Eine Weltgeschichte wurde hier gemacht, ein unaufwendiges Machen, eine Unsichtbarkeit. Übriggeblieben war nur die Klarheit dieser Figuren hier, mit der niemand anders sein wollte als eine Einheit mit sich selbst, der umgebenden Gegenstände und jedem Moment. Wie erhaben waren die vollen Aschenbecher, die auf der Tischplatte hin und hergeschoben wurden von Raucher zu Raucher; das hatte etwas durchgehend Ruinöses: etwas katastrophal Anheimelndes. Laschen schrak auf hinter seinen Händen, mit denen er das Gesicht bedeckt hatte, als er seinen Namen hörte.

Dienstags wurde «gemischt», dem Leser eine Weltkrankheit nach der anderen ausgetrieben, ein böser Traum nach dem anderen ausgewischt. Laschen wollte nicht kritisch sein, konnte andererseits das eigene Weitermachen nur aushalten, indem er den Ekel in sich selbst zu einem Elend steigerte, das machte ihn wieder munterer. Er war doch insgeheim dankbar dafür, immer neue Argumente gegen sich selbst zu finden, die eigene Arbeit der Redaktion und dem Leser gegenüber sabotieren zu können, ohne daß es bemerkt wurde. Er wünschte, die Herren sollten wenigstens Hüte tragen und durcheinanderreden, und ein paar unter ihnen sollten eng befreundet sein, und sie sollten anders aussehen, nicht so teuer gekleidet sein, nicht die teuren Sachen wie billige tragen, nicht die neuen Sachen wie alte. Sie sollten nicht angeblich so schreiben wie ihnen der Schnabel gewachsen.

Wenn er unterwegs war, kam ihm der Flug wie eine Verwandlung vor, das Flugzeug als Druckschleuse, durch die er hindurch mußte, um für Ereignisse gewappnet zu sein, so als könne er in seinem gewöhnlichen Zustand nichts aufnehmen. Er mußte sich in einen verwandeln, der nicht zu Hause ist, den man sich in einer Ferne vorstellt und der dort selbst eine Übelkeit unterdrücken muß, weil ihm die Landschaft, in der er sich zu sehen angewöhnt hat, weggenommen ist. Er dachte liebevoll an zu Hause, aber vollkommen vergeblich.

Auf der Mitte des Tisches standen in einer Reihe Kristallaschenbecher mit silbernen Einsätzen, die nicht benutzt wurden. Die Kippflügelfenster standen offen, und Laschen sah immer wieder hin, wie der Rauch sich durch einen Spalt hinausdrängte. Laschen versank in

der Betrachtung der Schuhe und Bügelfalten unterm Tisch. Das war es, was immer blieb, nicht das, was irgendwo passierte, damit es hinterher auf Leser niederdonnerte.
Vielleicht kam man bei dieser Arbeit nur zu Verstand, indem man den Verstand erst einmal verlor und zu stottern und zu lallen anfing, mündlich und schriftlich. Laschen hatte das Gefühl, etwas unternehmen zu sollen gegen diese Anwesenheit hier, die doch keine war, ein leeres undeutliches Bild gerade wegen der Überdeutlichkeit des Raums, in dem eine solche Menge Leute stillsaß. Jetzt hätten doch wenigstens wie im Film ein paar führende oder leitende Herren auf und ab gehen und vor Bedrückung wichtige Schauspielermienen machen müssen. Oder jemand hätte wie ein Betrunkener immerfort dazwischenreden müssen. Es ging nicht, daß alle, auch die Damen, scheinbar gleichrangig, ohne jede Regung zuhörten. Es gab auch keine Lampen, was ärgerlich war, nur die indirekte Beleuchtung, die sich unverträglich mischte mit dem verbraucht wirkenden Licht von draußen. Konnte nicht eine Schlacht entbrennen um diesen Tisch herum, ein Getöse? Konnten nicht, wenn alle erregt aufsprangen, die Stühle hinter ihnen umstürzen? War denn auch niemand beleidigt, so verschwiegen zu werden? Die Schachteln mit schwarzen Zigaretten unter der Hand auf dem Tisch, daneben Gasfeuerzeuge.
Laschen hatte hier niemandem etwas zu erzählen. Das Zuhören wurde unerträglich, wenn jemand mehr als eine Bemerkung machte; der Körper sträubte sich gegen diese Konzentration in dieser Luft, in diesem Licht, das sich so gegenstandslos überall im Raum ver-

teilte, daß es so gut wie nichts wirklich beleuchtete. Lauter Menschen ohne Schatten. Er konnte auch nicht den eigenen Gedanken nachhängen; die vertrieb er als unpassend, so als wolle er sie aufheben für nachher. Warum konnte er nicht auch das Atmen auf nachher verschieben? Er hielt tatsächlich oft die Luft an, so daß Greta manchmal eine Besorgnis um ihn vortäuschend sagte, er habe doch gerade etwas sagen wollen, was er verneinte. Also, das mußte erst einmal vorbei sein, *gestorben* sein, damit etwas anderes weitergehen konnte, damit wieder gesehen, wieder gedacht werden konnte. Die Strolche hier, die immer auf Hautnähe aus waren, alles und jedes in eine gute allgemeine Verträglichkeit ummünzten, die Weltweite einbrachten in ein Welt-Unterhaltungsprogramm. Laschen unter ihnen unerkannt, das war schon Elend genug. Er war der erbärmlichste, der würdeloseste, weil er unerkannt blieb und weitermachte, er vergriff sich nicht, er sabotierte nichts, wenn, dann zur vollen Zufriedenheit . . . Er betrachtete lange, ohne darauf zu achten, den blau-weiß gestreiften Hemdkragen eines Kunst-Redakteurs, die oberen Knöpfe offen; davon wieder loszukommen mußte er sich zwingen. Auf seinem linken Hosenbein entdeckte er einen Roststreifen. Jetzt war er gerade für einen Moment ganz frei gewesen von Gedanken, auch von dem Gefühl, es sei lebenswichtig, sich dieser Konferenz zu entziehen. Mit einem Ruck beugte er sich vor, als sei er endlich bereit, den Ausführungen der Herren zu folgen.

Auf dem Gang zu den Liften war Hoffmann neben ihm und legte ihm eine Hand auf die Schulter. Ich bin froh, daß du wieder hier bist, sagte Hoffmann. Laschen lachte laut auf, wich einen Schritt zur Seite aus, um Hoffmann besser betrachten zu können, noch einmal ganz von vorn und zum erstenmal. Drahtiges, schon grau werdendes Haar stand ihm weit über die Ohren. Sekretärinnen mit Kaffeekännchen kamen ihnen grüßend auf dem Gang entgegen. Hoffmann machte einen außergewöhnlich besänftigten Eindruck. Laschen hatte beide Artikel und das stark zusammengestrichene Interview abgegeben, auch seine Bedenken geäußert, über die Ereignisse im Nahen Osten eine Serie zu machen.

Auf dem Gang blieb er an einem Fenster stehen und hielt sich fest. Es war ein Anfall von Verlassenheit, wahrscheinlich hervorgerufen durch das leise Surren des Air-Conditioning, das fahle, weich die Räume einnebelnde Licht, die Auslegware auf den Gängen, die Wandaschenbecher und an den Pendeltüren die tiefen, mit hellem Sand gefüllten Schalen. Er hatte nur den Argwohn, daß alle anderen genau die gleichen Empfindungen und Trostlosigkeiten durchmachten. «Durchmachten» wie eine Krankheit. Er wäre gern augenblicklich bei Greta und den Kindern gewesen, heraus aus dieser Windstille und Spurlosigkeit. Draußen tropfte es von Simsen und Dachrinnen; die Bäume glänzten noch schwarz von den Güssen; über die Autokarosserien flossen hauchdünne Ströme; eine Frau trug einen Hund unterm Mantel. Ein junger Mann rannte mit eingezogenem Kopf und über die Schulter wehender Krawatte über die Straße. Der Wind schlug um auf Kreuzungen, nur hier war keine Bewegung, auch kein Laut außer dem feinen Surren. Die Frage war, ob er sich solche Empfindlichkeiten leisten konnte bei der Bezahlung. Bedeutete ihm etwa der Lärm schon das Leben? Er taumelte doch aus einer Bewußtlosigkeit seit Jahren in eine andere. Aus dieser *kreativen* Leblosigkeit in die Betäubung durch Kampfgetöse und Brachialgewalt.

Das Gefühl der Verlassenheit kam ihm dann nur vor wie eine kleine psychologische Übung, und es löste sich vollends auf, als er sein Büro betrat, wo er die Sekretärin, Frau Fähnder, sogleich mit einer launigen Hochstimmung und Lust auf Kaffee überwältigte, so daß sie in einem fort redete, was, zum Beispiel, ihre Freundin von Mr. Arafat hielt.

Laschen täuschte Eile vor, setzte sich an die Maschine und schrieb (zwei Kopien) seine Kündigung, adressiert an die Chefredaktion. Nein, nicht die Andeutung einer Begründung wollte er geben. Es gab keine Begründung, eher noch Angst vor sozialen Folgen, vor allem Mittellosigkeit. Die Kündigungsfrist war, dem Vertrag nach, ein Vierteljahr lang, vielleicht genug Zeit, ein neues Leben zu entwerfen oder das alte mit allen Gewohnheiten jedenfalls nicht mehr weiterzuführen.

XXXIV

Zu Hause hatte er noch mehr Kaffee getrunken und fühlte danach einen angenehmen Schwindel. Er hatte ein paar Seiten in Hottingers Buch gelesen und sich schon bereitgehalten, noch etwas zu unternehmen. Der Wind war stark, eisig, eine ständige, nie ganz abflauende Unnachgiebigkeit. Er trat aus dem Haus, wie um Schandtaten zu begehen, obenauf. Die gefrorenen Pfützen blinkten, und der Himmel sah grobkörnig aus, das Grau war gelblich aufgehellt von den Lichtern. Dann sah er durch ein S-Bahn-Fenster in die Innenstadt hinein, in den Lichterkranz rund um die Binnenalster, und überall die Lichter weit hinausgestaffelt. Eine ganze Stadt, aus großer Höhe, im Fadenkreuz haben. Oben glaubte er Wolkenschwaden rasch vorbeiziehen zu sehen. Unter der Bahnhofskuppel Rennende mit Paketen auf den Treppen, mit dem Ärmel von Imbißtischen gefegte Kronkorken. Er ging durch den neonbeleuchteten Tunnel; hinter der Kurve war er für einen Augenblick allein; die Füße waren kalt und tappten gefühllos weiter. Noch etwas zu unternehmen an diesem Abend, das hieß etwas über sich ergehen lassen; er ließ sich also gehen in dem sich auflösenden Gewühl vor dem Bahnhof. Es war ein Abend der leeren Plätze nach acht Uhr, an den Masten knatternde Fahnen, Lichterglanz für nichts und wieder nichts, alles bedroht von einer starrenden Leere, von der Umkehrung alles dessen, was so fest installiert war. Nur eine Pause durfte er nicht machen. Er ging – es war ein hartes Aufstoßen seines Körpers, harte Füße, ein Stauchen, das er jetzt als gut empfand, so eine in Mechanik übersetzte Lächerlichkeit, qualliger Zustand in einem festen Gehgestänge. Das Gefühl, unbeteiligt zu sein, von niemandem der Bekannte zu sein, war streng, eine Züchtigung offenbar. Die Gedanken waren flüchtig, keiner wurde eingefaßt von der Absicht, es sich einmal zu überlegen, in Ruhe schon gar nicht. Es waren unverbindliche Gedankenabläufe, eine Selbstregelung, wie eine Dünung.

Für eine Weile rastete die Idee ein, es müsse ihm etwas passieren, ein Anschlag auf ihn, aber warum? Ein seelischer Zusammenbruch, der sich, damit es bemerkt würde, als körperlicher Zusammenbruch äußerte – warum? Er konnte soeben gestorben sein, ohne daß sich etwas geändert hatte. Er ging weiter, über die Eisenbahnbrücke, unter sich die blinkenden fortlaufenden Gleise, die Signalleuchten. Wie praktisch, daß alles seinen Grund hatte und auch er wenigstens weiterstrebte. Er fragte sich, ob er ins Kino wollte. Vielleicht wollte er ins Kino gehen. Niemand verfolgte ihn. Jetzt ging er allein durch den Schein dieser Laterne. Das dunkle Wasser gluckste unter den Eisrändern. Neben dem Eingang eines Restaurants umstand vorgebeugt eine Gruppe in langen Militärmänteln die Speisekarte. Er hörte den Satz: Das klingt ja nicht schlecht. In einem geparkt stehenden langen Auto saß hinter dem Lenkrad eine blonde Frau in einem Pelzmantel und sah reglos zu, wie er vorbeiging. Warum hätte er auch nur die geringste Regung in ihrem Gesicht verursachen sollen? Sie blieb einfach so, wie sie war, nur daß er durch ihr Blickfeld hindurchmußte. Er kam an Schaufenstern vorbei, in denen Hemden und zusammengelegte Pullover von einem Punktlicht angestrahlt waren, und er hatte sofort den Wunsch, alles zu kaufen, alles, was so hervorgehoben war durch das intime Licht. Einsames Hemd. Dann Schaufenster mit Schuhen zum Gehen. Man konnte alles erlösen, indem man es kaufte. Laschen bemerkte, daß er leicht verärgert war, nicht sofort etwas kaufen zu können. Er erschien sich jetzt wie ein Späher, nein, eher wie ein Abgesandter, der die Totenstarre der Dinge inspizierte, all das Gemachte, ohne auch nur eine Spur des Machens zu entdecken. Alles Leben mußte wohl zurückgefallen sein in feste unbewegliche Materie. Ein Mann trat aus einer Schaufensterpassage heraus. Er trug einen Kamelhaarmantel, in einer Hand beiläufig die Handschuhe, auf dem Kopf einen kleinen Pepitahut. In seinem Gesicht lag ein todtrauriger Zug, verstärkt durch die großen, über die dicken Augäpfel gestülpten Lider, als wisse er, daß er als Verunglückter weitermachen muß, wie die anderen in ihren kurzen Mänteln, die im weißen Licht der Fußgängerzonen wie schäbige Reste, wie Hüllen einstiger Gestalten aussehen. Daß noch ein Wind wehte, der den Staub unter den Bänken in kurze kraftlose Wirbel versetzte, daß ein Geruch in der Luft war nach Schwefel und faulendem Holz, erschien ihm beinahe wunderbar.

Er ging in eine Telefonzelle und versuchte Greta anzurufen, aber sie meldete sich nicht. Warum ging er nicht in die Wohnung zurück, legte sich ins Bett, trank etwas und las? Er wählte Annas Nummer, aber als sie sich meldete, legte er rasch wieder auf. Seine Fingerspitzen waren eiskalt, und er schloß die Hände zu verkrampften Fäusten in den Manteltaschen. Die Kinoreklame war eingerahmt von einer Lichterkette. Er betrachtete die Bilder in den Vitrinen und konnte sich zu nichts entschließen. Erst als er sich vorstellte, nachher das Kino durch einen Seiteneingang, der in eine Nebenstraße mit langen Lagerhallen führte, wieder zu verlassen, ging er wieder leicht davon.

XXXV

Auf der knapp zweistündigen Fahrt von Hamburg nach Hause hatte er verzweifelt herauszufinden versucht, womit, mit was er neu beginnen wollte, mit was eigentlich, und wer überhaupt, ein anderer? Wieso? Den Lohn für lange ausgehaltene Skrupel einheimsen?

Er wollte nur einen Zustand beenden, den des Fälschens ebenso wie den der moralischen und kritischen Empörung, diesen Zustand beenden, ohne völlig der Gleichgültigkeit zu verfallen, das war das Kunststück. Schreiben wollte er und hatte den Schreibberuf aufgegeben. Noch wußte er nicht genau, wie er den Zustand jener großen Beeinflussung, Geduld, Kraft, jenes Wissens das zugleich ein Nichtwissen war, in dem er den Damur-Artikel geschrieben hatte, zurückgewinnen konnte. Er wußte auch nicht genau, wie verschwiegen er von nun an mit Greta leben konnte. Diese Ungewißheiten – er verachtete sie nicht, so einfach war nichts zu lösen oder zu entscheiden. Etwas konnte nicht auf Zuruf des Willens ein anderes sein.

Seine Bewußtseinsverharschung, sein spukhaftes Leben wie sein spukhaftes Berufsleben schienen in der Bedeutung plötzlich über ihn, Laschen, hinauszugreifen und allgemeingültig zu werden. So konnte er durchaus sagen: die spukhafte Öffentlichkeit, die Scheinbarkeit des öffentlichen Lebens. Denn das gab es ja wirklich alles nicht mehr; alles mußte herbeizitiert werden, für alles gab es sozusagen Chips. Es gab nicht mehr eine Zufriedenheit; Gehalt und Kontostand konnten dafür etwas Derartiges ausdrücken. Eigentlich wollte man heutzutage auch nichts mehr, wurde nur noch von gleißenden Zuckungen der Werbung aufgescheucht und aufgehetzt, irgend etwas zu ver brauchen. Ein raffiniertes System von Assoziationen, von Erinnerungen an *Das Leben* war Das Leben selbst geworden. Bei seiner journalistischen Arbeit hatte ihn die Notwendigkeit gelähmt, sich im Verächtlichen wie im Scheinhaften bewähren zu sollen, darin jeweils den verkäuflichen Kern aufzuspüren. Jeder ferne Ort, jede andere Zeit wurde so in befriedigender Beiläufigkeit zu einem allgegenwärtigen «Hier und jetzt». Hier war Greta, hier waren die Kinder, das Haus, hier ein von Projektilen durchsiebter Garten Eden, hier war das blaue Meer, in das man die Leichen zurückstößt, die Schafherden hier und da, die zerbeulten und zerschossenen Limousinen, hier waren Rosen, das kreuz und quer zerschnittene Eis auf dem Strom, niederpolternder Gewitterhimmel über den sanft hingeschmiegten, milchigen Elbwiesen. Hier waren seine Gefühle für Greta, andere, ganz anders verstörte für die Kinder, hier waren der Raum und die Blumen und Bäume darin, wirkliche offene und frohe Erweiterungen seiner selbst, andererseits Abwesenheit von allem, Ferne von allem, und wieder flüchtige Anwesenheit, ein Gefühl, das, verblasen und nichtig, doch in ihm eine Sehnsucht hervorrief, deren Wirklichkeit ihn wiederum nur entsetzen konnte, so war es, nach Hause zurückzukehren. Das Messer war nicht mehr im Gepäck. Es erschien ihm nun befremdlich, daß er für ein paar Minu-

ten verrückt gewesen, es aber nicht geblieben war. Er war wirklich zurückgekehrt.
Greta erwartete ihn. Am Telefon hatte sie ganz leise gesagt, sie freue sich. Am Nachmittag gingen sie durch das Dorf, über den Deich und in die Elbwiesen hinein, als wollten sie dort gemeinsam verschwinden. Die Kinder blieben weit hinter ihnen zurück, und sie kümmerten sich nicht um sie. Wenn sie jetzt gesprochen hätten, wäre es aus Verlegenheit geschehen, so schwiegen sie verlegen. Am Mittag hatte es getaut, aber es fror wieder, so daß das Gras unter ihren Füßen leicht nachgab, einbrach knisternd, und hinter sich bis an den Deich sahen sie ihre Spur, in der die Kinder langsam torkelnd nachkamen. Eine Stunde später, auf dem Rückweg, als die Sonne unterging, lagen Wiesen, Gebüsche, Baumreihen und Eisflächen kontrastlos in einem einzigen weichen Schwung hinter ihnen, von dünnem Reif bedeckt, gleichmäßig und schön, ganz feinkörnig, zart und wie niemals berührt. Er trug Else auf den Schultern, die mit winzigem Gesicht aus dem dicken Futter herausschaute. Greta hatte sich ihm ein paarmal zugewandt, aber es waren nur verlegene Gesprächsversuche herausgekommen, mit einer Höflichkeit, die unversehens hätte umschlagen können in drohende Glätte. Er fragte etwas, und wenn sie sonst meist nur unwillig den Kopf geschüttelt hatte, so antwortete sie jetzt mit einer kaum unterdrückten Beflissenheit. Als sie die vor sich hinjammernde Else für eine Weile auf den Armen trug, dachte er, wie schön es wäre, wenn er für alle drei eine große und umfassende Verantwortung spürte. Bei «Verantwortung» fühlte er sein Gesicht hart und stumpf in die kalte Luft hinaus-

ragen. Die untergehende rote Sonne floß auseinander, als sie den Horizont berührte. Er wollte rasch etwas sagen, tat es aber nicht. Er ging jetzt hinter ihr, und noch weiter zurück ging Karl. Er blickte starr auf ihren Hinterkopf mit der enganliegenden Strickmütze, die vorn am Hals mit einem Riegel verschlossen war.

Er fühlte, daß sie erreichbar war, daß sie wartete, und doch blieb sie den ganzen Tag für ihn unerreichbar. Ihr Profil war schön. Sie blickte an ihm vorbei, ohne ihn damit kränken zu wollen, was ihn schlimmer kränkte. Als sie von dem Spaziergang zurückkamen – die Kinder waren ihnen das letzte Stück vorausgerannt – empfand er eine Übelkeit, die sich bis zum Brechreiz steigerte. Die Gedanken an Greta waren auf einmal wieder so hohl und schwer, alles zwischen ihnen wieder so vorübergehend und heikel. Verena hatte den Kindern schon Mützen und Mäntel abgenommen. Sie stand am Herd und kochte, und die Kinder standen auf Stühlen neben ihr und schauten zu. Laschen lehnte sich gegen den Küchenschrank und preßte die Hände gegen den Magen. Was ist mit dir, fragte Greta. Nichts, sagte er, und Greta strich ihm im Vorbeigehen mit der Hand über das Haar. Beinahe hätte er automatisch lächeln müssen. Dann wußte er nicht, wohin er mit dem Schmerz und der Übelkeit, die er beide sozusagen mit den Händen fassen konnte, rennen sollte. Im Wohnzimmer klingelte das Telefon. Er hörte Greta sprechen und «einen Moment» sagen. Sie kam schnell gelaufen, sagte «Entschuldigung» und machte die Tür zur Küche zu. Verena rührte im Topf und sah sich schnell nach ihm um. Die Kinder kletterten von den

Stühlen und wollten von ihm aufgehoben werden. Er nahm sie hoch auf die Arme und betrachtete ihre Gesichter. Es machte ihn verlegen, daß er sie so genau ansah, aber er hörte lange nicht damit auf, bis Greta vom Telefon zurückkam, mit roten Wangen.
Am Sonntagmorgen, als er die Augen öffnete, standen die Kinder in frischen gebügelten Sachen an seinem Bett. Sie hatten ihn mit ihrem Flüstern geweckt. Die Vorhänge waren zurückgezogen, und vor dem blauen Himmel zuckten Spatzen hin und her und machten Lärm. Die Kinder blickten ihn schweigend an, und erst als er sie anlächelte, fingen sie wieder an, sich zu bewegen. Wahrscheinlich hatte Greta schon das Frühstück gemacht und sie zu ihm hinaufgeschickt. Er schlug die Decke zurück und stand auf, im Kopf eine seltene Klarheit, geradezu unternehmungslustig stieg er in die Hose. Die Kinder schickte er hinunter und ging pfeifend ins Bad. Der Körper trug sich so leicht, federnd, spannkräftig, als habe er sich im Schlaf durchtrainiert. Nicht die geringste Vorstellung von dem gestrigen panischen Eingezwängtsein war mehr da, also hatte er im Schlaf auch einiges aufgeräumt, in Ordnung gebracht. Als er in den Spiegel schaute, ärgerte ihn sein Elan, und er hörte augenblicklich zu pfeifen auf.
Etwas von dieser aufgeräumten Morgenstimmung blieb erhalten, und er *erschien* zum Frühstück. Greta wich ein wenig vor ihm zurück. Seine Zuneigung zu den dreien kam ihm selbst verwegen vor; er verbreitete, strahlte sie aus. Warum nicht, meinte er, es fängt ja alles erst an, als er sie einzeln in die Arme nahm und küßte, Greta zuletzt, die dabei auflachte. Dann saß er ruhig mit ihnen am

Tisch, trank Tee, aß ein Ei, während Greta erzählte, sie sei in der Nacht von Stimmen aufgewacht, die sich ums Haus herumbewegt hätten, wahrscheinlich Burschen, die zu Verena hineinwollten.
Greta machte sich daran, aufzuräumen. Er stand auf und half ihr. Sie erledigte alles schnell, stapelte das Geschirr in die Maschine, wischte Krümel und Milchflekken vom Tisch. Wie ihre und seine Bewegungen schien alles miteinander übereinzustimmen, es war so. Eine kleine konzentrierte Betriebsamkeit, die viel Raum ausfüllen konnte, wie wenn sich ein einzelner in der Geräumigkeit eines Doms bekreuzigte. Er rauchte und brachte noch den Salzstreuer weg. Er betrachtete den Salzstreuer. Ist noch was zu tun, fragte er. Sie richtete sich auf und sah ihn an, dabei fiel ihr die Haarsträhne vors Auge. Die Kinder rannten ins Spielzimmer. Als er an ihr vorbeiwollte, hielt sie ihn mit nassen, warmen Fingern am Handgelenk fest und sagte, du, ich weiß! Die Kinder liefen nach draußen, und sie mußte sie wieder hereinrufen, um ihnen warme Sachen anzuziehen. Dann war sie mit ihm alleingelassen und er mit ihr. Weder er noch sie konnte jetzt aufstehen, um das Radio einzuschalten. Er kaute. Sie rührte in ihrem Kaffee. Ihre Arme lagen auf dem Tisch. Sie sah zu, daß sie abwesend aussah, und doch, wenn er sich nicht irrte, ansprechbar. Er schlug vor, mit den Kindern wegzufahren und irgendwo anders zu gehen. Sie nickte.
Oder willst du allein mit den Kindern fahren, oder überhaupt allein, dann bleibe ich.
Sie schüttelte den Kopf wie nach einer schlimmen Nachricht, traurig; jedes Wort von ihm ließ sie tiefer sinken.

Nach einer Weile sagte sie: Ich möchte mich unter der Decke ausstrecken und lesen.
Dann tu's doch.
Es geht nicht.
Soll ich verschwinden, sagte er. Gib es ruhig zu. Ich versteh das nämlich. Er berührte dabei ihre Hand.
Du sollst es nicht verstehen. Mein Gott, warum bin ich so gereizt durch dein bloßes Hiersein, durch dein Aussehen? Wenn du nicht da bist, ist mein Umgang mit dir ein ganz anderer; dann mag ich dich immer noch.
Und warum kannst du mich nicht einmal dabei ansehen?
Jetzt sah sie ihn an, allerdings so, als sei sie nur ein wenig mit sich selbst verwirrt und habe seine Frage gar nicht verstanden. Er sagte: Ich kann mir nicht vorstellen, daß du auch so leblos bist, wenn du woanders bist, mit jemand anderem.
Es ist wahr, sagte sie, dann bin ich anders, wirklich eine andere, dann kann da sein wer will. Auch ich verstehe es nicht.
Sie schwiegen wieder, und er zog mit dem Daumennagel Spuren in die Tischdecke. Solche Gespräche konnten, durften auch nicht weitergehen. Sie sagte noch, vielleicht liege es daran, daß sie nie den Mut aufgebracht hätte, wirklich und mit allen Konsequenzen auszubrechen aus einem immer rascher auseinanderklaffenden Zusammenhalt, aus der puren Behauptung, zusammenzugehören, auszubrechen. Wenn in solch einem Moment die Kinder hereinstürmten, wurde die Aussichtslosigkeit unermeßlich, und sie hielten den Mund, ewig lange, bis endlich, mit einem Kraftakt,

wieder alles in Bewegung gesetzt werden konnte. Oder Besuch kam unerwartet, und sie sprangen auf in eine freudig erregte Geschäftigkeit. So war eine Freiheit und Lebendigkeit für bestimmte Situationen rasch wiedergefunden, so als seien sie beide selbst wiederhergestellt. Aber der Wiederbelebungseffekt hielt, da er sich von außen eingestellt hatte, nicht lange vor. Ein falsches Wort, ein Blick unversöhnlicher Nichtachtung kam immer dazwischen. Der Mißmut breitete sich aus, wenn auch «das andere Paar» nichts von ganz anderer Welt zu bieten hatte. So waren sie wieder still und ließen sich gegenseitig so weit wie möglich aus den Augen. Aber diesmal spürte er am Grunde der bekannten Mühseligkeiten miteinander eine Zuversicht wie noch nie. Sie waren in ein Niemandsland geraten und mußten da wieder heraus. Die ungültige Zeit, die nicht gilt und in der nichts gilt, hatte schon zu lange gedauert. Greta verließ das Zimmer, kam aber nach ein paar Minuten zurück. Er schnitt aus der Wochenendzeitung eine Kommentarspalte aus. Er schaute zu ihr hin, und ihr Gesicht war so ebenmäßig (in dem Licht), als hätte es auf einmal alle Merkmale verloren. Und blaß und verwirrt sah sie aus. Er hätte aufspringen und sie umarmen mögen. Wohl kaum konnten sie sich ganz nahe kommen, jetzt, aber immerhin verstanden sie sich in dieser Not sehr gut. Vielleicht spürte sie, wie schwierig und fremd ihm zumute war in der eigenen Haut, nach einem wahrhaften Mysterium wieder der altbekannte Gewohnheitsmensch zu sein, den sie kannte, den sie geheiratet hatte. (Mysterium?)
Ein paar schöne Tage. Die Kinder an den Händen, bewegten sie sich allzu aufmerksam unter all den herum-

fauchenden und -wirbelnden Schlittschuhläufern. Es gab noch keine Reaktion auf seine Kündigung, auf die er auch nur mäßig neugierig war. Er hatte Greta davon erzählt. Verwundert sah sie ihn an, und etwas übertrieben stimmte sie ihm zu, als kenne sie längst all seine Gründe. Laschen deckte in der Küche den Tisch für das Abendbrot. Greta half den Kindern sich auszuziehen. Er kam ins Bad, als die Kinder in ihren Schlafanzügen sich wuschen und Greta ihnen, gegen die Wand gelehnt, dabei zuschaute. Ach, ihr seid da, murmelte er und ging wieder hinaus.

So streng hielt Laschen sich zurück. Und doch verstand er kaum, warum er auch den Kindern gegenüber sich manchmal so verstohlen benahm, so fremd aus seiner Zurückgezogenheit heraus um sie warb. Auch wenn er auf der Couch liegen konnte und die Kinder auf seinem Bauch balgten und ritten und von Zeit zu Zeit innehielten, um ihn stumm zu betrachten, er änderte es nicht. Er hielt die Augen zu, und sie zogen ihm mit den Fingern behutsam, wie einem toten Vogel, die Lider hoch. Schließlich kletterten sie flüsternd von ihm herunter und schlichen in ihr Zimmer. Ob sie nun immer größer und ruhiger würden, fragte er sich, oder ob sie sich nur, ohne es genau zu wissen, rücksichtsvoll in dem unsicheren Raum zwischen Greta und ihm bewegten.

Nach dem Essen – Greta hatte auch den Kindern schon einen Abschnitt im *Nils Holgersson* vorgelesen – fragte er sie, ob sie mit ihm kommen möchte in irgendeine Gaststätte, so hatte er es sich vorgestellt. Er ließ sich aber Enttäuschung nicht anmerken, als sie sehr freundlich sagte, er solle nur gehen.

Schweigen schon deshalb, weil das Sprechen eine noch größere Gemeinheit wäre. Beide wollten sie einander nicht quälen. Und manches Nachdenken darüber war nichts wert, weil danach auch nichts weiterging, weil einer danach nur immer auf dieselbe Stelle prallte und daran kratzte und pochte. Sie wollte nicht mitkommen, nicht mit ihm in «irgendeiner Gaststätte» sitzen, wie er es sich vorgestellt hatte, und wußte, daß er damit schon einverstanden war. Er setzte sich ins Auto und ließ den Motor an. Er stieg noch einmal aus, um das Eis von den Scheiben zu kratzen, und er fuhr regelrecht davon.

Korn und Bier trank er an einer Theke. An den Tischen betatschten sich Jugendliche. Er wurde ein paarmal angesprochen, dann aber in seiner abweisenden Freundlichkeit erkannt und in Ruhe gelassen. Die Musik war laut, so daß unwillkürliche Gedanken dazwischen anstrengend und schmerzhaft waren. O hohler Kopf, in dem es zu hallen anfing. Aber sonst gab es keine Veränderung. Am Ende hing er in die Musik hinein, er war betrunken und sah durch all seine Lebensumstände klare Grenzen gezogen. Vieles ordnete und gruppierte sich, unverständlich einfach. Das «Problem» strahlte nicht mehr aus auf alles andere. Und für sich genommen wurde es nicht lösbar, aber furchtbar erträglich.

Er fuhr über Nebenstraßen nach Hause, schlich, ohne Licht zu machem, zu seinem Bett und hörte sie tief atmen und fühlte dann auch ihren Atem in seinem Gesicht. Von selbst, ohne es zu bedenken, hatte er sich zu ihr gelegt, die ruhig weiterschlief.